Diogenes Taschenbuch 20753

de
te
be

Werkausgabe in 13 Bänden

Band 11

Raymond Chandler

Gefahr ist mein Geschäft

und andere Detektivstories

Aus dem Amerikanischen von
Hans Wollschläger

Diogenes

Dieser Band bringt das letzte Drittel des ursprünglich als
›Gesammelte Detektivstories‹ 1976
erschienenen Sonderbandes.
Als Vorlage diente die englische Ausgabe ›The Smell of Fear‹,
Hamish Hamilton, London.

Umschlagfoto: Paul Newman (links)

Veröffentlicht als Diogenes Taschenbuch, 1980

100/90/29/10
ISBN 3 257 20753 0

Inhalt

Perlen sind eine Plage

I

Es entspricht vollkommen der Wahrheit, daß ich an diesem Morgen nichts tat, als auf ein leeres Blatt Papier zu starren, das in meiner Schreibmaschine steckte, und mich mit dem Gedanken zu tragen, einen Brief zu schreiben. Ebenso wahr ist, daß ich an schlechthin keinem Morgen sonderlich viel zu tun habe. Aber das war noch lange kein Grund, mich auf die Jagd nach dem Perlenkollier der alten Mrs. Penruddock zu begeben. Ich bin ja schließlich nicht bei der Polizei.

Es war Ellen Macintosh, die mich anrief, was die Sache natürlich änderte. »Wie geht es dir, Schatz?« fragte sie. »Viel zu tun?«

»Ja und nein«, sagte ich. »Meistens nein. Mir geht es recht gut. Worum handelt es sich diesmal?«

»Ich glaube doch nicht, daß du mich liebst, Walter. Und in jedem Fall solltest du dir etwas Arbeit suchen. Du hast zuviel Geld. Jemand hat Mrs. Penruddocks Perlen gestohlen, und ich möchte, daß du sie suchst.«

»Vielleicht wiegst du dich in dem Glauben, mit dem Polizeipräsidium verbunden zu sein«, sagte ich kalt. »Hier ist die Wohnung von Walter Gage. Mr. Gage persönlich am Apparat.«

»Nun«, sagte sie, »dann kannst du Mr. Gage von Miss Ellen Macintosh ausrichten, daß er, wenn er nicht in einer halben Stunde hier draußen ist, ein kleines Einschreibepäckchen von ihr bekommen wird, in dem sich ein Verlobungsring mit Diamant befindet.«

»Das würde mich überaus angenehm berühren«, sagte ich. »Die alte Krähe lebt ja doch noch weitere fünfzig Jahre.«

Aber sie hatte bereits aufgelegt, und so setzte ich mir den Hut auf und ging nach unten und fuhr in meinem Packard los. Es war ein reizender Morgen gegen Ende April, falls Sie auf solche Einzelheiten Wert legen. Mrs. Penruddock wohnte an einer breiten ruhigen Straße in Carondelet Park. Das Haus hatte vermutlich in den letzten fünfzig Jahren unverändert so ausgesehen wie jetzt, aber das machte mir den Gedanken nicht angenehmer, daß Ellen Macintosh unter Umständen weitere fünfzig Jahre darin würde wohnen müssen, falls die alte Mrs. Penruddock nicht endlich das Zeitliche segnete und keine Pflegerin mehr brauchte. Mr. Penruddock war bereits vor ein paar Jahren verstorben und hatte zwar kein Testament, dafür aber einen äußerst verwickelten Besitz sowie eine Liste von Pensionären hinterlassen, so lang wie der Arm eines Regattenruderers.

Ich läutete an der Haustür, und die Haustür wurde, nicht gerade übereilt, von einer kleinen alten Frau geöffnet, die eine Dienstmädchenschürze trug und ihr graues Haar in einem strengen Knoten geordnet hatte. Sie sah mich an, als hätte sie mich noch nie im Leben gesehen und sich meinen Anblick auch jetzt gern erspart.

»Miss Ellen Macintosh bitte«, sagte ich. »Mr. Walter Gage wäre der Name.«

Sie schnuffelte, drehte sich ohne ein Wort um, und wir begaben uns in das muffige Innere des Hauses und gelangten in eine verglaste Veranda, die von Korbmobiliar und dem Geruch ägyptischer Gräber beherrscht wurde. Die alte Frau entfernte sich, nicht ohne abermals geschnuffelt zu haben.

Einen Augenblick später ging die Tür wieder auf, und Ellen Macintosh kam herein. Vielleicht haben Sie ja nichts übrig für hochgewachsene Mädchen mit honigblondem Haar und einer Haut wie der erste Erdbeerpfirsich, den der Händler sich zum Eigengebrauch aus der Kiste angelt. Wenn nicht, dann können Sie mir leid tun.

»Schatz, bist du also doch gekommen!« schrie sie. »Das ist aber lieb von dir, Walter! Setz dich hin, dann werde ich dir alles erzählen.«

Wir nahmen Platz.

»Mrs. Penruddocks Perlenkollier ist gestohlen worden, Walter!«

»Das hast du mir schon am Telephon erzählt. Meine Temperatur ist immer noch normal.«

»Wenn du mir eine berufliche Vermutung nachsehen willst«, sagte sie, »so würde ich meinen, daß sie unter Normal liegt – permanent. Es handelt sich um eine Kette aus neunundvierzig rosa Perlen, die Mr. Penruddock Mrs. Penruddock zur goldenen Hochzeit geschenkt hat. Sie trug sie in letzter Zeit kaum noch, außer vielleicht zu Weihnachten oder wenn sie ein paar sehr alte Freundinnen zum Essen da hatte und genügend bei Kräften war, um auf den Beinen zu bleiben. Und jedes Jahr zu Thanksgiving gibt sie ein Diner für all die Pensionäre, Freunde und alten Angestellten, die Mr. Penruddock ihrer Fürsorge hinterlassen hat, und da hat sie die Perlen auch getragen.«

»Du kommst da zwar mit den Tempora ein bißchen durcheinander«, sagte ich, »aber der Sinn deiner Rede ist mir deutlich geworden. Fahre fort.«

»Nun, Walter«, sagte Ellen mit dem, was manche Leute einen schelmischen Blick nennen, »die Perlen sind gestohlen worden. Ja, ich weiß, das ist jetzt das drittemal, daß ich dir das mitteile, aber die Sache ist auch ziemlich sonderbar. Sie wurden in einem Lederetui aufbewahrt, in einem alten Safe, der die halbe Zeit offenstand, und den, wenn ich mir ein Urteil erlauben darf, ein starker Mann selbst im verschlossenen Zustand mit den bloßen Fingern öffnen konnte. Ich mußte heute morgen nach einem Papier suchen, und da wollte ich schnell auch mal die Perlen anschauen, nur um Guten Morgen zu sagen – – –«

»Ich hoffe, deine Anhänglichkeit an Mrs. Penruddock ist nicht von dem Gedanken inspiriert, daß sie dir das Kollier einmal hinterlassen könnte«, sagte ich steif. »Perlen mögen ja für alte Leute gut und schön sein und für fette Blondinen, aber für eine hochgewachsene, gertenschlanke – – –«

»Ach, halt bloß den Mund, Schatz«, unterbrach sie mich. »Auf diese Perlen würde ich bestimmt nicht warten – weil sie nämlich falsch sind.«

Ich schluckte hart und starrte sie an. »Nun«, sagte ich mit einem gehässigen Seitenblick, »ich hab schon davon gehört, daß der alte Penruddock durchaus gelegentlich schielende Kaninchen aus seinem Hut gezogen hat, aber seiner eigenen Frau eine Kette aus Talmiperlen zur goldenen Hochzeit zu schenken, das setzt ja doch dem Faß die Krone auf.«

»Ach, sei doch nicht so albern, Walter! Natürlich waren sie damals echt. Es ist nur so, daß Mrs. Penruddock sie dann verkauft hat und sich eine Imitation machen ließ. Einer ihrer alten Freunde, Mr. Lansing Gallemore von der Gallemore Jewellery Company, hat das in aller Stille für sie gedeichselt, weil sie natürlich nicht wollte, daß jemand davon erfuhr. Und das ist auch der Grund, weshalb die Polizei nicht eingeschaltet worden ist. *Du* wirst sie finden, Walter, nicht wahr?«

»Wie denn? Und weshalb hat sie sie überhaupt verkauft?«

»Weil Mr. Penruddock ganz plötzlich starb, ohne Vorsorge für all die Leute zu treffen, die von seiner Unterstützung lebten. Dann kam die Depression, und es war überhaupt kaum noch Geld da. Bloß grad genug noch, um den Haushalt weiterzuführen und die Dienstboten zu bezahlen, die alle schon so lange bei Mrs. Penruddock gewesen waren, daß sie lieber Hungers gestorben wäre, als einen von ihnen gehen zu lassen.«

»Das ist was anderes«, sagte ich. »Da ziehe ich den Hut vor ihr. Aber wie zum Deixel soll ich die Dinger finden – und was spielt das überhaupt für eine Rolle, wo sie doch falsch sind?«

»Nun, die Perlen – die Imitation, meine ich – kosten zweihundert Dollar und sind eine Extra-Anfertigung aus Böhmen, und es hat mehrere Monate gebraucht, sie zu kriegen, und so wie es da drüben auf dem Kontinent jetzt aussieht, gibt's vielleicht nie wieder eine Gelegenheit, zu echt guten Imitationen zu kommen. Und sie hat eine Heidenangst bei dem Gedanken, daß jemand rauskriegen könnte, daß sie falsch waren, oder daß der Dieb sie erpreßt, wenn er's merkt. Ja, und schau, Schatz, ich weiß ja, wer sie gestohlen hat.«

»Äh?« sagte ich – eine Silbe, von der ich nur sehr selten Gebrauch mache, da ich der Ansicht bin, daß sie nicht zum Wortschatz eines Gentleman gehört.

»Der Chauffeur, den wir ein paar Monate lang hier hatten, Walter – ein großer gräßlicher Unhold namens Henry Eichelberger. Er ist vorgestern ganz plötzlich gegangen, ohne jeden Grund. Dabei hat noch nie ein Mensch bei Mrs. Penruddock gekündigt. Ihr letzter Chauffeur war schon ein Greis und starb. Aber Henry Eichelberger ist ohne eine Silbe von uns fort, und ich bin sicher, er hat die Perlen gestohlen. Er hat einmal versucht, mich zu küssen, Walter!«

»Ah, das hat er versucht?« sagte ich mit gänzlich veränderter Stimme. »Hat dich küssen wollen, was? Wo ist dieser fette Fleischkloß, Schatz? Hast du auch nur die mindeste Ahnung? Es dürfte kaum wahrscheinlich sein, daß er an der nächsten Straßenecke herumlungert und auf mich wartet, daß ich ihm die Nase plattschlage.«

Ellen senkte die langen seidigen Wimpern vor mir – und wenn sie das tut, werde ich so schlapp wie der Haarknoten einer Scheuerfrau.

»Er ist nicht untergetaucht. Er muß gewußt haben, daß

die Perlen falsch sind und daß er sicher genug war, um Mrs. Penruddock erpressen zu können. Ich hab die Agentur angerufen, die ihn uns vermittelt hatte, und er ist wieder aufgetaucht dort und steht in der Suchkartei. Aber die Leute sagten, es wäre gegen ihre Prinzipien, seine Adresse preiszugeben.«

»Warum könnte denn nicht jemand anders die Perlen gestohlen haben? Ein Einbrecher zum Beispiel?«

»Es kommt sonst keiner in Frage. Die Dienstboten sind über jeden Verdacht erhaben, und das Haus ist jede Nacht abgeschlossen, so fest wie ein Eisschrank, und daß jemand eingebrochen haben könnte, dafür fehlte jeder Hinweis. Außerdem hat Henry Eichelberger gewußt, wo die Perlen aufbewahrt wurden, denn einmal hat er gesehen, wie ich sie wegschloß, nach dem letztenmal, wo Mrs. Penruddock sie trug – das war, als sie zwei sehr liebe Freundinnen zum Essen da hatte, am Jahrestag von Mr. Penruddocks Ableben.«

»Das muß ja eine ziemlich wilde Party gewesen sein«, sagte ich. »Nun gut, ich werde mal in die Stadt zu der Agentur fahren und mir seine Adresse geben lassen. Wo ist das?«

»Die Agentur heißt Ada Twomey Domestic Employment Agency, und sie liegt im Block 200 an der East Second – eine sehr unerfreuliche Gegend.«

»Nicht halb so unerfreulich, wie mein Besuch für Henry Eichelberger sein wird«, sagte ich. »Er hat also versucht, dich zu küssen, äh?«

»Die Perlen«, sagte Ellen freundlich, »sind jetzt wichtiger, Walter. Ich hoffe nur, er hat nicht schon entdeckt, daß sie falsch sind, und sie ins Meer geworfen.«

»Wenn er das hat, werde ich ihn zwingen, danach zu tauchen.«

»Er ist fast eins-neunzig groß und sehr stark, Walter«, sagte Ellen schüchtern. »Aber nicht so hübsch wie du natürlich.«

»Genau mein Format«, sagte ich. »Es wird mir ein Vergnügen sein. Auf Wiedersehen, Schatz.«

Sie faßte mich am Ärmel. »Nur noch eins, Walter. Ich habe nichts gegen eine kleine Rauferei, weil das männlich ist. Aber du darfst es nicht zu einem Tumult ausarten lassen, so daß vielleicht die Polizei eingreift, verstehst du? Und obwohl du sehr groß bist und stark und am College rechter Halbstürmer warst, bist du doch in einer Hinsicht ein wenig schwach. Versprichst du mir, daß du keinen Tropfen Whisky anrührst?«

»Dieser Eichelberger«, sagte ich, »ist alles was ich anrühren werde.«

II

Die Ada Twomey Domestic Employment Agency an der East Second Street hielt ganz und gar, was Name und Lage versprachen. Der Geruch des Vorzimmers, in dem ich mich kurze Zeit zu warten genötigt sah, war alles andere als angenehm. Der Agentur präsidierte eine mittelältliche Frau mit hartem Gesicht, die mir eröffnete, daß besagter Henry Eichelberger dort als stellungssuchender Chauffeur registriert sei und daß sie ihn veranlassen könne, mich anzurufen beziehungsweise in ihrem Büro zu einem Vorgespräch zu erscheinen. Aber als ich ihr eine Zehn-Dollar-Note auf den Schreibtisch legte und dies mit dem Hinweis verband, daß sie lediglich als Unterpfand des guten Glaubens gedacht sei, unbeschadet einer Vermittlungsprovision, die für ihre Agentur vielleicht fällig werde, ließ sie sich erweichen und gab mir seine Adresse, draußen im Westen am Santa Monica Boulevard, in der Nähe des Stadtteils, der Sherman genannt wurde.

Ich fuhr alsbald und unverzüglich hinaus, weil ich befürchtete, Henry Eichelberger könnte inzwischen anrufen und davon unterrichtet werden, daß ich im Anmarsch war. Die Adresse entpuppte sich als schäbiges Hotel in bequemer Nähe der zwischenstädtischen Bahnlinie. Sein Eingang fand sich neben einer chinesischen Wäscherei. Es lag im ersten Stock, und die Treppe war – an manchen Stellen – mit den Fragmenten eines verrotteten Gummiläufers bedeckt, der hier und da noch die Reste einer Kantenverschraubung aus unpoliertem Messing zeigte. Der Geruch der chinesischen Wäscherei hörte auf halber Treppe auf und wurde ersetzt durch den Geruch von Kerosin, Zigarrenstummeln, schlafverbrauchter Luft und fettigen Papiertüten. Am Ende der Treppe lag auf einem hölzernen Regal ein Gästebuch. Die letzte Eintragung war drei Wochen alt, in Bleistift gehalten und von einem Menschen geschrieben, der eine sehr unstete Handschrift besaß. Ich schloß daraus, daß die Geschäftsführung des Hotels es nicht allzu genau mit solchen Dingen nahm.

Neben dem Buch befand sich eine Klingel und ein Schild mit der Aufschrift ›Geschäftsführer‹. Ich läutete und wartete. Alsbald ging weiter unten im Flur eine Tür auf, und Füße schlurften ohne Hast auf mich zu. Der Mann, der sodann in Erscheinung trat, trug abgewetzte Lederpantoffeln und eine Hose von namenloser Farbe. Die beiden obersten Knöpfe standen offen, um den Vorstadtbezirken seines ausgreifenden Bauches eine freiere Entfaltung zu ermöglichen. Des weiteren trug er rote Hosenträger, sein Hemd hatte dunkle Flecken unter den Armen und auch noch anderswo, und sein Gesicht mußte dringend einmal wieder gewaschen und gebügelt werden.

Er sagte: »Alles besetzt, junger Freund«, und grinste höhnisch.

Ich sagte: »Ich suche nicht nach einem Zimmer. Ich suche nach einem gewissen Eichelberger, der, wie ich unterrichtet wurde, hier wohnhaft ist, sich jedoch nicht, wie ich feststellen mußte, in Ihrem Buch eingetragen hat. Und dies widerspricht, wie Sie natürlich wissen, den polizeilichen Bestimmungen.«

»Ah schau an, ein schlauer Mann«, grinste der fette Mann mit erneutem Hohn. »Den Flur runter, junger Freund. Zwo-achtzehn.« Er winkte mit einem Daumen von der Farbe und fast auch dem Format einer verkohlten Bratkartoffel.

»Haben Sie die Freundlichkeit, mir den Weg zu zeigen«, sagte ich.

»Herrje, der Herr Vizegouverneur persönlich«, sagte er und begann seinen Bauch zu schütteln. Seine kleinen Äuglein verschwanden in Falten von gelbem Fett. »Okay, junger Freund. Dann folgen Sie mir mal unauffällig.«

Wir begaben uns in die düsteren Tiefen des hinteren Flurs und gelangten am Ende an eine hölzerne Tür mit einem geschlossenen hölzernen Oberlicht darüber. Der fette Mann versetzte der Tür einen Schlag mit einer fetten Faust. Nichts geschah.

»Weggegangen«, sagte er.

»Haben Sie die Freundlichkeit, die Tür aufzuschließen«, sagte ich. »Ich möchte hineingehen und auf Eichelberger warten.«

»Einen Mist werden Sie«, sagte der fette Mann garstig. »Was zum Teufel bilden Sie sich eigentlich ein, wer Sie sind, Sie abgebrochener Riese?«

Dies verdroß mich doch sehr. Er war ein gar nicht kleiner Mann, gut an die eins-achtzig, aber der lebenslange Genuß von Bier hatte zu viele Erinnerungen in ihm hinterlassen. Ich sah den dunklen Flur entlang. Die Stätte wirkte ausgesprochen verlassen.

Ich hieb dem fetten Mann eins vor den Bauch.

Er nahm auf dem Boden Platz und rülpste, und seine rechte Kniescheibe hatte eine unsanfte Begegnung mit seinem Kinn. Er hustete, und Tränen entquollen seinen Augen.

»Nicht doch, junger Freund«, winselte er. »Sie sind zwanzig Jahre jünger als ich. Das ist nicht fair.«

»Öffnen Sie die Tür«, sagte ich. »Ich habe keine Zeit, mit Ihnen zu streiten.«

»Einen Dollar«, sagte er und wischte sich die Augen mit dem Hemd. »Zwei Dollar, und alles bleibt unter uns.«

Ich entnahm meiner Tasche zwei Dollars und half dem Mann auf die Füße. Er faltete die beiden Scheine zusammen und brachte einen ganz gewöhnlichen Hauptschlüssel hervor, den ich mir leicht für fünf Cent hätte kaufen können.

»Sie hauen aber zu, Bruder«, sagte er. »Wo haben Sie das gelernt? Die meisten großen Burschen machen doch mit den Muskeln nicht viel her.« Er schloß die Tür auf.

»Wenn Sie später irgendwelche Geräusche hören«, sagte ich, »so ignorieren Sie diese einfach. Sollten etwelche Schäden entstehen, so werden sie in großzügiger Weise vergütet werden.«

Er nickte, und ich trat in das Zimmer. Er schloß die Tür hinter mir ab, und seine Schritte entfernten sich. Stille entstand.

Das Zimmer war klein, geschmacklos und gemein. Es enthielt eine braune Schubladenkommode mit einem schmalen Spiegel darüber, einen einfachen Holzstuhl, einen hölzernen Schaukelstuhl, ein Eisenbett mit abgeblätterter Emaille und einer schon häufig geflickten Baumwollsteppdecke. Die Gardinen vor dem einzigen Fenster zeigten Spuren von Fliegendreck, und das grüne Rouleau hatte am unteren Rand keine Leiste mehr. In der Ecke befand sich ein Waschbecken, neben dem zwei papierdünne Handtücher hingen. Ein Bad gab es natürlich nicht und ebensowenig einen Kleiderschrank. Ein dunkel gemusterter Stoff, der vor einer Art Regal niederhing, bildete einen Ersatz für den letzteren. Hinter ihm fand ich einen grauen Geschäftsanzug von der größten Größe, die hergestellt wird und die etwa meiner Größe entspräche, wenn ich Anzüge von der Stange trüge, was ich aber nicht tue. Ein Paar grober schwarzer Schuhe standen am Boden, mindestens Größe zwölf. Auch ein billiger Koffer aus Vulkanfiber stand da, den ich natürlich unverzüglich durchsuchte, da er nicht verschlossen war.

Ich durchsuchte auch die Kommode und war überrascht, alles darin ordentlich, sauber und anständig zu finden. Aber es war nicht viel darin. In Sonderheit Perlen ließen sich nirgends entdecken. Ich suchte an allen möglichen und unmöglichen Stellen im Zimmer danach, fand aber nichts, was Anspruch auf mein Interesse hätte erheben können.

Ich nahm auf der Bettkante Platz und zündete mir eine Zigarette an und wartete. Es war jetzt für mich ganz offensichtlich, daß Henry Eichelberger entweder ein sehr großer Narr genannt werden mußte oder vollständig unschuldig war. Das Zimmer und die offene Spur, die er hinter sich gelassen hatte, ließen nicht auf einen Mann schließen, zu dessen Gewohnheitstätigkeiten der Diebstahl von Perlenkolliers gehörte.

Ich rauchte vier Zigaretten, mehr als ich sonst gewöhnlich an einem ganzen Tag rauche, als plötzlich sich nähernde Schritte erklangen. Es waren leichte, flinke Schritte, die nichts von Heimlichkeit an sich hatten. Ein Schlüssel wurde in die Tür gestoßen und drehte sich, und die Tür flog achtlos auf. Ein Mann trat hindurch und blickte mich an.

Ich bin eins-siebenundachtzig groß und wiege über zwei Zentner. Dieser Mann war ebenfalls sehr hochgewachsen, schien aber leichter zu sein. Er trug einen blauen Serge-Anzug von der Art, die man ordentlich nennt, weil einem viel Besseres dazu nicht einfällt. Er hatte dichtes, drahtiges blondes Haar, einen Nacken wie ein preußischer Korporal auf einer Karikatur, sehr breite Schultern und große harte Hände, und er hatte ein Gesicht, das zu seinen bisherigen Lebzeiten schon so manche Abreibung bezogen hatte. Seine kleinen grünlichen Äuglein blinzelten mich mit einem Ausdruck an, in dem ich eine ausgesprochen üble Laune zu erkennen meinte. Ich sah sogleich, daß ich einen Mann vor mir hatte, mit dem nicht zu spaßen war, aber ich hatte keine Angst vor ihm. Ich war ihm ebenbürtig nach Körpergröße und Kraft und geistig, da hegte ich nur wenig Zweifel, einwandfrei überlegen.

Ich stand in aller Ruhe vom Bett auf und sagte: »Ich suche nach einem gewissen Eichelberger.«

»Wie sind Sie hier reingekommen, Freundchen?« Es war eine fröhliche Stimme, ziemlich dröhnend, aber dem Ohr gleichwohl nicht unangenehm.

»Die Erklärung dafür kann warten«, sagte ich steif. »Ich suche nach einem gewissen Eichelberger. Sind Sie das?«

»Ha!« sagte der Mann. »Ein Bauchaufschlitzer. Ein Komödiant. Warten Sie, bis ich mir den Gürtel gelockert habe.« Er tat ein paar Schritte weiter ins Zimmer, und ich tat dieselbe Anzahl Schritte auf ihn zu.

»Mein Name ist Walter Gage«, sagte ich. »Also, sind Sie Eichelberger?«

»Geben Sie mir einen Nickel«, sagte er, »und ich werd's Ihnen verraten.«

Ich ignorierte das. »Ich bin der Verlobte von Miss Ellen Macintosh«, unterrichtete ich ihn kalt. »Mir ist zur Kenntnis gebracht worden, daß Sie versucht haben, sie zu küssen.«

Er tat einen weiteren Schritt auf mich zu und ich einen weiteren auf ihn. »Was heißt hier versucht?« höhnte er.

Ich holte scharf mit der Rechten aus, und sie landete mit einem Volltreffer auf seinem Kinn. Ich hatte den Eindruck eines guten, soliden Schlages, aber er rührte ihn praktisch kaum. Worauf ich ihm zwei harte linke Gerade auf den Hals setzte und eine zweite harte Rechte seitlich auf die ziemlich breite Nase. Er schnaufte und schlug mir gegen den Solarplexus.

Ich bückte mich und packte das Zimmer mit beiden Händen und wirbelte es im Kreis herum. Als es so richtig

Schwung hatte, gab ich ihm noch einen kräftigen Drall und schlug es mir mit dem Fußboden gegen den Hinterkopf. Das brachte mich zeitweilig ein bißchen aus dem Gleichgewicht, und während ich noch mit mir zu Rate ging, wie ich es wiedergewinnen könnte, begann ein nasses Handtuch mir ins Gesicht zu schlagen, und ich öffnete die Augen. Das Gesicht Henry Eichelbergers befand sich dicht über dem meinen und zeigte einen gewissen Ausdruck der Besorgnis.

»Ho, mein Freund«, sagte seine Stimme, »Ihr Magen ist ja so schwach wie der Tee eines Zopfchinesen!«

»Brandy!« krächzte ich. »Was ist geschehen?«

»Sie sind über einen kleinen Riß im Teppich gestolpert, mein Freund. Müssen Sie wirklich Schnaps haben?«

»Brandy«, krächzte ich abermals und schloß die Augen wieder.

»Na, hoffentlich bringt mich der nicht wieder auf die schiefe Bahn«, sagte seine Stimme.

Eine Tür wurde geöffnet und wieder geschlossen. Ich lag ohne Bewegung und versuchte zu vermeiden, daß mir übel im Magen wurde. Die Zeit verging langsam, in einen langen grauen Schleier gehüllt. Dann wurde die Zimmertür abermals geöffnet und wieder geschlossen, und einen Augenblick später preßte sich etwas Hartes gegen meine Lippen. Ich öffnete den Mund, und Schnaps ergoß sich in meine Kehle. Ich hustete, aber die feurige Flüssigkeit begann ihren Lauf durch meine Adern und stärkte mich alsbald. Ich setzte mich auf.

»Danke, Henry«, sagte ich. »Darf ich Sie Henry nennen?«

»Unversteuert und gratis, mein Freund.«

Ich brachte mich auf die Füße und baute mich vor ihm auf. Er starrte mich neugierig an. »Sie sehen doch ganz proper aus«, sagte er. »Warum haben Sie mir nicht erzählt, daß Sie krank sind?«

»Verdammt sollen Sie sein, Eichelberger!« sagte ich und schlug ihm mit aller Kraft seitlich gegen den Kiefer. Er schüttelte den Kopf, und in seine Augen trat ein belästigter

Ausdruck. Ich feuerte drei weitere Schläge auf sein Gesicht ab, während er immer noch den Kopf schüttelte.

»Sie wollen also wirklich den wilden Mann spielen!« schrie er und packte das Bett und warf es nach mir.

Ich wich der Ecke des Bettes geschickt aus, aber indem ich das tat, bewegte ich mich ein wenig zu rasch und verlor das Gleichgewicht, was zur Folge hatte, daß ich meinen Kopf etwa vier Zoll unter dem Fenster in die Wandverkleidung schob.

Ein nasses Handtuch begann mir erneut ins Gesicht zu klatschen. Ich öffnete die Augen.

»Hören Sie mal, Freundchen. Jetzt sind Sie zweimal losgepredcht, und beide Bälle haben Ihnen nichts gebracht. Vielleicht sollten Sie's mal mit einem leichteren Schläger versuchen.«

»Brandy!« krächzte ich.

»Sie werden schon Roggenwhisky nehmen müssen.« Er preßte mir wieder ein Glas an die Lippen, und ich trank durstig. Dann kletterte ich wieder auf die Füße.

Das Bett hatte sich, zu meinem Erstaunen, nicht von der Stelle gerührt. Ich nahm darauf Platz, und Henry Eichelberger setzte sich neben mich und tätschelte mir die Schulter.

»Wir zwei beiden könnten ganz gut auskommen zusammen«, sagte er. »Ich hab Ihr Mädchen nie geküßt, obwohl ich nicht sagen kann, daß ich's nicht gern mal täte. Ist das alles, was Ihnen Kopfschmerzen macht?«

Er goß sich ein halbes Wasserglas voll Whisky aus der Pintflasche, die er kaufen gegangen war. Er schluckte den Schnaps nachdenklich hinunter.

»Nein, es handelt sich noch um eine andere Angelegenheit«, sagte ich.

»Schießen Sie los. Aber keine großen Schwinger mehr. Versprochen?«

Ich versprach es ihm ziemlich widerstrebend. »Warum

haben Sie die Stellung bei Mrs. Penruddock aufgegeben?« fragte ich ihn.

Er sah mich unter seinen zottigen blonden Brauen an. Dann sah er die Flasche an, die er in der Hand hielt. »Würden Sie sagen, daß ich blendend gut aussehe?« fragte er.

»Nun, Henry – – –«

»Machen Sie keine Schmonzes«, knurrte er.

»Nein, Henry. Ich würde nicht unbedingt sagen, daß Sie sehr attraktiv aussehen. Aber fraglos sind Sie ein männlicher Typ.«

Er goß sich ein weiteres Wasserglas mit Whisky voll und reichte es mir. »Sie sind dran«, sagte er. Ich trank es aus, ohne mir völlig im klaren darüber zu sein, was ich tat. Als ich aufgehört hatte zu husten, nahm Henry mir das Glas aus der Hand und füllte es neu. Er leerte es mit einer gewissen Niedergeschlagenheit. Die Flasche hatte ihren Inhalt jetzt nahezu eingebüßt.

»Nehmen Sie mal an, Sie verliebten sich in eine Dame, die alles ist, was es auf dieser Seite des Himmels bloß gibt. Und wären ein Bursche wie ich – mit einer Visage wie meiner. Ein Bursche, der im Kuhstall großgeworden ist und mit Hühnern und Schweinen in die Schule gegangen. Ein Bursche, der sich mit allem und jedem rumgeprügelt hat, außer vielleicht mit Walfischen und Schienenschnecken – Lokomotiven, wie das bei Ihnen heißt –, und der sie alle kurz und klein gedroschen hat, wenn er natürlich auch hin und wieder mal einen Treffer einstecken mußte, dem dabei aber jedenfalls die ganze Bildung und der äußere Lack flöten gegangen ist. So einer kriegt dann auf einmal einen Job, wo er dauernd und jeden Tag diesen Zucker vor Augen hat und weiß, da ist doch nichts drin für ihn. Was würden Sie tun, mein Freund? Ich, ich bin einfach abgehauen.«

»Henry, ich möchte Ihnen gern die Hand schütteln«, sagte ich.

Er ließ es lustlos mit sich geschehen. »Deshalb hab ich das

Handtuch geschmissen«, sagte er. »Was hätt ich sonst wohl machen sollen?« Er hielt die Flasche hoch gegen das Licht und betrachtete sie. »Mann, da haben Sie aber einen Fehler begangen, daß Sie mich das hier holen ließen. Wenn ich mal mit Trinken anfange, wird's gleich eine Weltreise. Sind Sie gut gepolstert?«

»Gewiß«, sagte ich. »Wenn es Whisky ist, wonach Ihnen der Sinn steht, Henry, so sollen Sie Whisky haben. Ich erfreue mich einer reizenden Wohnung an der Franklin Avenue in Hollywood, und wenn es mir auch fernliegt, Ihre eigene bescheidene und fraglos nur vorübergehende Behausung einer nachteiligen Kritik zu unterziehen, möchte ich doch vorschlagen, daß wir uns nunmehr in meine Wohnung begeben, die ein gut Teil größer ist und einem mehr Ellbogenfreiheit gewährt.« Ich machte eine unternehmende Handbewegung.

»Mann, Sie sind ja betrunken!« sagte Henry, die kleinen grünen Augen voller Bewunderung.

»Ich bin durchaus noch nicht betrunken, Henry, obwohl ich in der Tat die Wirkung des Whiskys bereits verspüre, und zwar als eine sehr angenehme. Sie dürfen sich nicht an meiner Redeweise stoßen, die eine persönliche Eigenart von mir ist, ganz wie Ihre so prägnante Ausdrucksform als für Sie bezeichnend gelten darf. Doch bevor wir uns von hinnen begeben, möchte ich noch eine andere, recht unbedeutende Einzelheit mit Ihnen erörtern. Ich bin ermächtigt, die Rückkehr von Mrs. Penruddocks Perlen in die Wege zu leiten. Wenn ich recht verstehe, ist die Möglichkeit nicht von der Hand zu weisen, daß Sie dieselben gestohlen haben könnten.«

»Mein Sohn, Sie riskieren aber eine Menge«, sagte Henry sanft.

»Es handelt sich um eine rein geschäftliche Angelegenheit, Henry, und eine klare Ausdrucksweise ist der beste Weg, sie ins reine zu bringen. Die Perlen sind einwandfrei falsch, deshalb sollte es uns nicht schwer werden, zu einer Übereinkunft zu gelangen. Ich will Ihnen nichts Böses, Henry, und bin Ihnen zudem für die Beschaffung des Whiskys verpflichtet, aber Geschäft ist Geschäft. Wollen Sie fünfzig Dollar nehmen und die Perlen zurückgeben, ohne daß weitere Fragen gestellt werden?«

Henry lachte kurz und freudlos auf, doch klang in seiner Stimme keinerlei Animosität, als er sagte: »Sie denken also, ich hab mir ein paar Murmeln unter den Nagel gerissen und sitze nun hier herum und warte darauf, daß ein ganzer Schwarm Bullen über mich herfällt?«

»Der Polizei ist keinerlei Meldung gemacht worden, Henry, und vielleicht hat es sich Ihrer Kenntnis entzogen, daß die Perlen falsch waren. Geben Sie mir noch einen Schluck, Henry.«

Er goß mir das meiste von dem ein, was noch in der Flasche war, und ich trank es in der allerbesten Laune aus. Ich warf das Glas nach dem Spiegel, verfehlte ihn jedoch unglücklicherweise. Das Glas, das von schwerer und billiger Machart war, fiel zu Boden und zerbrach nicht. Henry Eichelberger lachte herzlich.

»Worüber lachen Sie, Henry?«

»Ach, nichts«, sagte er. »Ich mußte bloß grad denken, was der für ein Gesicht machen wird, der Depp, wenn er's rauskriegt – das mit den Murmeln.«

»Wollen Sie damit sagen, Sie haben die Perlen gar nicht gestohlen, Henry?«

Er lachte erneut, ein wenig düster. »Ja-ah«, sagte er, »will ich genau sagen damit. Eigentlich müßte ich Ihnen ja eine reinhauen, aber was soll's? Jeder kann mal einen blöden Einfall haben. Nee, ich hab keine Perlen gestohlen, mein Freund. Wenn's bloß Glasmurmeln waren, hätt ich mir gar nicht erst die Mühe gemacht, und wenn sie das waren, wonach sie aussahen, wie ich sie das einemal gesehen habe am Hals der alten Dame, dann würd ich mich garantiert nicht hier in L. A. in einer billigen Absteige einigeln und darauf warten, daß mir ein paar Wagenladungen Polypen den Riecher auf den Pelz setzen.«

Ich griff abermals nach seiner Hand und schüttelte sie.

»Das ist alles, was ich zu wissen begehrte«, sagte ich guter Dinge. »Jetzt habe ich meinen Seelenfrieden wieder. Wir werden uns nunmehr in meine Wohnung begeben und auf Mittel und Wege sinnen, wie sich die Perlen wieder auftreiben lassen. Sie und ich, wir beide sollten ein Team bilden, das jeden Widerstand zu überwältigen versteht, Henry.«

»Sie nehmen mich doch nicht auf den Arm, he?«

Ich erhob mich und setzte meinen Hut auf – verkehrt herum, die Oberseite nach unten. »Nein, Henry, ich biete Ihnen eine Beschäftigung, deren Sie, wenn ich recht verstehe, gegenwärtig bedürfen, sowie allen Whisky, den Sie nur trinken können. Lassen Sie uns aufbrechen. Können Sie einen Wagen lenken in Ihrem Zustand?«

»Zum Teufel, ich bin nicht betrunken«, sagte Henry und machte ein überraschtes Gesicht.

Wir verließen das Zimmer und gingen den dunklen Flur entlang. Der fette Geschäftsführer erschien ganz plötzlich aus dem Nebel und blieb vor uns stehen, rieb sich den Bauch und sah mich mit kleinen habgierigen Augen an. »Alles okay?« forschte er und kaute auf einem von der Zeit gedunkelten Zahnstocher.

»Geben Sie ihm einen Dollar«, sagte Henry.

»Wozu das, Henry?«

»Ach, ich weiß nicht. Geben Sie ihm einfach einen Dollar.«

Ich entnahm meiner Tasche eine Dollarnote und reichte sie dem fetten Mann.

»Danke, mein Freund«, sagte Henry. Er kraulte den fetten Mann unter dem Adamsapfel und entwand die Dollarnote geschickt seinen Fingern. »Damit wäre der Schnaps beglichen«, sagte er. »Ich find's zum Kotzen, um Kies zu betteln.«

Wir gingen Arm in Arm die Treppe hinunter und überließen den Geschäftsführer seinen Versuchen, sich den Zahnstocher wieder aus der Luftröhre hochzuhusten.

III

Um fünf Uhr am Nachmittag erwachte ich aus süßem Schlummer und stellte fest, daß ich auf meinem Bett in meinem Apartment lag, im Chateau Moraine, an der Franklin Avenue Nähe Ivar Street, in Hollywood. Ich wandte den Kopf, der schmerzte, und sah, daß Henry Eichelberger neben mir lag, in Unterhemd und Hosen. Woraufhin ich bemerkte, daß auch ich mich in der nämlichen leichten Bekleidung befand. Auf dem Tisch in der Nähe stand eine fast volle Flasche Roggenwhisky in schönem Quartmaß, Old Plantation, und am Boden lag eine gänzlich leere Flasche derselben ausgezeichneten Marke. Kleidungsstücke lagen hier und da am Boden herum, und in die brokatene Armlehne eines meiner Sessel hatte eine Zigarette ein Loch gebrannt.

Ich tastete mich behutsam ab. Mein Bauch war gespannt und tat weh, und mein Kiefer wirkte an der einen Seite leicht geschwollen. Darüber hinaus war ich offenbar noch einigermaßen intakt. Ein scharfer Schmerz fuhr mir durch die Schläfen, als ich vom Bett aufstand, aber ich ignorierte ihn und schritt gefaßt auf die Flasche zu, die auf dem Tisch stand, und hob sie an die Lippen. Nachdem ich einen herzhaften Zug getan hatte, fühlte ich mich jählich viel besser. Eine gelöste und wohlgelaunte Stimmung überkam mich, und ich war alsbald zu jedem neuen Abenteuer bereit. Ich ging zum Bett zurück und schüttelte Henry kräftig an der Schulter.

»Erwache, Henry«, sagte ich. »Es naht die Stunde des Sonnenuntergangs. Die Rotkehlchen rufen, und die Eichhörnchen zanken, und die Purpurwinden falten sich zusammen zum Schlafe.«

Wie alle Männer der Tat erwachte Henry Eichelberger mit geballten Fäusten. »Was war das für ein Mumpitz?« knurrte er. »Ah, ja. Hallo, Walter. Wie fühlst du dich?«

»Blendend. Hast du genug geruht?«

»Aber klar.« Er schwang seine schuhlosen Füße auf den Boden und rubbelte sich mit den Fingern das dichte blonde Haar. »Mit uns ging's großartig, bist du schlappgemacht hast«, sagte er. »Da hab ich mich dann zu einem kleinen Nickerchen hingehauen. Ich trinke nie solo. Bist du okay?«

»Ja, Henry, ich fühle mich in der Tat recht wohl. Und wir müssen uns an die Arbeit machen.«

»Bin dabei.« Er begab sich zur Whiskyflasche hinüber und zechte nach Kräften. Er rieb sich mit der flachen Hand den Bauch. Seine grünen Augen zeigten ein friedvolles Leuchten. »Ich bin ein kranker Mann«, sagte er, »und muß meine Medizin nehmen.« Er stellte die Flasche auf den Tisch zurück und ließ seine Blicke durch mein Apartment wandern. »Herrje«, sagte er, »wir haben uns das Zeug derart mit Tempo eingetrichtert, daß ich die Bude hier kaum mitgekriegt hab. Ist ja ein toller Laden, Walter! Mensch, eine weiße Schreibmaschine und ein weißes Telephon! Was ist passiert, Junge – hast du grad Konfirmation gehabt?«

»Nur eine lose Laune, Henry«, sagte ich und machte eine affektierte Handbewegung.

Henry ging hinüber und sah sich die Schreibmaschine an und das Telephon, die Seite an Seite auf meinem Schreibtisch standen, und die silbergefaßte Schreibgarnitur – jedes Stück mit meinen ziselierten Initialen versehen.

»Nicht schlecht betucht, was?« sagte Henry und wandte mir seinen grünen Blick zu.

»Och, man lebt, Henry«, sagte ich bescheiden.

»Tja, und was nun, mein Freund? Hast du schon eine Idee, oder picheln wir erst noch einen?«

»Jawohl, Henry, ich habe in der Tat eine Idee. Mit einem Mann wie dir als Helfer läßt sie sich, denke ich, in die Tat umsetzen. Wir müssen sozusagen den Stier bei den Hörnern packen. Wenn ein Perlenkollier gestohlen wird, bekommt die gesamte Unterwelt sofort Wind davon. Perlen sind schwer zu veräußern, Henry, insofern als man sie nicht zerschneiden kann und Experten sie zu identifizieren vermögen, wie ich gelesen habe. Die Unterwelt wird geradezu kochen vor Aktivität. Es sollte uns nicht allzu schwer fallen, jemanden zu finden, der an die richtige Stelle die Nachricht von uns weiterleitet, daß wir willens sind, eine vernünftige Summe für die Rückgabe der geraubten Gegenstände zu zahlen.«

»Für einen, der so gesoffen hat wie du, redest du ganz schön kariert«, sagte Henry und griff nach der Flasche. »Aber hast du da nicht vergessen, daß die Murmeln bloß nachgemacht sind?«

»Aus sentimentalen Erwägungen bin ich trotzdem bereit, mich die Rückgabe etwas kosten zu lassen.«

Henry trank einigen Whisky, schien am Aroma Gefallen zu finden und trank eine weitere Portion. Er winkte mir höflich mit der Flasche zu.

»Das ist schon okay – was das betrifft«, sagte er. »Aber diese Unterwelt, selbst wenn sie dauernd am Kochen ist, wie du sagst, wird den Teufel tun und wegen einer Schnur Glasperlen ins Kochen kommen. Oder lieg ich da schief?«

»Ich ging, Henry, von dem Gedanken aus, daß die Unterwelt vermutlich Sinn für Humor hat und daß es überall ein recht herzliches Gelächter geben wird.«

»Da ist was dran«, sagte Henry. »Kriegt da also ein gerissener Einsteiger raus, daß die olle Penruddock ein Schnürchen mit Austernkernen hat, die einen schönen Haufen Kies wert sind, und macht sich dran und knackt den Schrank schön sauber auf – und dann bleibt er zu guter Letzt noch am Zaun hängen, nämlich beim Hehler, der ihm ein Licht aufsteckt und sich den Bauch vor Lachen hält. Also ich würde sagen, sowas könnte sich durchaus in den Kegelstübchen rumsprechen und nicht schlecht für Spott sorgen. So weit, so blöd. Aber der Haken ist, daß dieser Schränker die Perlen dann so fix wie möglich auf den Müll schmeißen wird, weil sie ihm drei bis zehn Jährchen einbringen können, wenn sie auch bloß einen Nickel wert sind, plus Umsatzsteuer. Das ist nämlich die Prämie für Einbruch, Walter.«

»Wie dem immer sei, Henry«, sagte ich, »die Sache hat noch einen anderen Gesichtspunkt. Wenn der Dieb sehr töricht ist, kommt dem freilich nicht viel Gewicht zu. Doch wenn er auch nur über mäßige Intelligenz gebietet, läßt sich damit rechnen. Mrs. Penruddock ist eine sehr stolze alte Dame und lebt in einem sehr exklusiven Viertel unserer Stadt. Wenn es bekannt würde, daß sie falsche Perlen getragen hat, und vor allem wenn eine Andeutung in der Presse käme, daß es sich ausgerechnet um die Perlen handelte, die ihr verewigter Gatte ihr zur goldenen Hochzeit geschenkt hatte – nun, ich bin sicher, Henry, du siehst, wo hier der springende Punkt sitzt.«

»Schränker sind nicht besonders helle«, sagte er und rieb sich sein steinernes Kinn. Dann hob er den rechten Daumen und biß gedankenvoll hinein. Er blickte zu den Fenstern hinüber, in die Zimmerecke, zu Boden. Er schielte mich aus den Augenwinkeln an.

»Erpressung, was?« sagte er. »Schon möglich. Aber Ganeffs bringen ihre Branchen meist nicht durcheinander. Trotzdem, der Bursche könnte was weiterflüstern. Da liegt eine Chance, Walter. Ich würde nicht grad meine Goldplomben verpfänden, um mir ein Stück davon zu kaufen, aber eine Chance ist es schon. Wieviel gedenkst du denn auszuspucken?«

»Hundert Dollar wären schon reichlich bemessen, doch bin ich willens, bis zu zweihundert zu gehen, was dem tatsächlichen Preis der Imitation entspricht.«

Henry schüttelte den Kopf und widmete sich leutselig wieder der Flasche. »Nö. Für so ein Fitzchen Geld würde der Bursche kaum aus der Deckung kommen. Lohnte das Risiko nicht, das er einginge. Er würde die Murmeln auf den Müll schmeißen und seine Hände in Unschuld waschen.«

»Wir können es wenigstens versuchen, Henry.«

»Tja, aber wo? Und allmählich wird der Schnaps knapp. Vielleicht sollte ich mir lieber mal die Schuhe anziehen und einen kleinen Weg machen, was?«

Genau in diesem Augenblick, als sollte es eine Antwort auf mein ungesprochenes Gebet sein, plumpste etwas an der Tür meines Apartments weich auf den Boden. Ich öffnete und hob die letzte Ausgabe der Abendzeitung auf. Ich schloß die Türe wieder und trug die Zeitung ins Zimmer, schlug sie unterwegs bereits auf. Ich wies mit dem rechten Zeigefinger darauf und lächelte Henry Eichelberger zuversichtlich an.

»Hier. Ich wette eine volle Quartflasche Old Plantation, daß wir die Antwort in der Verbrechensspalte dieser Zeitung finden.«

»Es gibt gar keine Verbrechensspaltc«, frohlockte Henry. »Wir sind hier in Los Angeles. Ich verschwinde.«

Ich schlug mit einigem Hangen und Bangen die Seite drei auf, denn obwohl ich die Meldung, die ich suchte, schon in einer Frühausgabe des Blattes gesehen hatte, während ich in Ada Twomeys Domestic Employment Agency wartete, war ich nicht sicher, ob sie auch in den späteren Ausgaben noch vollständig zu lesen sein würde. Aber mein Glaube ward belohnt. Man hatte sie nicht herausgenommen, sondern sie erschien in vollem Wortlaut mitten in der dritten Spalte. Der Bericht, der ganz kurz war, trug die Überschrift: LOU GANDESI IM ZUSAMMENHANG MIT JUWELENDIEBSTÄHLEN VERNOMMEN. »Hör dir das an, Henry«, sagte ich und begann zu lesen. »Aufgrund eines anonymen Hinweises wurde in der vergangenen Nacht Louis G. (Lou) Gandesi, Inhaber eines bekannten Lokals in der Spring Street, von der Polizei festgenommen und ausführlich im Zusammenhang mit der Welle von Juwelendiebstählen verhört, die sich in letzter Zeit auf Abendgesellschaften in einem exklusiven westlichen Viertel unserer Stadt ereignet haben. Wie mitgeteilt wird, handelt es sich um Überfälle in verschiedenen vornehmen Häusern, bei denen die weiblichen Gäste mit vorgehaltener Pistole zur Herausgabe von Juwelen im Wert von insgesamt über zweihunderttausend Dollar gezwungen wurden. Gandesi wurde zu später Stunde wieder auf freien Fuß gesetzt, lehnte es jedoch ab, den Reportern gegenüber eine Erklärung abzugeben. ›Ich kann den Bullen nicht vorschreiben, wie sie ihre Arbeit tun sollen‹, sagte er bescheiden. Captain William Norgaard vom Allgemeinen Raubdezernat erklärte, er habe sich davon überzeugt, daß zwischen Gandesi und den Überfällen keinerlei Zusammenhang bestehe, und bei dem Hinweis, der ihnen zugegangen sei, müsse es sich lediglich um einen privaten Racheakt gehandelt haben.«

Ich faltete die Zeitung zusammen und warf sie aufs Bett.

»Du hast gewonnen, Junge«, sagte Henry und reichte mir die Flasche. Ich tat einen langen Zug und gab sie ihm zurück. »Was nun? Sollen wir uns diesen Gandesi mal schnappen und ihn in die Mangel nehmen?«

»Vielleicht ist er ein gefährlicher Mann, Henry. Glaubst du, wir sind der Sache gewachsen?«

Henry schnaufte verächtlich. »Äh, so ein Spring-Street-Ganeff! Irgendein Fettsack mit einem unechten Rubin an der Pfote! Bring mich zu ihm. Wir werden ihm das Innere nach außen kehren und ihm die Leber ausquetschen. Aber was viel schlimmer ist – der Stoff geht uns aus! Ist kaum noch ein kleines Pintchen drin.« Er hielt die Flasche besorgt gegen das Licht.

»Für den Augenblick haben wir auch genug, Henry.«

»Wir sind doch nicht betrunken, oder? Ich jedenfalls hab

bloß ein paar Schlückchen gehabt, seit wir hier sind, so Stücker sieben oder vielleicht neun.«

»Gewiß sind wir nicht betrunken, Henry, aber deine Schlückchen fallen sehr umfangreich aus, und wir haben noch einen schweren Abend vor uns. Ich meine, wir sollten uns jetzt rasieren und anziehen, und ferner meine ich, daß wir für unser Unternehmen den Abendanzug wählen sollten. Ich habe noch einen Smoking, der dir ausgezeichnet passen wird, da wir fast genau dieselbe Größe haben. Es muß fraglos als bemerkenswertes Omen bezeichnet werden, daß zwei so stattliche Gestalten sich zu demselben Unternehmen vereinigen. Abendanzüge machen auf diese niedrigen Charaktere immer Eindruck, Henry.«

»Tolle Sache«, sagte Henry. »Die werden denken, wir sind zwei Typen, die für irgendein großes Tier arbeiten. Dieser Gandesi wird es derart mit der Angst kriegen, daß er seine Krawatte verschluckt.«

Wir beschlossen, nach meinem Vorschlag zu verfahren, und ich legte die Sachen für Henry heraus, und während er badete und sich rasierte, rief ich Ellen Macintosh an.

»Oh, Walter, ich bin ja so froh, daß du dich endlich meldest!« schrie sie. »Hast du schon etwas herausgefunden?«

»Noch nicht, Schatz«, sagte ich. »Aber wir haben eine Idee. Henry und ich stehen gerade im Begriff, sie in die Tat umzusetzen.«

»Henry, Walter? Was für ein Henry?«

»Nun, Henry Eichelberger natürlich, Schatz. Hast du ihn so rasch vergessen? Henry und ich sind die wärmsten Freunde, und wir – – –«

Sie unterbrach mich kalt. »Hast du etwa getrunken, Walter?« erkundigte sie sich mit sehr reservierter Stimme.

»Aber gewiß nicht, Schatz. Henry ist vollkommener Abstinenzler.«

Sie schnüffelte scharf. Ich konnte das Geräusch deutlich über das Telephon hören. »Aber hat denn Henry die Perlen nicht genommen?« fragte sie, nach einer ziemlich langen Pause.

»Henry, mein Engel? Aber natürlich nicht. Henry ist gegangen, weil er sich in dich verliebt hatte.«

»Oh, Walter! Dieser Affe? Ich bin sicher, daß du schrecklich getrunken hast. Ich will nie wieder mit dir sprechen. Lebe wohl.« Und sie legte so jäh den Hörer auf, daß sich ein schmerzliches Gefühl in meinem Ohr bemerkbar machte.

Ich setzte mich in einen Sessel, eine Flasche Old Plantation in der Hand, und überlegte, was ich denn eigentlich gesagt hatte, was als kränkend oder anstößig hätte gedeutet werden können. Da mir nichts einfallen wollte, tröstete ich mich mit der Flasche, bis Henry aus dem Bad kam – eine äußerst stattliche Erscheinung in einem von meinen plissierten Hemden mit Eckenkragen und einer schwarzen Fliege.

Es war dunkel, als wir das Apartment verließen, und wenigstens ich war voller Hoffnung und Zuversicht, wenn auch ein wenig bedrückt ob der Art und Weise, in der sich Ellen Macintosh mir gegenüber am Telephon geäußert hatte.

IV

Mr. Gandesis Etablissement war nicht schwer zu finden, insofern als der erste Taxifahrer, den Henry auf der Spring Street anrief, uns hinwies. Es nannte sich ›Die Blaue Lagune‹, und sein ganzes Inneres war in ein unangenehmes blaues Licht getaucht. Henry und ich betraten es mit festem Schritt, da wir in Mandy's Caribbean Grotto eine Mahlzeit aus teilweise fester Nahrung zu uns genommen hatten, bevor wir uns auf den Weg machten, Mr. Gandesi aufzusuchen. Henry sah fast hübsch aus in meinem zweitbesten Smoking, mit einem weißen Fransenschal um den Hals, einem leichten Filzhut auf dem Hinterkopf (der nur ein ganz klein wenig größer war als meiner) und je einer Flasche

Whisky in den Seitentaschen des Sommermantels, den er trug.

Die Bar der Blauen Lagune wimmelte von Leuten, aber Henry und ich begaben uns ohne Aufenthalt weiter in den kleinen dämmrigen Speiseraum, der dahinter lag. Ein Mann in schmutzigem Abendanzug kam uns entgegen, und Henry fragte nach Gandesi, und er wies auf einen fetten Mann, der in der hinteren Ecke des Raums allein an einem kleinen Tischchen saß. Wir gingen zu ihm hinüber.

Der Mann saß mit einem Gläschen Rotwein vor sich da und drehte langsam einen großen grünen Stein an seinem Finger. Er blickte nicht auf. Es standen keine weiteren Stühle an seinem Tisch, und so stützte Henry sich mit beiden Ellbogen darauf.

»Sind Sie Gandesi?« fragte er.

Selbst jetzt blickte der Mann nicht auf. Er zog nur die dichten schwarzen Brauen zusammen und sagte mit abwesender Stimme: »Si. Ja.«

»Wir müssen mit Ihnen reden – privat«, erklärte Henry ihm. »Wo wir ungestört sind.«

Jetzt hob Gandesi den Blick, und in seinen flachen schwarzen mandelförmigen Augen lag extreme Langeweile. »So?« fragte er und zuckte die Achseln. »Und es handelt sich worum?«

»Um ein paar Perlen«, sagte Henry. »Neunundvierzig auf einer Schnur, rosa und zueinander passend.«

»Sie wollen verkaufen – oder kaufen?« forschte Gandesi, und sein Kinn begann auf und nieder zu hüpfen, wie vor Belustigung.

»Kaufen«, sagte Henry.

Der Mann am Tisch krümmte gemächlich den Finger, und ein sehr großer Kellner erschien an seiner Seite. »Ein Betrunkener«, sagte er leblos. »Schaffen Sie die Leute raus.«

Der Kellner packte Henrys Schulter. Henry langte gleichmütig hin und packte seinerseits die Hand des Kellners und drehte sie. Das Gesicht des Kellners nahm in dem bläulichen Licht eine Farbe an, die ich nicht beschreiben könnte, die aber ganz und gar nicht gesund war. Er gab ein leises Stöhnen von sich. Henry ließ die Hand fallen und sagte zu mir: »Leg mal einen Hunderter auf den Tisch.«

Ich zog die Brieftasche und entnahm ihr eine der beiden Hundert-Dollar-Noten, die ich mir vorsorglicherweise vom Kassierer im Chateau Moraine hatte geben lassen. Gandesi starrte den Schein an und gab dem großen Kellner einen Wink, worauf dieser sich entfernte, nicht ohne sich dabei emsig die Hand zu reiben und sie fest an die Brust zu drücken.

»Wofür?« fragte Gandesi.

»Fünf Minuten Ihrer Zeit unter sechs Augen.«

»Sehr komisch. Okay, ich mache mit.« Gandesi nahm den Geldschein, faltete ihn sauber zusammen und steckte ihn in die Westentasche. Dann legte er beide Hände auf die Tischplatte und brachte sich schwerfällig auf die Füße. Er setzte sich watschelnd in Bewegung, ohne sich nach uns umzusehen.

Henry und ich folgten ihm zwischen den dicht besetzten Tischen hindurch zur anderen Seite des Speiseraumes und durch eine Tür in der Täfelung und dann einen schmalen dämmrigen Gang hinunter. An dessen Ende öffnete Gandesi eine weitere Tür in einen erleuchteten Raum und blieb stehen und hielt sie für uns auf, mit einem ernsten Lächeln auf dem Gesicht. Ich ging zuerst hinein.

Als Henry an Gandesi vorbei ins Zimmer trat, zog der letztere mit überraschender Behendigkeit einen kleinen, glänzend schwarzen ledernen Totschläger aus seiner Kleidung und schlug Henry damit sehr hart auf den Kopf. Henry sackte nach vorn, auf Hände und Knie. Gandesi schloß die Zimmertür, sehr rasch für einen Mann von seiner Statur, und lehnte sich dagegen, den kleinen Totschläger in der linken Hand. Dann erschien, ganz plötzlich, in seiner rechten ein kurzer, aber schwerer Revolver.

»Sehr komisch«, sagte er höflich und kicherte in sich hinein.

Was dann genau passierte, bekam ich gar nicht im einzelnen mit. In diesem Augenblick noch hockte Henry auf Händen und Knien, den Rücken Gandesi zugewandt. Im nächsten, oder vielleicht sogar noch im selben Augenblick, wirbelte etwas durch die Luft, was aussah wie ein großer Fisch im Wasser, und Gandesi grunzte. Dann sah ich, daß Henrys harter blonder Kopf sich in Gandesis Magengrube bohrte und daß Henrys große Hände die beiden haarigen Handgelenke Gandesis gepackt hielten. Henry richtete sich zu voller Höhe auf, und Gandesi schwebte auf einmal hoch in der Luft, balancierte auf Henrys Kopf, den Mund weit aufgerissen und das Gesicht dunkel purpurn angelaufen. Dann schüttelte sich Henry, wie es schien, ganz leicht, und Gandesi landete mit einem gräßlichen Geräusch rücklings auf dem Boden und blieb japsend liegen. Dann drehte sich ein Schlüssel in der Tür, und Henry stand mit dem Rücken dagegen da, den Totschläger wie den Revolver in der linken Hand, und betastete mit der rechten besorgt die Taschen, die unseren Whisky-Vorrat enthielten. All dies geschah derart rapide, daß ich mich gegen die Wand lehnen mußte und mir im Magen ganz übel wurde.

»Ein Bauchaufschlitzer«, sagte Henry gedehnt. »Ein Komödiant. Warte, bis ich mir den Gürtel gelockert habe.«

Gandesi wälzte sich herum und kam ganz langsam auf die Füße und stand schwankend da und strich sich mit der Hand über das schmerzverzerrte Gesicht. Seine Kleidung war mit Staub bedeckt.

»Das hier ist doch ein Totschläger«, sagte Henry und zeigte mir das kleine schwarze Lederding. »Er hat mich geschlagen damit, stimmt's?«

»Wieso – weißt du das denn gar nicht, Henry?« forschte ich.

»Ich wollte bloß sichergehen«, sagte Henry. »Sowas macht man nicht mit den Eichelbergers.«

»Okay, was wollt ihr Jungs nun eigentlich?« fragte Gandesi abrupt, und der italienische Akzent, den er vorher gehabt hatte, war mit einem Schlag verschwunden.

»Ich hab Ihnen doch gesagt, was wir wollen, Teiggesicht.«

»Glaube nicht, daß ich euch kenne, Jungs«, sagte Gandesi und senkte seinen Leib mit Vorsicht in einen hölzernen Sessel neben einem schäbigen Schreibtisch. Er wischte sich Gesicht und Nacken und betastete sich an verschiedenen Stellen.

»Sie machen sich ganz falsche Gedanken, Gandesi. Einer Dame, die in Carondelet Park wohnt, ist vor ein paar Tagen eine Kette mit neunundvierzig Perlen abhanden gekommen. Aus einem Safe, der aber spielend leicht zu knacken war. Unsere Firma hat eine kleine Versicherung auf die Murmeln. Und den Hunderter werde ich mal wieder an mich nehmen.«

Er ging zu Gandesi hinüber, und Gandesi beeilte sich, den zusammengefalteten Geldschein aus der Tasche zu ziehen und ihm zu reichen. Henry gab ihn mir weiter, und ich legte ihn in meine Brieftasche zurück.

»Ich glaube nicht, daß ich was davon gehört habe«, sagte Gandesi vorsichtig.

»Sie haben mich mit einem Totschläger gehauen«, sagte Henry. »Strengen Sie mal Ihre Lauscher an.«

Gandesi schüttelte den Kopf und schrak dann zusammen. »Ich decke keine Schränker«, sagte er, »und auch keine Diebe. Da sind Sie an der falschen Adresse.«

»Lauschen Sie scharf«, sagte Henry mit leiser Stimme. »Vielleicht hören Sie doch noch was.« Er schwang den kleinen schwarzen Totschläger leicht mit zwei Fingern seiner rechten Hand vor sich hin und her. Der ein wenig zu kleine Hut saß ihm immer noch auf dem Hinterkopf, wenn auch leicht verkrumpelt jetzt.

»Henry«, sagte ich, »du scheinst heute abend die ganze

Arbeit allein tun zu wollen. Findest du das eigentlich fair?«

»Okay, nimm du ihn in die Mangel«, sagte Henry. »Diese fetten Burschen kriegen so schöne Beulen, wenn man draufhaut.«

Inzwischen hatte Gandesis Gesicht wieder eine natürliche Färbung bekommen, und er blickte uns forschend an. »Von der Versicherung, soso«, sagte er mit einigem Zweifel in der Stimme.

»Sie sagen es, Teiggesicht.«

»Schon bei Melachrino versucht?« fragte Gandesi.

»Ha!« begann Henry ruppig. »Ein Bauchaufschlitzer. Ein – – –« Aber ich unterbrach ihn scharf.

»Einen Augenblick, Henry«, sagte ich. Dann wandte ich mich an Gandesi. »Ist dieser Melachrino eine Person?« fragte ich ihn.

Gandesis Augen rundeten sich vor Überraschung. »Aber gewiß doch – ein Bursche. Sie kennen ihn wohl gar nicht, was?« Ein Blick voll von finstrem Argwohn wurde in seinen schlehenschwarzen Augen geboren, verschwand aber fast so rasch, wie er erschienen war.

»Rufen Sie ihn an«, sagte Henry und zeigte auf das Instrument, das auf dem schäbigen Schreibtisch stand.

»Telephonieren ist schlecht«, wandte Gandesi nachdenklich ein.

»Auch ein Schlag mit dem Totschläger ist nicht das Beste«, sagte Henry.

Gandesi seufzte und drehte seinen dicken Körper im Sessel und zog das Telephon zu sich heran. Er wählte mit tintigem Fingernagel eine Nummer und lauschte. Nach einer Weile sagte er: »Joe? ... Lou. Ein paar Versicherungsleute wollen wegen einem Job in Carondelet Park ins Geschäft kommen ... Ja-ah ... Nein, Murmeln ... Auch kein Sterbenswort gehört davon, was? ... Okay, Joe.«

Gandesi legte den Hörer auf und wälzte sich im Sessel wieder herum. Er studierte uns mit schläfrigen Augen.

»Fehlanzeige. Für welche Versicherungsfirma arbeitet ihr Jungs eigentlich?«

»Gib ihm eine Karte«, sagte Henry zu mir.

Ich zog meine Brieftasche abermals heraus und entnahm ihr eine von meinen Karten. Es war eine gravierte Visitenkarte, und sie trug nichts als meinen Namen. So machte ich von meinem Taschenbleistift Gebrauch und kritzelte darunter: Chateau Moraine Apartments, Franklin Nähe Ivar. Ich zeigte Henry die Karte und reichte sie dann Gandesi.

Gandesi las die Karte und biß sich gemächlich in den Finger. Plötzlich erhellte sich sein Gesicht. »Ihr Jungs solltet am besten mal Jack Lawler besuchen«, sagte er.

Henry starrte ihn durchbohrend an. Gandesis Augen waren jetzt hell und arglos und blinzelten nicht.

»Wer ist das denn?« fragte Henry.

»Hat den Penguin Club. Draußen am Strip – sechsundachtzig vierundvierzig Sunset oder so ähnlich. Wenn überhaupt jemand, dann kriegt er die Sache raus.«

»Danke«, sagte Henry ruhig. Er sah mich an. »Glaubst du ihm?«

»Nun, Henry, ich glaube nicht, daß Mr. Gandesi absolut darüber erhaben wäre, uns eine Unwahrheit zu sagen.«

»Ha!« begann Gandesi plötzlich. »Ein Bauchaufschlitzer! Ein – – –«

»Schnauze!« knurrte Henry ihn an. »Das ist mein Text. Keine krumme Tour, Gandesi? Das mit diesem Jack Lawler?«

Gandesi schüttelte heftig den Kopf. »Absolut keine. Jack Lawler hat seine Finger in allen hochkarätigen Sachen, die bei uns über die Bühne gehen. Aber es ist nicht ganz einfach, ihn zu sehen zu kriegen.«

»Darüber zerbrechen Sie sich mal nicht den Kopf. Danke, Gandesi.«

Henry schmiß den schwarzen Totschläger in die Zimmerecke und klappte das Verschlußstück des Revolvers auseinander, den er die ganze Zeit noch in der linken Hand gehalten hatte. Er stieß die Patronen aus und bückte sich dann und ließ die Waffe über den Boden schlittern, bis sie unter dem Schreibtisch verschwand. Er schüttelte die Patronen einen Moment lang müßig in der hohlen Hand und streute sie dann über den Boden.

»Bis dann, Gandesi«, sagte er kalt. »Und nehmen Sie Ihre Schnauze in acht, falls Sie nicht Lust haben, unter dem Bett danach zu suchen.«

Dann schloß er die Tür wieder auf, und wir gingen beide rasch hinaus und verließen die Blaue Lagune, ohne daß uns einer der Angestellten in die Quere kam.

V

Mein Wagen parkte in kurzer Entfernung weiter unten am Block. Wir stiegen ein, und Henry legte die Arme aufs Steuer und starrte mißlaunig durch die Windschutzscheibe.

»Tja, was meinst du, Walter?« forschte er schließlich.

»Wenn du meine Meinung hören willst, Henry, so glaube ich, daß Mr. Gandesi uns einen Bären aufgebunden hat, um uns loszuwerden. Des weiteren bin ich nicht der Ansicht, daß er uns unsere vorgebliche Zugehörigkeit zu einer Versicherungsgesellschaft abgenommen hat.«

»Du nimmst mir die Worte aus dem Mund«, sagte Henry. »Ich glaube, es gibt weder diesen Melachrino noch diesen Jack Lawler, und dieser Gandesi hat bloß irgendeine tote Nummer angerufen und uns ein Plauderminütchen vorgespielt. Eigentlich sollte ich ja wieder hingehen und ihm Arme und Beine abreißen. Zur Hölle mit diesem Fettsack.«

»Wir hatten die beste Idee, auf die man nur kommen konnte, Henry, und wir haben sie auch nach besten Kräften in die Tat umgesetzt. Jetzt schlage ich vor, daß wir in mein

Apartment zurückkehren und uns etwas anderes auszudenken versuchen.«

»Und uns einen antrinken«, sagte Henry, indem er den Wagen anließ und ihn vom Bordstein lenkte.

»In der Tat könnten wir uns eine kleine Anerkennung spendieren, Henry.«

»Jawohl!« schnaubte Henry. »So ein Schleimer! Ich sollte wirklich wieder hingehen und ihm den ganzen Laden demolieren.«

Er hielt an der Kreuzung, obwohl die Ampel um diese Zeit schon ausgeschaltet war, und hob eine Whiskyflasche an seine Lippen. Er war noch mit Trinken beschäftigt, als ein Wagen hinter uns kam und mit unserem zusammenstieß, wenn auch nicht sehr heftig. Henry würgte und senkte die Flasche, und etwas von dem Inhalt floß ihm über die Kleidung.

»Diese Stadt wird auch immer enger«, knurrte er. »Man kann doch kaum noch einen Schluck zur Brust nehmen, ohne daß einem irgendein Vollidiot gegen den Ellbogen fährt.«

Wer immer in dem Wagen hinter uns saß, er drückte jedenfalls mit Ausdauer auf die Hupe, da unser Gefährt sich noch nicht von der Stelle bewegt hatte. Henry zwängte die Tür auf und stieg aus und ging nach hinten. Ich vernahm Stimmen von beträchtlicher Lautstärke, und die lautere davon war Henrys Stimme. Nach einer Weile kam er zurück und stieg wieder in den Wagen und fuhr weiter.

»Ich hätte ihm eigentlich das Gesicht abreißen sollen«, sagte er, »aber ich bin weich geworden.« Er legte den Rest des Weges nach Hollywood und zum Chateau Moraine in rasender Geschwindigkeit zurück, und wir gingen in mein Apartment hinauf und machten es uns mit großen Gläsern in den Händen bequem.

»Wir haben noch mehr als anderthalb Quart Schnaps«,

sagte Henry nach eingehender Besichtigung der beiden Flaschen, die er neben andere, längst schon geleerte auf den Tisch gestellt hatte. »Das müßte eigentlich für einen Einfall reichen.«

»Wenn nicht, Henry, so wäre dort, wo er herkommt, noch des Überflusses die Fülle.« Ich leerte heiteren Sinnes mein Glas.

»Du machst doch eigentlich sonst einen ganz guten Eindruck«, sagte Henry. »Wieso redest du bloß immer so komisch?«

»Ich kann meine Redeweise offenbar nicht mehr ändern, Henry. Meine Eltern waren beide strenge Puristen neuenglischer Tradition, und nie ist mir die Muttersprache in natürlicher Form über die Lippen gekommen, selbst als ich auf dem College war.«

Henry machte einen Versuch, diese Bemerkung zu verdauen, aber ich konnte doch sehen, daß sie ihm einigermaßen schwer im Magen lag.

Wir redeten eine Zeitlang über Gandesi und die sehr zweifelhafte Qualität seines Ratschlags, und darüber verging vielleicht eine halbe Stunde. Dann begann ziemlich plötzlich das weiße Telephon auf meinem Schreibtisch zu klingeln. Ich eilte in der Hoffnung zu ihm hinüber, daß es Ellen Macintosh sei und daß sie sich von ihrer schlechten Laune wieder erholt habe. Aber die Stimme erwies sich als die eines Mannes, und sie war mir völlig fremd. Sie klang flott und energisch und hatte etwas unangenehm Metallisches an sich.

»Sind Sie Walter Gage?«

»Ja, hier spricht Mister Gage.«

»Nun, *Mister* Gage, wie ich höre, sind Sie an Juwelengeschäften interessiert.«

Ich hielt den Hörer sehr fest und drehte mich herum und schnitt über das Instrument hinweg Grimassen. Aber Henry, dem sie galten, war mißlaunig damit beschäftigt, sich eine weitere, nicht zu knappe Portion Old Plantation hinter die Binde zu gießen.

»So ist es«, sagte ich in das Telephon und versuchte, meiner Stimme einen festen Klang zu geben, obwohl ich mich in einer Aufregung befand, die fast zuviel für mich war. »Wenn Sie unter Juwelen speziell Perlen verstehen.«

»Neunundvierzig auf einer Schnur, Bruder. Und der Preis sind fünf Riesen.«

»Aber das ist vollkommen absurd«, japste ich. »Fünftausend Dollar für diese – – –«

Die Stimme unterbrach mich grob. »Sie haben mich gehört, Bruder. Fünf Riesen. Heben Sie die Hand und zählen Sie die Finger. Nicht mehr, nicht weniger. Überlegen Sie's sich. Ich rufe Sie später wieder an.«

Das Telephon klickte trocken, und ich legte den Hörer zitternd wieder auf die Gabel. Ich war ganz verdattert. Ich ging zu meinem Sessel zurück und setzte mich hinein und wischte mir das Gesicht mit dem Taschentuch ab.

»Henry«, sagte ich mit leiser, angespannter Stimme, »es hat geklappt. Aber wie sonderbar!«

Henry stellte sein leeres Glas auf den Boden. Es war das erstemal, daß ich ihn ein leeres Glas wegstellen und es leer lassen sah. Er starrte mich mit seinen engstehenden, unerschrockenen grünen Augen an.

»Ach wirklich?« sagte er sanft. »Was hat geklappt, mein Junge?« Er leckte sich langsam mit der Zungenspitze die Lippen.

»Was wir in Gandesis Lokal eingefädelt hatten, Henry. Gerade hat mich ein Mann angerufen und gefragt, ob ich an Juwelengeschäften interessiert wäre.«

»Herrje.« Henry spitzte den Mund und stieß einen leisen Pfiff aus. »Hat dieser verdammte Ithaker also doch keinen Schmu gemacht.«

»Aber der Preis sind fünftausend Dollar, Henry. Das entzieht sich vollkommen einer vernünftigen Erklärung.«

»Was?« Henrys Augen schienen sich vorzuwölben, als wollten sie aus den Höhlen treten. »Fünf Riesen für die Nieten? Der Kerl hat einen Knall. Zweihundert sind sie wert, hast du gesagt. Total meschugge, der Bursche. Fünf Riesen? Mensch, für fünf Riesen könnte ich mir genug falsche Perlen kaufen, um einen Elefanten damit zuzuschütten.«

Ich sah, daß Henry offenbar seine ganze Fassung verloren hatte. Er füllte uns schweigend die Gläser neu, und wir starrten einander über sie hinweg ins Gesicht. »Tja, was zum Teufel willst du da machen, Walter?« fragte er nach einer langen Schweigepause.

»Henry«, sagte ich fest, »es gibt nur eins. Es ist wahr, daß Ellen Macintosh mir ihre Mitteilungen im Vertrauen gemacht hat, und da sie von Mrs. Penruddock nicht ausdrücklich befugt war, mir von den Perlen zu berichten, meine ich, daß ich dieses Vertrauen respektieren sollte. Aber Ellen ist jetzt zornig auf mich und wünscht nicht mehr mit mir zu sprechen, und zwar aus keinem anderen Grund als dem, daß ich die Gewohnheit besitze, dem Whisky in nicht unbeträchtlichem Maße zuzusprechen, obschon meine Worte und Gedanken bemerkenswert klar sind. Dies letztere nun stellt eine sehr seltsame Entwicklung dar, und ich meine, alles erwogen, daß ein naher Freund der Familie um Rat angegangen werden sollte. Vorzugsweise natürlich ein Mann, der über ausgedehnte geschäftliche Erfahrung gebietet und zudem noch etwas von Juwelen versteht. Es *gibt* einen solchen Mann, Henry, und morgen früh werde ich bei ihm vorsprechen.«

»Herrje«, sagte Henry. »Das alles hättest du in neun Worten sagen können, mein Junge. Wer ist denn der Bursche?«

»Mr. Lansing Gallemore, und er ist Präsident der Gallemore Jewellery Company an der Seventh Street. Er darf als sehr alter Freund von Mrs. Penruddock bezeichnet werden – Ellen hat ihn oftmals erwähnt – und ist in der Tat eben der Mann, der ihr die Imitation der Perlenkette besorgt hat.«

»Aber der Bursche wird doch garantiert den Bullen was flüstern«, wandte Henry ein.

»Das glaube ich nicht, Henry. Ich glaube nicht, daß er irgend etwas tun wird, was geeignet wäre, Mrs. Penruddock auch nur in der mindesten Weise in Verlegenheit zu bringen.«

Henry zuckte die Achseln. »Falsche Murmeln sind falsche Murmeln«, sagte er. »Man kann nichts anderes daraus machen. Nicht mal der Präsident von so einem Juwelen-Laden kann das.«

»Nichtsdestotrotz muß es einen Grund geben, weshalb eine so hohe Summe verlangt worden ist. Der einzige Grund, der mir da beikommt, ist Erpressung, und das ist mir, offen gestanden, ein bißchen zu viel, um allein damit fertig zu werden, da ich einfach nicht genug über die Familie Penruddock weiß.«

»Okay«, sagte Henry und seufzte. »Wenn das deine Ahnung ist, dann folgst du ihr am besten auch, Walter. Und ich schwirre jetzt am besten ab und haue mich in die Falle, damit ich auch in guter Verfassung bin für die Drecksarbeit, wenn welche anfallen sollte.«

»Willst du nicht lieber die Nacht hier verbringen, Henry?«

»Danke, mein Freund, aber ich bin im Hotel ganz gut aufgehoben. Ich nehme bloß diese kleine Ersatzflasche von dem Tigerschweiß mit, um mich in den Schlaf zu schaukeln. Könnte auch sein, daß ich morgen früh einen Anruf von der Agentur kriege und mir die Zähne putzen muß und hingehn und Männchen machen. Und dann sollte ich mir wohl auch lieber wieder meine alten Klamotten überhängen, damit ich mich unters einfache Volk mischen kann.«

Mit diesen Worten ging er ins Badezimmer, und nach kurzer Zeit tauchte er in seinem blauen Serge-Anzug wieder auf. Ich drängte ihn, sich meines Wagens zu bedienen, aber er sagte, der würde in seiner Gegend nicht sicher sein. Er willigte jedoch ein, weiter von dem Mantel Gebrauch zu machen, den er getragen hatte, und nachdem er die ungeöffnete Quartflasche Whisky sorgfältig darin untergebracht hatte, schüttelte er mir warm die Hand.

»Einen Augenblick noch, Henry«, sagte ich und zog meine Brieftasche heraus. Ich reichte ihm eine Zwanzig-Dollar-Note.

»Wofür soll das denn sein?« knurrte er.

»Du bist gegenwärtig ohne Beschäftigung, Henry, und hast heute abend ein wackeres Stück Arbeit geleistet, so wunderlich die Ergebnisse derselben auch sind. Du hast Anspruch auf eine Entlohnung, und ich kann mir dies kleine Zeichen der Anerkennung recht wohl leisten.«

»Tja, wenn das so ist, dann danke, mein Freund«, sagte Henry. »Aber es ist bloß geliehen.« Seine Stimme war heiser vor innerer Bewegung. »Soll ich mal bei dir anläuten morgen früh?«

»Auf jeden Fall. Und noch etwas anderes ist mir eingefallen. Wäre es nicht ratsam, wenn du das Hotel wechseltest? Setzen wir einmal den Fall, daß die Polizei, ganz ohne mein Verschulden, von dem Diebstahl erfährt. Würde sie dich da nicht zumindest verdächtigen?«

»Teufelnochmal, die Kerls würden mich stundenlang an die Angel nehmen«, sagte Henry. »Aber was würde schon groß dabei rausspringen für sie? Ich bin kein fetter Fisch.«

»Das mußt du natürlich selber entscheiden, Henry.«

»Ja-ah. Gute Nacht, mein Freund, und träum was Schönes.«

Darauf verließ er mich, und ich fühlte mich auf einmal sehr niedergedrückt und allein. Henrys Gesellschaft war sehr anregend für mich gewesen, trotz seiner ungehobelten Ausdrucksweise. Er war ein Mann von echtem Schrot und Korn. Ich goß mir aus der verbliebenen Flasche einen ziemlich großen Schluck Whisky ein und trank ihn rasch, aber in düsterer Stimmung.

Die Wirkung war die, daß ich ein unüberwindliches Verlangen bekam, mit Ellen Macintosh zu sprechen, koste es, was es wolle. Ich ging zum Telephon und wählte ihre Nummer. Nach langem Warten antwortete eine schläfrige Dienstmädchenstimme. Ellen selber jedoch weigerte sich, als sie meinen Namen hörte, an den Apparat zu kommen. Das deprimierte mich noch viel mehr, und ich ging daran, mir den restlichen Whisky einzuverleiben, fast ohne zu merken, was ich tat. Dann legte ich mich aufs Bett und sank in einen unruhigen Schlummer.

VI

Das emsige Klingeln des Telephons weckte mich, und ich sah, daß die Morgensonne ins Zimmer schien. Es war neun Uhr, und sämtliche Lampen brannten noch. Ich erhob mich und fühlte mich ein wenig steif und derangiert, denn ich trug immer noch meinen Abendanzug. Doch ich bin ein gesunder Mensch mit sehr stabilen Nerven, und so fühlte ich mich durchaus nicht so schlecht, wie ich erwartet hatte. Ich ging zum Telephon und nahm den Hörer ab.

Henrys Stimme sagte: »Na, wie fühlst du dich, mein Freund? Ich hab einen Kater wie zwölf Schweden zusammen.«

»Eigentlich gar nicht schlecht, Henry.«

»Ich hab einen Anruf gekriegt von der Agentur, wegen einem Job. Ich gehe am besten mal hin und schau mir die Sache an. Soll ich später dann mal vorbeikommen?«

»Ja, Henry, das sollst du auf jeden Fall. Gegen elf dürfte ich von dem Gang wieder zurück sein, von dem ich gestern abend gesprochen habe.«

»Noch mehr Anrufe von – du weißt schon?«

»Bisher noch nicht, Henry.«

»In Ordnung. Buenos Aires.« Er legte auf, und ich nahm eine kalte Dusche, rasierte mich und zog mich an. Ich legte einen unauffälligen braunen Geschäftsanzug an und ließ mir aus dem Restaurant unten etwas Kaffee heraufbringen. Ich veranlaßte den Kellner auch, die leeren Flaschen aus meinem Apartment zu entfernen, und schenkte ihm einen Dollar für seine Mühewaltung. Nachdem ich zwei Tassen schwarzen Kaffee getrunken hatte, fühlte ich mich wieder ganz auf der Höhe und fuhr in die Stadt zu dem großen und glanzvollen Geschäft der Gallemore Jewellery Company an der West Seventh Street.

Es war wieder ein heller, goldener Morgen, und ich hatte das Gefühl, als müßten die Dinge an so einem angenehmen Tag eigentlich ganz von selber wieder ins Lot kommen.

Mr. Lansing Gallemore erwies sich als nicht ganz leicht zugänglich, so daß ich mich gezwungen sah, seiner Sekretärin die Mitteilung zu machen, es handle sich um eine Mrs. Penruddock betreffende Angelegenheit, und sie sei vertraulicher Natur. Als ihm diese Botschaft überbracht worden war, wurde ich alsbald in ein langes getäfeltes Büro geleitet, an dessen Ende Mr. Gallemore hinter einem massiven Schreibtisch stand. Er streckte mir eine dünne rosige Hand entgegen.

»Mr. Gage? Ich glaube nicht, daß wir uns schon einmal begegnet sind, oder?«

»Nein, Mr. Gallemore, das glaube ich auch nicht. Ich bin der Verlobte – oder war es jedenfalls bis gestern abend – von Miss Ellen Macintosh, die, wie Sie vermutlich wissen, Mrs. Penruddocks Pflegerin ist. Ich komme zu Ihnen in einer sehr delikaten Angelegenheit, und ich kann nicht umhin, Sie um vertrauliche Behandlung zu bitten, bevor ich spreche.«

Er war ein Mann von vielleicht fünfundsiebzig Jahren und sehr hochgewachsen und dünn und korrekt und gut erhalten. Er hatte kalte blaue Augen, aber ein erwärmendes

Lächeln. Er war jugendlich gekleidet, in einen grauen Flanellanzug mit einer roten Nelke im Aufschlag.

»Das niemals zu versprechen, habe ich mir zur grundsätzlichen Regel gemacht, Mr. Gage«, sagte er. »Ich bin der Ansicht, daß dergleichen fast immer ein unbilliges Verlangen darstellt. Aber wenn Sie mir versichern, daß die Angelegenheit Mrs. Penruddock betrifft und wirklich von delikater und vertraulicher Natur ist, so will ich eine Ausnahme machen.«

»Das ist sie in der Tat, Mr. Gallemore«, sagte ich und erzählte ihm nun die ganze Geschichte, ohne ihm das mindeste zu verhehlen, nicht einmal die Tatsache, daß ich am Tag zuvor bei weitem zuviel Whisky zu mir genommen hatte.

Am Ende meiner Geschichte starrte er mich neugierig an. Seine wohlgeformte Hand griff nach einem altmodischen weißen Gänsekiel, und er kitzelte langsam und bedächtig sein rechtes Ohr mit der Feder.

»Mr. Gage«, sagte er, »haben Sie eine Ahnung, wieso diese Leute fünftausend Dollar für die bewußte Perlenkette verlangen?«

»Wenn Sie mir in einer Angelegenheit von so persönlicher Natur eine Vermutung gestatten, so könnte ich vielleicht eine Erklärung wagen, Mr. Gallemore.«

Er bewegte die weiße Feder um sein linkes Ohr und nickte. »Nur immer zu, mein Sohn.«

»Die Perlen sind in Wirklichkeit echt, Mr. Gallemore. Sie sind ein sehr alter Freund von Mrs. Penruddock – vielleicht gar ein Jugendgespiele. Als sie Ihnen die Perlen, das Geschenk ihres Gatten zu ihrer goldenen Hochzeit, zum Zweck der Veräußerung übergab, weil sie für wohltätige Ziele dringend Geld benötigte, da haben Sie sie nicht verkauft, Mr. Gallemore. Sie haben sich nur den Anschein gegeben. Sie schenkten ihr zwanzigtausend Dollar von Ihrem eigenen Geld und gaben ihr dann die echte Kette unter der Vorspiegelung zurück, es sei eine Imitation, die Sie in der Tschechoslowakei hätten fertigen lassen.«

»Mein Sohn, Sie denken weitaus gescheiter, als Sie reden«, sagte Mr. Gallemore. Er erhob sich und ging zu einem Fenster, zog eine feine Netzgardine zur Seite und blickte auf das Getriebe der Seventh Street hinunter. Dann kam er zu seinem Schreibtisch zurück und ließ sich wieder nieder und zeigte ein leicht wehmütiges Lächeln.

»Sie haben auf eine geradezu verwirrende Weise recht, Mr. Gage«, sagte er und seufzte. »Mrs. Penruddock ist eine sehr stolze Frau, sonst hätte ich ihr einfach die zwanzigtausend Dollar als ungesichertes Darlehen angeboten. Ich gehörte zufällig mit zu Mr. Penruddocks Vermögensverwaltern und wußte, daß es damals bei der allgemeinen Lage auf dem Finanzmarkt ausgeschlossen war, ohne eine nicht zu verantwortende Schädigung des Vermögensbestandes genügend Geld aufzunehmen, um für sämtliche Verwandten und Pensionäre zu sorgen. So verkaufte Mrs. Penruddock ihre Perlen – wie sie glaubte –, bestand aber darauf, daß niemand davon erfahren sollte. Und ich tat, was Sie erraten haben. Es war nicht weiter schlimm. Ich konnte mir die Geste leisten. Ich war nie verheiratet, Gage, und gelte als wohlhabender Mann. Und tatsächlich hätten die Perlen damals nicht mehr als die Hälfte von dem erbracht, was ich ihr schenkte oder was sie heute bringen würden.«

Ich senkte die Augen, aus Sorge, der freundliche alte Herr könnte sich durch meinen direkten Blick belästigt fühlen.

»So meine ich denn, wir sollten die bewußten fünftausend doch lieber opfern, mein Sohn«, fügte Mr. Gallemore sogleich mit energischer Stimme hinzu. »Der Preis ist ziemlich niedrig, obwohl gestohlene Perlen weitaus schwieriger zu handeln sind als Edelsteine, die man zerschneiden kann. Wenn ich mich entschließe, Ihnen auf Ihr Gesicht hin zu vertrauen, meinen Sie, daß Sie die Aufgabe übernehmen könnten?«

»Mr. Gallemore«, sagte ich fest, doch ruhig, »ich bin ein vollkommen Fremder für Sie, und ich bin nur aus Fleisch und Blut. Aber ich verspreche Ihnen beim Andenken meiner verehrten toten Eltern, daß ich kein Feigling sein werde.«

»Nun, was an Ihnen aus Fleisch und Blut besteht, nimmt sich recht stattlich aus, mein Sohn«, sagte Mr. Gallemore freundlich. »Und daß Sie das Geld stehlen könnten, befürchte ich schon darum nicht, weil ich ein wenig mehr über Miss Ellen Macintosh und ihren Freund weiß, als Sie vielleicht annehmen. Darüber hinaus sind die Perlen versichert, auf meinen Namen natürlich, und eigentlich sollte die Versicherungsgesellschaft sich des Falles annehmen. Aber Sie und Ihr merkwürdiger Freund scheinen bis jetzt eine glückliche Hand gehabt zu haben, und ich glaube an Glückssträhnen. Dieser Henry muß wirklich ein gestandener Mann sein.«

»Ich bin ihm in der Tat sehr zugetan, trotz seiner ungehobelten Art«, sagte ich.

Mr. Gallemore spielte noch ein Weilchen mit seinem Gänsekiel und holte dann ein großes Scheckbuch heraus und schrieb einen Scheck, den er sorgfältig löschte und mir über den Schreibtisch schob.

»Wenn Sie die Perlen bekommen, werde ich sehen, daß die Versicherungsleute mir das hier ersetzen«, sagte er. »Wenn ihnen die Art gefällt, wie ich die Sache abgewickelt habe, wird das keine Schwierigkeiten machen. Die Bank ist unten an der Ecke, und ich werde hier auf ihren Anruf warten. Die Leute werden den Scheck vermutlich nicht auszahlen, ohne vorher bei mir anzuläuten. Seien Sie vorsichtig, mein Sohn, und passen Sie auf, daß Ihnen nichts passiert.«

Er schüttelte mir abermals die Hand, und ich zögerte. »Mr. Gallemore, Sie setzen ein größeres Vertrauen in mich, als es je ein Mensch getan hat«, sagte ich. »Mit Ausnahme natürlich meines eigenen Vaters.«

»Ich verhalte mich wie ein verdammter Narr«, sagte er mit eigentümlichem Lächeln. »Es ist schon so lange her, daß ich jemanden habe reden hören, wie Jane Austen schreibt, daß mir der halbe Verstand flötengeht.«

»Danke, Sir. Ich weiß gar wohl, daß meine Sprache ein wenig gestelzt ist. Dürfte ich vielleicht die Bitte wagen, mir einen kleinen Gefallen zu erweisen, Sir?«

»Nur heraus damit, Gage.«

»Rufen Sie Miss Ellen Macintosh an, der ich zurzeit ein wenig entfremdet bin, und sagen Sie ihr, daß ich heute nicht zu trinken gedenke und daß Sie mir eine sehr delikate Mission anvertraut haben.«

Er lachte laut auf. »Das werde ich mit Vergnügen tun, Walter. Und da ich weiß, daß man ihr vertrauen kann, werde ich ihr ein paar Andeutungen machen, worum es geht.«

Hierauf verließ ich ihn und ging mit dem Scheck zur Bank, und nachdem der Schalterbeamte mich erst mißtrauisch betrachtet und sich dann für längere Zeit aus seinem Käfig entfernt hatte, zahlte er mir den Betrag in Hundert-Dollar-Noten aus, und zwar mit einem Widerstreben, das man hätte erwarten können, wenn es sein eigenes Geld gewesen wäre.

Ich verstaute das flache Päckchen Scheine in der Tasche und sagte: »Nun geben Sie mir bitte noch eine Rolle Vierteldollars.«

»Eine Rolle Vierteldollars, Sir?« Seine Brauen gingen in die Höhe.

»Ganz recht. Ich benötige sie als Trinkgelder. Und natürlich ziehe ich es vor, sie in fester Verpackung nach Hause zu tragen.«

»Ah ja, ich verstehe. Zehn Dollar bitte.«

Ich nahm die dicke harte Münzrolle und ließ sie in die Tasche gleiten und fuhr zurück nach Hollywood.

Henry wartete auf mich in der Halle des Chateau Moraine, drehte einen Hut zwischen den groben harten Händen. Sein Gesicht war ein wenig tiefer gefurcht als am Tag zuvor, und ich bemerkte, daß sein Atem nach Whisky roch. Wir gingen in mein Apartment hinauf, und er wandte sich mir eifrig zu.

»Glück gehabt, mein Freund?«

»Henry«, sagte ich, »bevor wir uns an unser weiteres Tagewerk begeben, wünsche ich klarzustellen, daß ich heute nichts trinken werde. Ich sehe, daß du bereits der Flasche zugesprochen hast.«

»Nur einen kleinen Schluck zur Aufmunterung, Walter«, sagte er ein wenig zerknirscht. »Der Job, den ich haben wollte, war schon weg, als ich hinkam. Wie lautet die frohe Botschaft?«

Ich setzte mich und zündete mir eine Zigarette an und bedachte ihn mit einem gelassenen Blick. »Nun, Henry, ich weiß nicht recht, ob ich es dir erzählen soll oder nicht. Aber es käme mir doch ein wenig kleinlich vor, wenn ich es nicht täte, nach allem, was du gestern abend bei Gandesi geleistet hast.« Ich zögerte noch einen Moment, während Henry mich anstarrte und sich in die Muskeln seines linken Arms kniff. »Die Perlen sind echt, Henry. Und ich habe Instruktionen, das Geschäft in die Wege zu leiten, und in dieser meiner Tasche befinden sich gegenwärtig fünftausend Dollar baren Geldes.«

Ich erzählte ihm kurz, was sich zugetragen hatte.

Seine Überraschung war größer, als Worte sie beschreiben könnten. »Heiliger Strohsack!« rief er aus, und der Mund blieb ihm weit offen stehen. »Du meinst, du hast die fünf Riesen aus diesem Gallemore rausgeholt – einfach so?«

»Genau so ist es, Henry.«

»Jungejunge«, sagte er ernsthaft, »an deinem geleckten Gesicht und dem karierten Zeug, was du redest, muß ja doch was dran sein, daß dir Leute so einen Packen Kies geben, mit dem du einfach durchbrennen könntest! Fünf Riesen – aus einem Geschäftsmann rausgeholt – einfach nur so! Mensch, mich laust der Affe. Mich kitzelt die Klapperschlange. Eher hätt ich mir beim Festessen eines Frauenvereins in die Hosen gemacht, als daß ich damit gerechnet hätte.«

Genau in diesem Augenblick, als wäre ich beim Betreten des Gebäudes beobachtet worden, klingelte wieder das Telephon, und ich sprang auf, um den Hörer abzunehmen.

Es war eine der Stimmen, auf die ich wartete, aber nicht die Stimme, die zu vernehmen ich das größere Verlangen trug. »Wie sieht die Sache heute morgen für Sie aus, Gage?«

»Gar nicht so schlecht«, sagte ich. »Wenn mir ehrliche Behandlung zugesichert werden kann, bin ich bereit, den mir gemachten Vorschlag zu akzeptieren.«

»Sie meinen, Sie haben den Kies?«

»Er befindet sich genau in diesem Augenblick in meiner Tasche.«

Die Stimme schien tief auszuatmen. »Sie werden Ihre Murmeln unversehrt bekommen – wenn wir das Geld kriegen, Gage. Wir sind schon lange in der Branche, und wir schummeln nicht. Wenn wir das täten, hätte sich das bald rumgesprochen, und kein Mensch würde sich mehr auf einen Handel mit uns einlassen.«

»Ja, das leuchtet mir durchaus ein«, sagte ich. »Fahren Sie mit Ihren Instruktionen fort«, fügte ich kalt hinzu.

»Spitzen Sie die Ohren, Gage. Heute abend genau um acht sind Sie in Pacific Palisades. Wissen Sie, wo das ist?«

»Aber gewiß. Ein kleines Wohngebiet westlich der Poloplätze am Sunset Boulevard.«

»Richtig. Der Sunset geht mitten durch. Es gibt da einen Drugstore – hat bis neun offen. Dort warten Sie genau um acht auf einen Anruf. Allein. Und wenn ich ›allein‹ sage, dann meine ich das auch, Gage. Keine Bullen und keine

Muskelmänner. Ist ein rauhes Gelände da unten, und wir haben Mittel und Wege, Sie dahin zu kriegen, wo wir Sie haben wollen und uns überzeugen können, ob Sie auch allein sind. Alles mitgekriegt?«

»Ich bin kein Vollidiot«, erwiderte ich scharf.

»Keine Attrappen-Päckchen, Gage. Der Kies wird genau gesiebt. Und keine Ballermänner. Sie werden durchsucht, und wir sind Manns genug, so oder so, um Sie von allen Seiten in Schach zu halten. Wir kennen Ihren Wagen. Keine krummen Sachen, keine schlauen Einfälle, keine Fallen – dann kommt niemand zu Schaden. So läuft das bei uns in der Branche. Wie ist das Geld sortiert?«

»Einhundert-Dollar-Noten«, sagte ich. »Und nur ganz wenige davon sind neu.«

»Kluges Jungchen. Also Punkt acht. Seien Sie vorsichtig, Gage.«

Das Telephon klickte mir ins Ohr, und ich legte auf. Fast augenblicklich klingelte es abermals. Diesmal war es *die* Stimme.

»O Walter«, schrie Ellen, »ich bin ja so gemein zu dir gewesen! Bitte, verzeih mir, Walter. Mr. Gallemore hat mir alles erzählt, und ich hab ja solche Angst!«

»Es gibt nichts, weswegen du Angst haben müßtest«, sagte ich warm.

»Weiß Mrs. Penruddock Bescheid, Schatz?«

»Nein, Schatz. Mr. Gallemore meinte, ich sollte ihr nichts sagen. Ich rufe aus einem Geschäft an der Sixth Street an. Oh, Walter, ich hab wirklich Angst! Wird Henry dich begleiten?«

»Ich fürchte, nein, Schatz. Die Vereinbarungen sind bereits sämtlich getroffen, und sie lassen dergleichen nicht zu. Ich muß allein gehen.«

»Oh, Walter! Ich bin ganz furchtbar erschrocken. Ich kann die Spannung fast nicht aushalten.«

»Es steht nichts zu befürchten«, versicherte ich ihr. »Es

handelt sich um eine einfache geschäftliche Transaktion. Und ich bin ja nicht gerade ein Knirps.«

»Aber, Walter – ach, ich werde versuchen, tapfer zu sein, Walter. Willst du mir nur eine winzig kleine Kleinigkeit versprechen?«

»Keinen Tropfen, Schatz«, sagte ich fest. »Kein einziges noch so kleines Tröpfchen.«

»O Walter!«

So ging es noch eine kleine Weile weiter, sehr angenehm für mich unter den gegebenen Umständen, jedoch für andere möglicherweise von nicht ganz so großem Interesse. Wir schieden schließlich mit dem Versprechen meinerseits, daß ich sie anrufen würde, sobald die Begegnung zwischen den Gaunern und mir ihr Ende gefunden hatte.

Ich kehrte dem Telephon den Rücken und fand Henry damit beschäftigt, tief in eine Flasche zu gucken, die er seiner Hüfttasche entnommen hatte.

»Henry!« rief ich scharf.

Er sah mich über die Flasche hinweg mit einem ruppigen, entschlossenen Blick an. »Nun hör mir mal zu, mein Freund«, sagte er mit leiser harter Stimme. »Ich hab genug mitgekriegt von dem, was du gesagt hast da, um mir einen Reim auf die Sache zu machen. Irgendeine Stelle draußen im Urwald – da sollst du allein hinkommen – und da hauen sie dir eins mit dem Knüppel über den Schädel und nehmen dir den Kies ab und lassen dich liegen – und die Murmeln haben sie immer noch im Sparstrumpf. Kommt nicht in Frage, mein Freund. Ich sage dir – das kommt nicht in Frage!« Die letzten Worte brüllte er fast.

»Henry, mich ruft die Pflicht, und ich muß ihr nachkommen«, sagte ich ruhig.

»Ha!« schnaufte Henry. »Ich sage nein. Du hast einen Sparren, aber du bist auf der anderen Seite auch ein feiner Kerl. Ich sage nein. Henry Eichelberger von den Wisconsin-Eichelbergers – ja, ich könnte tatsächlich sogar sagen: von den Milwaukee-Eichelbergers – sagt nein. Und er sagt es mit beiden Händen.« Er trank abermals aus der Flasche.

»Du wirst der Sache kaum nützen, wenn du den Alkohol über dich Gewalt gewinnen läßt«, entgegnete ich ihm ziemlich bitter.

Er senkte die Flasche und sah mich mit einer Verblüffung an, die sich in allen seinen zerfurchten Zügen spiegelte. »Betrunken, Walter?« dröhnte er. »Hast du andeuten wollen, ich wäre betrunken? Ein Eichelberger betrunken? Nun hör mir mal zu, mein Sohn. Dazu haben wir überhaupt noch nicht die Zeit gehabt. Das würde glatt drei Monate brauchen. Eines Tages, wenn du mal drei Monate übrig hast und vielleicht fünftausend Gallonen Whisky und einen Trichter, dann werde ich mir gern die Zeit nehmen und dir zeigen, wie ein Eichelberger aussieht, wenn er betrunken ist. Du wirst es mir nicht glauben, mein Sohn, aber dann wird von dieser ganzen Stadt nichts mehr übrig sein als ein Haufen verbogener Eisenträger und zerkloppter Ziegelsteine, und in deren Mitte – herrje, ich fange glatt an und rede genauso kariert wie du, wenn ich noch länger mit dir zusammen bin – in deren Mitte wird, als einziges menschliches Lebewesen im Umkreis von fünfzig Meilen, ganz friedlich Henry Eichelberger auf dem Rücken liegen und in die Sonne lächeln. Betrunken, Walter. Nicht stockbesoffen, nicht einmal mit einem Landklub-Rausch. Aber das Wort ›betrunken‹ könntest du anwenden dann, ohne daß ich's dir übelnähme.«

Er setzte sich und trank abermals. Ich starrte bedrückt zu Boden. Ich wußte nichts weiter zu sagen.

»Aber das«, sagte Henry, »kommt ein andermal. Jetzt nehme ich bloß meine Medizin. Ich bin einfach nicht ich selber, wenn ich nicht einen leichten Touch von Delirium tremens habe, wie man so sagt. Damit bin ich aufgewachsen. Und ich werde dich begleiten, Walter. Wo ist die Stelle?«

»Unten ganz nah an der Küste, Henry, und begleiten

wirst du mich nicht. Wenn du dich betrinken mußt – gut, tu's, aber begleiten wirst du mich nicht.«

»Du hast einen großen Schlitten, Walter. Ich verstecke mich hinten am Boden unter einer Decke. Ist ein Kinderspiel.«

»Nein, Henry.«

»Walter, du bist ein feiner Kerl«, sagte Henry, »und ich gehe mit dir durch dick und dünn bei diesem Abenteuer. Hier, riech mal am Faß, Walter. Du siehst mir ein bißchen hinfällig aus.«

Wir stritten noch eine Stunde lang, und der Kopf tat mir weh, und ich begann mich doch sehr nervös und müde zu fühlen. Und so geschah es, daß ich etwas tat, was sich unter Umständen als verhängnisvoller Fehler hätte erweisen können. Ich erlag Henrys Schmeichelkünsten und nahm eine kleine Portion Whisky zu mir, zu rein medizinischen Zwekken. Dadurch fühlte ich mich gleich so viel entspannter, daß ich eine weitere und durchaus größere Portion folgen ließ. Ich hatte an diesem Morgen außer Kaffee noch keinerlei Nahrung zu mir genommen und auch am Abend zuvor nur eine sehr leichte Mahlzeit gehabt. Nach einer weiteren Stunde hatte Henry sich kurzfristig entfernt, um zwei weitere Flaschen Whisky zu besorgen, und ich war so fidel wie ein Vogel. Alle Sorgen waren wie weggeblasen, und ich hatte aus Herzensgrund zugestimmt, daß Henry hinten in meinem Wagen unter einer Decke versteckt am Boden kauern und mich so zum Rendezvous begleiten sollte.

Wir verbrachten die Zeit sehr angenehm bis zwei Uhr, um welche Stunde ich mich schläfrig zu fühlen begann und mich auf dem Bett ausstreckte, um alsbald in tiefen Schlummer zu sinken.

VII

Als ich wieder erwachte, war es schon fast dunkel. Ich erhob mich mit Panik im Herzen vom Bett, und auch ein scharfer Schmerz schoß mir durch die Schläfen. Es war jedoch erst halb sieben. Ich befand mich allein in meinem Apartment, und immer länger werdende Schatten stahlen sich über den Boden. Die Galerie leerer Flaschen auf dem Tisch war ein recht widerlicher Anblick. Henry Eichelberger war nirgends zu sehen. Einem instinktiven, jäh aufschießenden Gedanken folgend, dessen ich mich fast im selben Augenblick schämte, eilte ich zu meiner Jacke, die über einer Sessellehne hing, und tauchte mit beiden Händen in die innere Brusttasche. Das Paket Banknoten war noch da. Nach kurzem Zögern und mit einem heimlichen Schuldgefühl zog ich es heraus und zählte die Scheine langsam nach. Nicht ein einziger fehlte. Ich steckte das Geld zurück und versuchte, mich ob meines Mangels an Vertrauen zu belächeln, und dann machte ich Licht und ging ins Bad, um so lange heiß-kalte Wechselduschen zu nehmen, bis mein Hirn wieder verhältnismäßig klar geworden war.

Ich hatte dies eben bewerkstelligt und war dabei, mich in frisches Linnen zu kleiden, als ein Schlüssel sich im Schloß drehte und Henry Eichelberger erschien, zwei eingewickelte Flaschen unter dem Arm. Er sah mich mit einem Ausdruck an, in dem ich echte Zuneigung zu erkennen glaubte.

»Ein Bursche, der sich den Schnaps so aus den Knochen schlafen kann wie du, ist wirklich ein As, Walter«, sagte er bewundernd. »Ich hatte mir deine Schlüssel geklemmt, um dich nicht aufzuwecken. Ich mußte ein bißchen was in den Magen kriegen und auch neuen Stoff ranschaffen. Ich hab ein bißchen solo getrunken, was an sich gegen meine Grundsätze ist, wie ich dir schon gesagt habe, aber heute ist ein großer Tag. Trotzdem werden wir, was den Schnaps betrifft, von jetzt an etwas leise treten. Wir können uns keinen Tatterich leisten, bis alles über die Bühne ist.«

Er hatte eine Flasche ausgewickelt, während er sprach, und goß mir einen kleinen Drink ein. Ich trank ihn dankbar und spürte unmittelbar ein warmes Glühen in den Adern.

»Ich wette, du hast in deinem Sack gestöbert, ob die Marie noch da ist«, sagte Henry und grinste mich an.

Ich fühlte mich erröten, sagte aber nichts. »Okay, mein Freund, das war ganz richtig von dir. Was zum Teufel weißt du denn auch groß von Henry Eichelberger? Ich hab noch was anderes gemacht.« Er griff hinter sich und zog eine kurze Automatik aus der Hüfttasche. »Wenn diese Jungs Krach wollen«, sagte er, »ich hab mir jedenfalls für fünf Eier ein Stück Eisen zugelegt, das nichts dagegen hat, selber ein bißchen Krach zu machen. Und die Eichelbergers haben noch nicht viele von den Burschen verfehlt, auf die sie geschossen haben.«

»Das gefällt mir nicht, Henry«, sagte ich streng. »Das ist gegen die Abmachung.«

»Ach, zum Kuckuck mit der Abmachung«, sagte Henry. »Die Jungs kriegen ihren Kies und keine Bullen. Ich bin bloß dabei, um aufzupassen, daß sie die Murmeln auch schön artig übergeben und sich nicht etwa damit wieder auf die Socken machen.«

Ich sah, daß es keinen Zweck hatte, mit ihm zu streiten, und so zog ich mich fertig an und machte mich bereit, das Apartment zu verlassen. Wir nahmen jeder noch einen kleinen Schluck, dann steckte Henry eine volle Flasche in die Tasche, und wir gingen.

Auf dem Weg über den Flur zum Fahrstuhl erklärte er mir mit leiser Stimme: »Ich hab ein Taxi draußen stehen, um hinter dir herzufahren, bloß für den Fall, daß die Jungs auf dieselbe Idee gekommen sind. Du könntest ein bißchen kreuz und quer durch die stillen Seitenstraßen fahren, damit ich das feststellen kann. Ist aber wahrscheinlicher, daß sie dich erst ins Auge nehmen, wenn du unten dicht an der Küste bist.«

»Dies alles muß dich eine Menge Geld kosten, Henry«, sagte ich, und während wir auf den Fahrstuhl warteten, entnahm ich meiner Brieftasche eine weitere Zwanzig-Dollar-Note und bot sie ihm an. Er nahm den Schein nur widerstrebend entgegen, faltete ihn aber schließlich zusammen und steckte ihn in die Tasche.

Ich tat, wie Henry vorgeschlagen hatte, fuhr ein bißchen kreuz und quer durch die Bergstraßen im Norden des Hollywood Boulevard und vernahm alsbald den unmißverständlichen Klang einer Taxihupe hinter mir. Ich fuhr an den Straßenrand. Henry stieg aus dem Taxi, bezahlte den Fahrer und stieg neben mir in den Wagen.

»Die Luft ist rein«, sagte er. »Keine Beschattung. Ich brauche mich bloß ein bißchen zu ducken. Am besten hältst du noch irgendwo und kaufst eine Handvoll Futter ein, denn wenn wir mit den Kerls etwas härter umspringen müssen, ist es nicht gut, wenn uns der Magen schief hängt.«

So fuhr ich denn nach Westen und bog auf den Sunset Boulevard und hielt bald darauf vor einem vielfrequentierten Rasthof, wo wir uns an die Theke setzten und ein leichtes Mahl zu uns nahmen, bestehend aus Omelette und schwarzem Kaffee. Dann setzten wir unseren Weg fort. Als wir Beverly Hills erreichten, veranlaßte mich Henry, erneut durch eine Anzahl Wohnstraßen zu fahren, kreuz und quer, und beobachtete dabei scharf die Gegend durch das Rückfenster des Wagens.

Völlig zufriedengestellt fuhren wir schließlich zum Sunset zurück und ohne Zwischenfall weiter durch Bel-Air und die Außenränder von Westwood, fast bis zum Riviera-Pologelände. An diesem Punkt liegt, tief in einer Senke, ein Canyon, der Mandeville Canyon genannt wird, eine sehr stille Gegend. Henry bewog mich, ein kurzes Stück hineinzufahren. Dann hielten wir und nahmen einen kleinen Schluck aus der Flasche, und er kletterte nach hinten in den Wagen und krümmte seinen massigen Körper auf dem Boden zusammen, eine Decke über sich und die automatische Pistole sowie seine Flasche in bequemer Reichweite am Boden zur Hand. Als das geschafft war, nahm ich meine Reise wieder auf.

Pacific Palisades ist ein Gebiet, dessen Bewohner ziemlich früh zur Ruhe zu gehen scheinen. Als ich das erreichte, was man das Geschäftszentrum nennen könnte, war nichts mehr offen außer einem Drugstore neben der Bank. Ich stellte den Wagen ab, einschließlich Henrys, der still hinten unter seiner Decke blieb und keinen Laut von sich gab, mit Ausnahme eines leichten Gurgelns, das ich vernahm, als ich auf dem dunklen Gehsteig stand. Dann ging ich in den Drugstore und sah auf der dort hängenden Uhr, daß es mittlerweile viertel vor acht geworden war. Ich kaufte mir eine Packung Zigaretten und zündete mir eine an und bezog in der Nähe der offenen Telephonzelle Posten.

Der Ladeninhaber, ein untersetzter, rotgesichtiger Mann von ungewissem Alter, hatte ein kleines Radio sehr laut aufgedreht und lauschte irgendeiner albernen Fortsetzungsserie. Ich bat ihn, die Lautstärke etwas zu mäßigen, da ich einen wichtigen telephonischen Anruf erwartete. Er tat es, machte allerdings keine besonders freundliche Miene dazu und zog sich alsbald in den rückwärtigen Teil seines Ladens zurück, von wo er mich, wie ich bemerkte, übelwollend durch ein kleines Glasfenster beobachtete.

Genau eine Minute vor acht nach der Drugstore-Uhr klingelte in der Zelle scharf das Telephon. Ich hastete hinein und zog die Tür fest hinter mir zu. Ich nahm den Hörer ab, und gegen meinen Willen zitterte ich ein wenig dabei.

Es war dieselbe kühle metallische Stimme. »Gage?«

»Hier ist Mr. Gage.«

»Sie haben getan, was ich Ihnen gesagt hatte?«

»Ja«, sagte ich. »Ich trage das Geld hier in meiner Tasche, und ich bin vollständig allein.« Das Gefühl, mit so eherner Stirn zu lügen, war mir zwar nicht angenehm, selbst einem Dieb gegenüber, aber ich stählte mich dagegen.

»Dann hören Sie zu. Fahren Sie jetzt etwa dreihundert Schritt den Weg zurück, auf dem Sie gekommen sind. Neben dem Spritzenhaus liegt eine Tankstelle, die jetzt geschlossen ist, grün und rot und weiß angestrichen. Daneben führt ein Feldweg nach Süden ab. Folgen Sie ihm eine Dreiviertelmeile, und Sie kommen an einen weißen Zaun aus vierzölligen Balken, der fast über den ganzen Weg reicht. Sie können sich mit dem Wagen an der linken Seite aber durchquetschen. Blenden Sie die Scheinwerfer ab und fahren Sie weiter den Berg hinunter, bis Sie in eine Senke kommen, wo lauter Salbei steht. Dort parken Sie, schalten die Lichter aus und warten. Verstanden?«

»Vollkommen«, sagte ich kalt, »und ich werde genauso verfahren.«

»Und hören Sie zu, Freundchen. Es gibt dort in einer halben Meile Umkreis kein einziges Haus, und Leute sind auch nirgends in der Nähe. Sie haben zehn Minuten, um hinzukommen. Sie werden von diesem Augenblick an beobachtet. Sie kommen jetzt gleich, und Sie kommen allein – oder dies ist Ihre letzte Landpartie. Und zünden Sie keine Streichhölzer an oder Glimmstengel und lassen Sie die Taschenlampe aus. Los mit Ihnen!«

Die Leitung wurde tot, und ich verließ die Zelle. Ich war kaum aus der Tür, als der Inhaber des Drugstore auf sein Radio zustürzte und es wieder auf dröhnende Lautstärke drehte. Ich stieg in meinen Wagen und wendete und fuhr den Sunset Boulevard ein Stück zurück, wie es mir aufgetragen worden war. Henry war hinter mir am Boden so still wie das Grab.

Ich war jetzt doch sehr nervös, und Henry befand sich im Besitz des gesamten Whiskys, den wir mitgebracht hatten.

Ich erreichte das Spritzenhaus im Handumdrehen und sah durch die Vorderscheibe, daß vier Feuerwehrleute darin saßen und Karten spielten. Ich bog nach rechts auf den Feldweg ab, gleich hinter der rot-grün-weiß gestrichenen Tankstelle, und fast augenblicklich war die Nacht trotz des ruhigen Surrens meines Wagens so still, daß ich überall in der Runde die Grillen zirpen und die Baumfrösche quaken und quackern hören konnte, und von irgendeiner Wasserstelle in der Nähe kam das heisere Krächzen eines einsamen Ochsenfrosches herüber.

Der Feldweg senkte sich und stieg wieder an, und in der Ferne lag ein gelbes Fenster. Dann erschien vor mir, gespenstisch fast in der Schwärze der mondlosen Nacht, die trübweiße Barriere. Ich bemerkte die Lücke an der Seite und blendete die Scheinwerfer ab und steuerte vorsichtig hindurch und dann weiter, einen unebenen kurzen Hang hinab in eine oval geformte Senke, die von niedrigem Buschwerk umsäumt und mit leeren Flaschen und Dosen und Altpapier reichlich übersät war. Jetzt jedoch, zu dieser dunklen Stunde, war sie vollständig verlassen. Ich hielt den Wagen an und schaltete die Zündung aus und die Lichter und blieb dann reglos sitzen, die Hände am Steuer.

Von Henry hinter mir hörte ich keinen Mucks. Ich wartete vielleicht fünf Minuten, obwohl die Zeit mir viel länger vorkam, aber nichts geschah. Es war sehr still, sehr einsam, und ich fühlte mich gar nicht glücklich.

Schließlich gab es einen schwachen Bewegungslaut hinter mir, und als ich über die Lehne blickte, sah ich Henrys bleiches verschwommenes Gesicht unter der Decke hervorlugen.

Seine Stimme wisperte heiser: »Regt sich was, Walter?«

Ich schüttelte heftig den Kopf, und er zog sich die Decke wieder über das Gesicht. Ich vernahm ein schwaches Gurgeln darunter.

Volle fünfzehn Minuten vergingen, ehe ich mich wieder

zu rühren wagte. Inzwischen hatte die Spannung des Wartens mich schon ganz steif gemacht. Ich entriegelte daher kühn die Wagentür und trat hinaus auf den unebenen Grund. Nichts geschah. Ich ging langsam auf und ab, die Hände in den Taschen. Immer mehr Zeit schleppte sich dahin. Es war nun bereits mehr als eine halbe Stunde verstrichen, und ich wurde ungeduldig. Ich trat ans Hinterfenster des Wagens und sprach leise ins Innere.

»Henry, ich fürchte, wir sind einem sehr billigen Trick zum Opfer gefallen. Ja ich hege die starke Befürchtung, daß dies alles nichts ist als ein schlechter Scherz von Mr. Gandesi, der uns auf diese Weise heimzahlt, daß du gestern abend so unwirsch mit ihm umgegangen bist. Hier ist weit und breit kein Mensch zu sehen, und es gibt nur eine einzige mögliche Zufahrt zu dieser Stätte. Ich kann mich, wenn ich sie mir so betrachte, des Eindrucks nicht erwehren, daß sie für ein Treffen wie dasjenige, auf das wir uns innerlich vorbereitet haben, doch recht unwahrscheinlich anmutet.«

»Dieser Hundesohn!« flüsterte Henry zurück, und das Gurgeln wiederholte sich in der Dunkelheit des Wagens. Dann entstand eine Bewegung, und Henry tauchte auf, von der Decke befreit. Die Tür öffnete sich gegen meinen Körper. Henrys Kopf erschien. Er blickte in alle Richtungen, denen seine Augen gebieten konnten. »Setz dich aufs Trittbrett«, flüsterte er. »Ich steige aus. Wenn sie uns von den Büschen aus im Visier haben, sehen sie bloß einen einzigen Kopf.«

Ich tat nach Henrys Verlangen und schlug den Kragen hoch und zog mir den Hut tief über die Augen. So lautlos wie ein Schatten stieg Henry aus dem Wagen und schloß ebenso lautlos die Tür und blieb vor mir stehen und suchte den begrenzten Horizont mit den Augen ab. Ich konnte den matten Widerschein der Waffe in seiner Hand erkennen. So verharrten wir wohl zehn Minuten lang.

Dann wurde Henry wütend und schlug alle Vorsicht in

den Wind. »Verdammt und zugenäht!« knurrte er. »Wir sind reingelegt worden! Weißt du, was los ist, Walter?«

»Nein, Henry. Ich weiß es mitnichten.«

»Es war bloß eine Probe, das ist alles. Irgendwo unterwegs haben diese dreckigen Sowiesos dich beobachtet, um zu sehen, ob du auch mitspielst, und dann haben sie dich noch einmal beobachtet, als du in den Drugstore gingst. Ich wette ein ganzes Fahrrad aus Platin, daß es ein Ferngespräch war, was du da hinten geführt hast.«

»Ja, Henry, jetzt, wo du es sagst, bin ich ziemlich sicher, daß es das war«, sagte ich traurig.

»Da hast du's, Jungchen. Die Lumpen haben die Stadt überhaupt nicht verlassen. Die sitzen jetzt schön zu Hause neben ihren plüschverkleideten Spucknäpfen und lachen sich ins Fäustchen. Und morgen, paß auf, ruft dieser Kerl dich wieder an und sagt, okay so weit, aber sie hätten vorsichtig sein müssen, und nun wollten sie's heute abend noch einmal versuchen, vielleicht draußen in San Fernando Valley, und der Preis wäre nun leider auf zehn Riesen gestiegen, wegen der Extra-Mühe, die sie gehabt hätten. Ich sollte wahrhaftig hinfahren und diesen Gandesi so zusammendrehen, daß er aus seinem eigenen linken Hosenbein unten rausguckt.«

»Nun, Henry«, sagte ich, »schließlich und endlich habe ich nicht ganz das getan, was man mir auftrug, da du darauf bestandest, mit mir zu kommen. Und vielleicht sind die Leute schlauer, als du denkst. So meine ich doch, es ist am besten, wir fahren jetzt in die Stadt zurück und hoffen, daß wir die Chance bekommen, es morgen noch einmal zu versuchen. Und du mußt mir hoch und heilig versprechen, daß du dich nicht wieder einmischest.«

»Quatsch!« sagte Henry wütend. »Wenn ich nicht dabei bin, nehmen sie dich hops wie die Katze den Kanarienvogel. Du bist ein feiner Kerl, Walter, aber du weißt nicht so viele Antworten wie Baby Leroy. Diese Burschen sind Diebe, und sie haben eine Perlenkette, die ihnen gut und gern zwanzig Riesen einbringt, wenn sie's richtig anfangen. Es liegt ihnen zwar dran, ihren Schnitt ganz auf die Schnelle zu machen, aber trotzdem werden sie rausquetschen, was sie nur können. Ich sollte wirklich auf der Stelle zu diesem Fettsack Gandesi fahren. Ich könnte Sachen machen mit dem Kerl, die sind überhaupt noch gar nicht erfunden.«

»Nun, Henry, werde mir nicht gewalttätig«, sagte ich.

»Ha!« knurrte Henry. »Mir tut die ganze Rückseite meines Bauches weh, wenn ich bloß an die Kerls denke.« Er hob mit der linken Hand die Flasche an seine Lippen und trank durstig. Seine Stimme senkte sich um ein paar Töne und klang nun etwas friedlicher. »Du solltest dir auch lieber die Binde anfeuchten, Walter. Die Party war ein Reinfall.«

»Vielleicht hast du recht, Henry«, seufzte ich. »Zugeben will ich dir jedenfalls, daß mein Magen seit einer halben Stunde schon wie ein Blatt im Herbst erzittert.«

So richtete ich mich denn kühn neben ihm auf und ließ eine herzhafte Portion der feurigen Flüssigkeit durch meine Kehle rinnen. Alsbald belebte sich erneut mein Mut. Ich reichte Henry die Flasche zurück, und er stellte sie behutsam auf das Trittbrett. Er stand neben mir und ließ die kurze automatische Pistole auf seiner breiten Handfläche tanzen.

»Ach was, ich brauche kein Werkzeug, um mit diesem Gesocks fertig zu werden. Zum Teufel damit.« Und mit einem Schlenker seines starken Arms schleuderte er die Pistole zwischen die Büsche, wo sie mit einem dumpfen Laut zu Boden fiel. Er trat ein Stück vom Wagen weg und blieb dann stehen, die Arme in die Seiten gestemmt, und blickte zum Himmel hinauf.

Ich begab mich an seine Seite und beobachtete sein abgewandtes Gesicht, soweit ich es in dem sehr dämmrigen Licht dort erkennen konnte. Eine seltsame Schwermut überkam mich. Ich hatte Henry in der kurzen Zeit, die ich ihn kannte, doch sehr liebgewonnen.

»Nun, Henry«, sagte ich schließlich, »was ist der nächste Zug?«

»Ab nach Hause, möchte ich meinen«, sagte er langsam und voll Trauer. »Und uns einen ansäuseln.« Er ballte die Hände zu Fäusten und schüttelte sie langsam. Dann wandte er mir das Gesicht zu. »Tja«, sagte er. »Weiter ist nichts zu machen. Ab nach Hause, das ist alles, was uns noch bleibt.«

»Doch nicht ganz, Henry«, sagte ich sanft.

Ich nahm meine rechte Hand aus der Tasche. Ich habe große Hände. In meiner rechten Hand ruhte die Rolle Vierteldollars, die ich mir am Morgen in der Bank hatte geben lassen. Meine Hand bildete eine große Faust um sie.

»Gute Nacht, Henry«, sagte ich ruhig und schwang die Faust mit dem ganzen Gewicht meines Arms und Körpers. »Du hast mich zweimal aufs Kreuz gelegt, Henry«, sagte ich. »Beim drittenmal sind die Rollen anders verteilt.«

Aber Henry hörte mir schon nicht mehr zu. Meine Faust mit dem eingewickelten Metallgewicht darin hatte ihn haarscharf mitten auf die Kinnspitze getroffen. Seine Beine wurden knochenlos, und er kippte kerzengerade nach vorn, schrammte im Fallen meinen Ärmel. Ich trat ihm rasch aus dem Weg.

Henry Eichelberger lag reglos am Boden, so schlapp wie ein Gummihandschuh.

Ich blickte ein wenig traurig auf ihn nieder und wartete, daß er sich vielleicht wieder regte, aber kein Muskel an ihm bewegte sich. Er lag wie eine träge Masse da, vollkommen bewußtlos. Ich schob die Rolle Vierteldollars in meine Tasche zurück, beugte mich über ihn, durchsuchte ihn sorgfältig, wobei ich ihn wie einen Sack Mehl hin und her wälzte, aber es dauerte eine ganze Weile, bis ich die Perlen fand. Er hatte sie sich unter der linken Socke um den Knöchel gewunden.

»Nun, Henry«, sagte ich, und es war das letztemal, daß ich mit ihm sprach, obwohl er mich nicht hören konnte, »du bist ein Ehrenmann, auch wenn du nur ein Dieb bist. Du hättest das Geld gut ein dutzendmal heute nachmittag nehmen können und mir nichts dafür zu geben brauchen. Du hättest es auch eben noch an dich bringen können, als du die Pistole in der Hand hattest, aber selbst da widerstrebte es dir. Du warfst die Pistole fort, und wir standen Mann gegen Mann, fern jeder Hilfe, fern jeder möglichen Einmischung. Und selbst da noch hast du gezögert, Henry. Tatsächlich, Henry, ich meine, für einen erfolgreichen Dieb hast du ein ganz klein bißchen zu lange gezögert. Doch als sportlich denkender Mensch kann ich darum nur um so höher von dir denken. Lebe wohl, Henry, und viel Glück!«

Ich zog meine Brieftasche heraus und entnahm ihr eine Hundert-Dollar-Note und steckte sie sorgfältig in die Tasche, in der Henry, wie ich gesehen hatte, sein Geld aufbewahrte. Dann ging ich zum Wagen zurück und tat einen Zug aus der Whiskyflasche und verkorkte sie fest und legte sie neben ihn, in Reichweite seiner rechten Hand.

Ich hatte das sichere Gefühl, er würde sie brauchen, wenn er aufwachte.

VIII

Es war schon nach zehn, als ich in mein Apartment zurückkehrte, aber ich ging sogleich zum Telephon und rief Ellen Macintosh an. »Schatz!« rief ich. »Ich habe die Perlen!«

Ich hörte über den Draht, wie sie tief Luft holte. »Ach, Schatz«, sagte sie voller Spannung und Aufregung, »und dir ist nichts geschehen? Sie haben dir nichts getan, Schatz? Sie haben einfach das Geld genommen und dich laufen lassen?«

»Es gab keine ›sie‹, Schatz«, sagte ich stolz. »Mr. Gallemores Geld ist immer noch vollzählig vorhanden. Nur Henry war da.«

»Henry?« schrie sie mit ganz fremdartiger Stimme. »Aber ich dachte – – – Komm sofort herüber, Walter Gage, und erzähl mir – – –«

»Mein Atem riecht nach Whisky, Ellen.«

»Schatz! Ich bin sicher, du hast ihn nötig gehabt. Komm sofort!«

So ging ich denn abermals die Straße hinunter und eilte nach Carondelet Park, und im Nu stand ich vor dem Hause Penruddock. Ellen kam mir auf der Veranda entgegen, und wir hielten uns an beiden Händen und sprachen ruhig im Dunkeln, denn der ganze Haushalt war bereits zu Bett gegangen. So schlicht, wie ich nur konnte, erzählte ich ihr meine Geschichte.

»Aber, Schatz«, sagte sie, als ich geendet hatte, »wie konntest du wissen, daß es Henry war? Ich dachte, Henry wäre dein Freund! Und diese andere Stimme am Telephon . . .«

»Henry *war* mein Freund«, sagte ich ein wenig traurig, »und das ist der Grund, weshalb er schließlich scheitern mußte. Was die Stimme am Telephon betrifft, so war das eine Kleinigkeit und leicht zu bewerkstelligen. Henry war mehrmals von mir fort, um das in die Wege zu leiten. Es gab nur einen einzigen kleinen Punkt, der mich nachdenklich machte. Nachdem ich Gandesi meine Privatkarte mit dem Namen meines Apartmenthauses gegeben hatte, stand Henry vor der Notwendigkeit, seinem Verbündeten mitzuteilen, daß wir Gandesi aufgesucht und ihm, wie gesagt, Namen und Adresse mitgeteilt hatten. Denn als ich auf den närrischen oder vielleicht gar nicht einmal so sehr närrischen Einfall kam, einen bekannten Vertreter der Unterwelt zu besuchen und damit in seinen Kreisen bekannt werden zu lassen, daß wir die Perlen zurückkaufen würden, ergab sich natürlich für Henry die Gelegenheit, mich glauben zu machen, der Telephonanruf erfolge aufgrund eben der Tatsache, daß wir uns mit Gandesi unterhalten und ihm unsere

Zwangslage mitgeteilt hatten. Aber da der erste Anruf bereits erfolgte, bevor Henry Gelegenheit gehabt hatte, seinen Verbündeten von unserem Treffen mit Gandesi zu verständigen, lag auf der Hand, daß an der Geschichte etwas faul war. Da fiel mir denn ein, daß uns unterwegs ein Wagen von hinten gerammt hatte und daß Henry hingegangen war, um den Fahrer zu beschimpfen. Und natürlich war der Zusammenstoß vorsätzlich erfolgt und ebenso vorsätzlich hatte Henry die Gelegenheit dazu herbeigeführt, denn in dem Wagen saß sein Verbündeter. So sah sich Henry, während er so tat, als schnauze er den Mann tüchtig an, in der Lage, ihm die notwendigen Informationen zukommen zu lassen.«

»Aber, Walter«, sagte Ellen, nachdem sie dieser Erklärung ein wenig ungeduldig zugehört hatte, »das ist doch alles ziemlich nebensächlich. Wirklich wissen möchte ich vor allem, wie du auf den Gedanken gekommen bist, daß Henry die Perlen tatsächlich genommen hatte.«

»Aber du selber hast mir doch gesagt, er hätte sie genommen«, sagte ich. »Du warst deiner Sache ganz sicher. Henry ist ein sehr ausdauernder Charakter. Es hätte ihm durchaus ähnlich gesehen, die Perlen irgendwo zu verstecken, ruhig auszuhalten, was die Polizei ihm unter Umständen alles antat, sich eine neue Stellung zu suchen und dann, vielleicht nach langer Zeit erst, seinen Schatz wieder aus dem Versteck zu holen und damit gemächlich aus dieser Gegend zu verschwinden.«

Ellen schüttelte ungeduldig den Kopf in der Dunkelheit der Veranda. »Walter«, sagte sie scharf, »du verbirgst mir etwas. Das alles konnte dir keine Gewißheit geben, und du hättest Henry nicht auf so brutale Weise niedergeschlagen, wenn du keine Gewißheit gehabt hättest. Ich kenne dich gut genug, um das zu wissen.«

»Nun, Schatz«, sagte ich bescheiden, »es gab in der Tat noch einen weiteren kleinen Hinweis, eine jener albernen

Winzigkeiten, die selbst der klügste Mensch leicht übersieht. Wie du weißt, bin ich nicht an das reguläre Telephonnetz des Apartmenthauses angeschlossen, da ich nicht von Vertretern und ähnlichen Leuten belästigt zu werden wünsche. Ich habe einen Privatanschluß, und die Nummer steht nicht im Telephonbuch. Aber diese Anrufe, die ich von Henrys Verbündetem empfing, kamen über ebendiesen Anschluß, und Henry hatte sich viel in meinem Apartment aufgehalten, und ich war so vorsichtig gewesen, Mr. Gandesi die Nummer nicht zu geben, da ich eben von Anfang an der festen Überzeugung war, daß Henry die Perlen hatte und daß es nur darum ging, ihn so weit zu bringen, daß er sie aus dem Versteck holte.«

»Oh, Schatz«, schrie Ellen und warf die Arme um mich. »Wie tapfer du doch bist, und ich glaube wirklich, daß du in deiner Art auch recht klug genannt werden mußt. Glaubst du, daß Henry in mich verliebt war?«

Aber dies war nun ein Thema, an dem ich nicht das mindeste Interesse hatte. Ich ließ die Perlen in Ellens Obhut und fuhr, so spät es auch geworden war, unmittelbar zur Wohnung von Mr. Lansing Gallemore, um ihm meine Geschichte zu erzählen und das Geld zurückzugeben.

Ein paar Monate später hatte ich die Freude, einen Brief zu empfangen, der in Honolulu abgestempelt und auf sehr wenig wertvollem Papier geschrieben war.

Nun, mein Freund, dieser Sonntagsschwinger von dir war sein Geld wert, und ich hätte nicht gedacht, daß sowas überhaupt in dir drinsteckt, obwohl ich natürlich in dem Moment nicht drauf gefaßt war. Aber er hat wirklich gesessen, und eine Woche lang habe ich jedesmal, wenn ich mir die Zähne putzte, an dich denken müssen. Ein wahrer Jammer, daß ich abhauen mußte, denn du bist ein feiner Kerl, wenn auch ein bißchen verschroben, und viel lieber säße ich jetzt mit dir zusammen und wir zwitscherten uns einen an, statt daß ich hier Ölnippel schmiere, wo ich jetzt bin, was aber ein paar tausend Meilen weit weg ist von da, wo dieser Brief auf die Post geht. Bloß zwei Sachen hätt ich dir gerne noch gesagt, und die sind beide ganz koscher. Ich war ja doch sehr in die große Blondine verschossen, und das war der Hauptgrund, daß ich bei der alten Dame weg bin. Daß ich mir dabei die Perlen geklemmt hab, war bloß einer von diesen verrückten Einfällen, auf die man kommen kann, wenn man wegen einem Mädchen einen Rappel kriegt. Es war ja gradezu ein Verbrechen, wie die Leute die Murmeln da in der Brottrommel rumliegen ließen, und ich hab mal für einen Franzmann in Dschibuti gearbeitet und kann echte Perlen ganz gut von falschen Klunkern unterscheiden. Aber wie es dann um die Wurst ging da unten zwischen den Büschen, wo wir beide ganz allein waren und keiner uns in die Quere kam, da war ich einfach zu weich, um die Sache durchzuziehen. Sag der Blondine, du hast einen Haken, von dem sich mancher was abschneiden kann. Viele Grüße

Dein

Henry Eichelberger (Pseud.)

P. S. Was glaubst du, dieser Lump, der die Anrufe gemacht hat bei dir, wollte mir doch tatsächlich noch einen Fünfziger abknöpfen von den hundert, die du mir in die Weste gesteckt hattest! Ich mußte den Drecksack ganz schön beuteln.

Dein

H. E. (Pseud.)

Gefahr ist mein Geschäft

I

Anna Halsey bestand aus etwa zweihundertvierzig Pfund mittelältlicher Weiblichkeit, hatte ein Kittgesicht und steckte in einem schwarzen maßgeschneiderten Kostüm. Ihre Augen waren glänzend schwarze Schuhknöpfe, ihre Wangen so weich wie Talg und von etwa derselben Farbe. Sie saß hinter einem Schreibtisch mit schwarzer Glasplatte, der aussah wie der Sarkophag Napoleons, und rauchte eine Zigarette in einer schwarzen Spitze, die nicht ganz so lang war wie ein zusammengerollter Regenschirm. Sie sagte: »Ich brauche einen Mann.«

Ich beobachtete sie, wie sie Asche von ihrer Zigarette auf die glänzende Schreibtischplatte schüttelte, wo sich Flocken davon im Zug eines offenen Fensters kräuselten und krümmten.

»Ich brauche einen Mann, der gut genug aussieht, um eine Dame, die Sinn für Klasse hat, nicht gleichgültig zu lassen, aber er muß auch zäh genug sein, um einen Schlagabtausch mit einem Schaufelbagger auszuhalten. Ich brauche einen Burschen, der einen Stiefel vertragen kann und schlagfertig ist wie Fred Allen, bloß ein bißchen besser, der aber einen Bierwagen auf den Kopf kriegen kann, ohne dabei stärker mit der Pupille zu zucken, als wenn ihm ein Blondchen von der Revuetruppe zuzwinkert.«

»Reines Kinderspiel«, sagte ich. »Sie brauchen die New York Yankees, Robert Donat und die Yacht Club Boys.«

»Vielleicht tun Sie's auch«, sagte Anna, »wenn Sie sich

mal den Hals waschen. Zwanzig Eier pro Tag plus Spesen. Ich hab seit Jahren keinen Job mehr abgetreten, aber dieser hier liegt außerhalb meiner Linie. Ich bin mehr für die glatten Sachen zuständig in der Ermittlungsbranche und mache mein Geld lieber da, wo man nicht in Gefahr schwebt, daß einem der Kopf abgerissen wird. Wollen mal sehen, wie Sie Gladys gefallen.«

Sie nahm die Zigarettenspitze in die andere Hand und betätigte einen Schalter an einer großen schwarzen chromverzierten Wechselsprechanlage. »Komm mal rüber und leer Anna den Aschenbecher aus, Schätzchen.«

Wir warteten.

Die Tür ging auf, und eine hochgewachsene Blondine, besser gekleidet als die Herzogin von Windsor, kam hereingeschritten.

Sie bewegte sich mit Eleganz quer durch das Zimmer, leerte Annas Aschenbecher, tätschelte ihr die fette Backe, bedachte mich mit einem glatten, sich nur leicht kräuselnden Blick und ging wieder hinaus.

»Ich glaube, sie ist rot geworden«, sagte Anna, als die Tür sich geschlossen hatte. »Sie haben noch immer was an sich.«

»Sie ist rot geworden – und ich habe zum Essen eine Verabredung mit Darryl Zanuck«, sagte ich. »Hören Sie auf, um den heißen Brei herumzuschleichen. Worum dreht sich's?«

»Ein Mädchen muß kompromittiert werden. Ein Rotschopf mit Schlafzimmeraugen. Sie ist Schlepperin für einen Spieler und hat ihren Angelhaken nach dem Sprößling eines reichen Mannes ausgeworfen.«

»Was soll ich mit ihr machen?«

Anna seufzte. »Ein ziemlich gemeiner Job, Johnny, glaube ich. Wenn sie irgendwas auf dem Kerbholz hat, graben Sie's aus und schmeißen es ihr ins Gesicht. Falls nicht, was wahrscheinlicher ist, da sie aus gutem Hause kommt, bleibt's Ihren eigenen Einfällen überlassen. Sie haben doch von Zeit zu Zeit selber mal Ideen, oder?«

»Ich weiß nicht mehr genau, wann ich das letztemal welche hatte. Wer ist der Spieler und wer der reiche Mann?«

»Marty Estel.«

Ich wollte schon von meinem Stuhl auf, dann fiel mir ein, daß die Geschäfte seit einem Monat miserabel waren und daß ich das Geld dringend brauchte.

Ich setzte mich wieder.

»Sie können natürlich in Gefahr kommen dabei«, sagte Anna. »Ich hab zwar noch nie gehört, daß Marty jemanden am hellichten Mittag auf offener Straße umgelegt hätte, aber er spielt nicht nur mit Zigarettenbildchen.«

»Gefahr ist mein Geschäft«, sagte ich. »Fünfundzwanzig pro Tag und eine Garantiesumme von zwofuffzig, wenn ich's schaffe.«

»Ich muß ein bißchen was für mich selber haben«, winselte Anna.

»Okay. Kuliarbeit gibt's jede Menge in der Stadt. War nett, Sie wiederzusehen – und so gut in Form. Alsdann, Anna.«

Diesmal stand ich wirklich auf. Mein Leben war nicht viel wert, aber soviel ja denn doch. Marty Estel galt als ziemlich ruppiger Bursche, der die richtigen Helfer und den richtigen Schutz im Hintergrund hatte. Sein Lokal lag draußen in West-Hollywood, am Strip. Er mied zwar die allzu lauten Sachen, aber wenn er mal was machte, dann war auch was fällig.

»Setzen Sie sich, wir sind doch Geschäftsleute«, höhnte Anna. »Ich bin bloß eine arme alte Frau, die sich abquält, mit nichts als ihrem Fett und ihrer schlechten Gesundheit eine erstklassige Detektiv-Agentur zu leiten, also nehmen Sie mir schon den letzten Nickel weg und lachen Sie mich aus.«

»Wer ist das Mädchen?« Ich hatte wieder Platz genommen.

»Sie heißt Harriet Huntress – ganz schöner Name für die Rolle, die sie spielt, was? Sie wohnt im El Milano, Block 1900 am North Sycamore, ganz erster Klasse. Der Vater ist im Jahr einunddreißig Pleite gegangen und aus seinem Bürofenster gesprungen. Die Mutter lebt ebenfalls nicht mehr. Eine kleine Schwester ist auf einem Internat in Connecticut. Da könnte man eventuell ansetzen.«

»Wer hat das alles rausgekriegt?«

»Der Klient hat einen ganzen Haufen Schuldscheine in Photokopie, die der Sprößling auf Marty ausgestellt hat. Fünfzig Riesen insgesamt. Das Jüngelchen – bloß Adoptivsohn des Alten – bestreitet rundweg, daß er sie ausgestellt habe, wie die lieben Kleinen das so an sich haben. Also hat der Klient die Kopien von einem Sachverständigen namens Arbogast, der was davon verstehen will, begutachten lassen. Der hat sich drauf eingelassen und sich auch ein bißchen umgetan, aber er ist zu fett, um viel auf den Beinen zu sein, ganz wie ich auch, und so hat er den Fall wieder abgenommen gekriegt.«

»Aber ich könnte mit ihm reden?«

»Ich wüßte nicht, was dem entgegenstünde.« Anna nickte mit Kinn und Kinneskinn.

»Dieser Klient – hat er auch einen Namen?«

»Mein Sohn, Sie haben eine Glückssträhne. Sie können ihm sogar persönlich begegnen – und zwar auf der Stelle.«

Sie fummelte wieder an den Schaltern ihrer Sprechanlage herum. »Schick uns mal Mr. Jeeter rein, Schätzchen.«

»Diese Gladys«, sagte ich, »ist die schon in festen Händen?«

»Bleiben Sie mir bloß von Gladys weg!« fuhr Anna mich fast schreiend an. »Die bringt mir im Scheidungsgeschäft achtzehn Riesen ein pro Jahr. Jeder Kerl, der auch nur einen Finger nach ihr ausstreckt, ist praktisch schon im Krematorium, Johnny Dalmas!«

»Eines Tages fällt sie doch«, sagte ich. »Weshalb sollte ich's da nicht sein, der unten steht und sie auffängt?«

Die aufgehende Tür machte dem ein Ende.

Ich hatte ihn im getäfelten Empfangszimmer nicht gesehen, also mußte er in einem Privatbüro gewartet haben. Es war ihm ersichtlich kein Vergnügen gewesen. Er kam rasch herein, schloß rasch die Tür und riß eine dünne achteckige Platinuhr aus der Westentasche, um einen strengen Blick darauf zu werfen. Er war ein hochgewachsener weißblonder Typ in nadelgestreiftem Flanell von jugendlichem Schnitt. Im Knopfloch trug er eine kleine rosa Rosenknospe. Er hatte ein schneidend scharfes, wie gefrorenes Gesicht, ein wenig tränensackig unter den Augen, ein wenig dick in den Lippen. Er trug einen Spazierstock aus Ebenholz mit einem Silberknauf, hatte Gamaschen über den Schuhen und sah wie ein tränierter Sechziger aus, aber ich gab ihm doch an die zehn Jahre mehr. Ich mochte ihn nicht.

»Sechsundzwanzig Minuten, Miss Halsey«, sagte er eisig. »Meine Zeit ist zufällig wertvoll. Und weil ich ihr Wert beimesse, habe ich mit ihr eine Menge Geld machen können.«

»Nun, wir versuchen Ihnen ja zu ersparen, etwas von diesem Geld zu verlieren«, sagte Anna gedehnt. Sie mochte ihn ebenfalls nicht. »Es tut mir leid, daß ich Sie habe warten lassen, Mr. Jeeter, aber Sie wollten ja den Detektiv sehen, den ich ausgesucht hatte, und den mußte ich erst holen lassen.«

»Er scheint mir nicht der richtige Typ zu sein«, sagte Mr. Jeeter und maß mich mit einem garstigen Blick. »Ich hatte mehr an einen Gentleman gedacht – – –«

»Sie sind doch nicht der Jeeter aus *Tobacco Road,* oder?« fragte ich ihn.

Er kam langsam auf mich zu und hob halb den Stock.

Seine eisigen Augen packten mich wie Krallen. »Sie beleidigen mich also auch noch«, sagte er. »Mich – einen Mann in meiner Position!«

»Also bitte, einen Moment mal«, fing Anna an.

»Nichts da, keinen Moment«, sagte ich. »Der Mensch hier hat behauptet, ich wäre kein Gentleman. Vielleicht ist das okay für einen Mann in seiner Position – aber ein Mann in *meiner* Position läßt sich keine dreckige Bemerkung an den Kopf schmeißen. Von niemandem. Das kann er sich nicht leisten. Es sei denn natürlich, es wäre ohne Absicht erfolgt.«

Mr. Jeeter versteifte sich und funkelte mich an. Er zog abermals die Uhr und blickte darauf. »Achtundzwanzig Minuten«, sagte er, »ich entschuldige mich, junger Mann. Ich wollte nicht grob zu Ihnen sein.«

»Das ist prächtig«, sagte ich. »Ich wußte doch, Sie sind nicht der Jeeter aus *Tobacco Road*.«

Das brachte ihn ums Haar wieder in Fahrt, aber er nahm sich zusammen. Er war sich nicht ganz sicher, wie ich das gemeint hatte.

»Eine oder zwei Fragen, wo wir nun mal zusammen sind«, sagte ich. »Sind Sie gewillt, dieser Huntress ein bißchen Geld zu geben – für etwaige Auslagen?«

»Keinen Cent«, bellte er. »Wieso sollte ich?«

»Das ist an sich so üblich. Mal angenommen, sie hätte ihn geheiratet. Was hätte er dann?«

»Im Moment einen Tausender im Monat, aus einem Treuhandfonds, den seine Mutter, meine verstorbene Frau, eingerichtet hat.« Er senkte den Kopf. »Sobald er achtundzwanzig wird, viel zuviel Geld.«

»Sie können dem Mädchen kaum zum Vorwurf machen, daß sie's versucht hat«, sagte ich. »Das ist nun mal so heutzutage. Was ist mit Marty Estel? Wollen Sie sich mit dem irgendwie arrangieren?«

Er knüllte seine grauen Handschuhe mit einer purpurn

geäderten Hand zusammen. »Die Schuld ist nicht eintreibbar. Es handelt sich um Spielschulden.«

Anna seufzte müde auf und schnippte Asche auf ihren Schreibtisch.

»Sicher«, sagte ich. »Aber Spieler können sich nicht leisten, daß die Leute sie behumsen. Schließlich hätte Marty, wenn Ihr Sohn Gewinner gewesen wäre, ohne weiteres bezahlt.«

»Das interessiert mich nicht«, sagte der hochgewachsene dünne Mann kalt.

»Tja, aber versetzen Sie sich mal in Martys Lage. Da sitzt er mit fünfzig Riesen in Schuldscheinen, und das Ganze ist keinen Nickel wert. Wie soll er nachts noch gut schlafen?«

Mr. Jeeter bekam ein nachdenkliches Gesicht. »Sie meinen, es besteht die Gefahr, daß er gewalttätig wird?« fragte er, und fast höflich.

»Schwer zu sagen. Er hat ein exklusives Lokal, wo ein Haufen Filmleute hinkommt. Er muß an seinen Ruf denken. Aber er ist in einer etwas heiklen Branche, und er kennt die Leute. Es könnte schon was passieren – weit weg von da, wo Marty sich aufhält. Und Marty ist kein weltfremder Träumer. Wenn der einen Knoten macht, dann sitzt der auch.«

Mr. Jeeter betrachtete erneut seine Taschenuhr, und was er sah, schien ihn zu verstimmen. Er stopfte sie in die Weste zurück. »Das alles ist Ihre Sache«, schnappte er. »Der Oberstaatsanwalt ist ein persönlicher Freund von mir. Wenn Sie den Eindruck haben, daß die Sache über Ihre Kräfte geht– –«

»Alles richtig«, erklärte ich ihm. »Aber trotzdem haben Sie sich herabgelassen, unser Elendsviertel hier zu besuchen. Obwohl Sie den Oberstaatsanwalt in der Westentasche stecken haben – neben Ihrer famosen Uhr.«

Er setzte den Hut auf, zog einen seiner Handschuhe über, klopfte sich mit dem Spazierstock gegen die Schuhkante, ging zur Tür und machte sie auf.

»Ich verlange Ergebnisse und bezahle dafür«, sagte er kalt. »Ich bezahle prompt. Ich bezahle sogar manchmal großzügig, obwohl ich nicht gerade als großzügiger Mensch gelte. Ich denke, wir haben uns alle verstanden.«

Er verstieg sich fast zu einem Blinzeln und ging hinaus. Die Tür schloß sich weich auf dem Luftkissen des Türschließers. Ich sah Anna an und grinste.

»Ein reizender Mensch, was?« sagte sie. »Ich hätte liebend gern acht Stück von seiner Sorte, für meine Cocktail-Garnitur.«

Ich leierte ihr zwanzig Dollar aus dem Kreuz – als Spesenvorschuß.

II

Der Arbogast, den ich brauchte, war John D. Arbogast und hatte ein Büro am Sunset Nähe Ivar. Ich rief ihn von einer Telephonzelle aus an. Die Stimme, die mir antwortete, war fett. Sie keuchte leicht, wie die Stimme eines Mannes, der grad einen Wettbewerb im Tortenessen gewonnen hat.

»Mr. John D. Arbogast?«

»Ja-ah.«

»Hier spricht John Dalmas. Ich bin Privatdetektiv und arbeite an einem Fall, in dem Sie als Sachverständiger tätig waren. Der Klient heißt Jeeter.«

»Ja-ah.«

»Kann ich mal raufkommen und ein bißchen mit Ihnen darüber reden – wenn ich zu Mittag gegessen habe?«

»Ja-ah.« Er legte auf. Ich hatte den Eindruck, daß er kein sehr gesprächiger Mann war.

Ich aß zu Mittag und fuhr hin. Die Adresse lag östlich von Ivar, ein altes zweistöckiges Gebäude mit einer Ziegelfront, die kürzlich frisch gestrichen worden war. Im Erdgeschoß befanden sich Geschäfte und ein Restaurant. Der

Haupteingang lag am Fuß einer breiten geraden Treppe, die in den ersten Stock hinaufführte. Auf der Adressentafel unten las ich – *John D. Arbogast, Suite 212.* Ich ging die Treppe hinauf und fand mich auf einem breiten geraden Flur, der parallel zur Straße verlief. Zu meiner Rechten stand in einer offenen Tür ein Mann in einem Kittel. Er trug an einem Gurt einen runden Spiegel vor der Stirn, den er zurückgeschoben hatte, und sein Gesicht zeigte einen verdutzten Ausdruck. Er ging in seine Praxis zurück und schloß die Tür.

Ich ging in die andere Richtung, vielleicht den halben Flur entlang. Eine Tür auf der dem Sunset abgewandten Seite trug die Buchstaben *John D. Arbogast, Handschriften-Sachverständiger. Private Ermittlungen. Bitte eintreten.* Die Tür öffnete sich ohne Widerstand in ein kleines fensterloses Vorzimmer mit ein paar Sesseln, einigen Zeitschriften, zwei verchromten Standaschenbechern. Es gab zwei Stehlampen und eine Deckenleuchte, und alle waren eingeschaltet. Eine Tür auf der anderen Seite des billigen, aber dicken und neuen Teppichs trug die Aufschrift *John D. Arbogast, Handschriften-Sachverständiger. Privat.*

Ein Summer hatte sich betätigt, als ich die Außentür öffnete, und er summte weiter, bis ich sie schloß. Nichts geschah. Niemand saß im Wartezimmer. Die innere Tür ging nicht auf. Ich ging hinüber und lauschte an der Täfelung – kein Laut irgendeiner Unterhaltung drinnen. Ich klopfte. Das brachte mich auch nicht weiter. Ich probierte die Klinke. Sie öffnete die Tür, und so ging ich hinein.

Das Zimmer hier hatte zwei Nordfenster, beide mit Vorhängen an den Seiten und beide fest geschlossen. Auf den Fensterbänken lag Staub. Es gab einen Schreibtisch, zwei Aktenschränke, einen Teppich, der einfach ein Teppich war, und Wände, die einfach Wände waren. Zur Linken trug eine weitere Tür mit einem Glasfenster die Aufschrift *John D. Arbogast, Laboratorium. Privat.*

Ich hatte so das Gefühl, als würde ich mir den Namen nun langsam merken können.

Der Raum, in dem ich stand, war klein. Er wirkte fast zu klein, selbst für die schwammige Hand, die auf der Schreibtischkante ruhte, reglos, die Finger um einen dicken Stift geschlossen, der wie ein Zimmermannsbleistift aussah. Die Hand hatte ein Handgelenk, haarlos wie ein Suppenteller. Eine geknöpfte Manschette, nicht allzu sauber, kam aus einem Rockärmel. Der Rest des Ärmels befand sich hinter dem Schreibtisch und war nicht zu sehen. Der Schreibtisch selber maß keine zwei Meter in der Länge, und so konnte der Besitzer kein sehr großer Mann gewesen sein. Die Hand und die Ärmelenden waren alles, was ich von der Stelle aus, wo ich stand, von ihm sah. Ich ging ruhig zurück durch das Vorzimmer und riegelte die Tür ab, so daß sie von außen nicht geöffnet werden konnte, und machte die drei Lampen aus und ging dann in das Privatbüro zurück. Ich trat um den Schreibtisch herum.

Er war tatsächlich ein fetter Mann, geradezu unwahrscheinlich fett, bei weitem fetter als Anna Halsey. Sein Gesicht hatte, soweit ich es sehen konnte, etwa die Größe eines Basketballs. Es war von angenehm rosiger Färbung, selbst jetzt noch. Er kniete auf dem Boden. Er hatte seinen Kopf gegen die scharfe Innenecke des Knielochs in seinem Schreibtisch gelehnt, und seine linke Hand stemmte sich flach gegen den Boden, ein Stück gelbes Papier unter den Fingern. Die Finger waren gespreizt, so weit, wie derart fette Finger sich nur spreizen lassen, und das gelbe Papier schimmerte zwischen ihnen hindurch. Er sah aus, als stemmte er sich mit aller Kraft gegen den Boden, aber das tat er gar nicht in Wirklichkeit. Was ihn aufrecht hielt, war sein eigenes Fett. Sein Körper war über seinen wuchtigen Schenkeln zusammengesackt, und deren Dicke hielt ihn auf den Knien im Gleichgewicht. Um ihn über den Haufen zu schmeißen, hätte man glatt zwei solide Mittelstürmer einsetzen müssen. Das war kein sehr geschmackvoller Einfall in diesem Moment, aber er kam mir leider trotzdem. Ich ließ mir Zeit und wischte mir erst einmal den Nacken ab, obwohl es gar kein warmer Tag war.

Sein Haar war grau und kurz geschnitten, und sein Hals hatte soviel Falten wie eine Ziehharmonika. Seine Füße waren klein, wie es die Füße fetter Menschen oft sind, und sie steckten in glänzend schwarzen Schuhen, die zur Seite gespreizt auf dem Teppich ruhten, dicht nebeneinander, sauber und widerlich. Er trug einen dunklen Anzug, der dringend der Reinigung bedurfte. Ich bückte mich nieder und grub meine Finger in das bodenlose Fett seines Halses. Irgendwo da drin hatte er vermutlich eine Schlagader, aber ich konnte sie nicht finden, und er brauchte sie auch sowieso nicht mehr. Zwischen seinen gedunsenen Knien hatte sich auf dem Teppich ein dunkler Fleck ausgebreitet und breitete sich immer weiter aus ...

Ich kniete mich an einer anderen Stelle hin und hob die schwammigen Finger, die das gelbe Stück Papier niederhielten. Sie waren kühl, aber nicht kalt, und weich und ein bißchen klebrig. Das Papier stammte von einem Abreißblock. Es wäre ja wirklich sehr schön gewesen, wenn eine Botschaft darauf gestanden hätte, aber das war nicht der Fall. Es gab nur ein paar sinnlose Krakel, keine Worte, nicht einmal Buchstaben. Er hatte nach dem Schuß versucht, noch etwas aufzuschreiben – hatte vielleicht sogar gedacht, er schriebe etwas – aber was er noch zustande gebracht hatte, waren nur ein paar Krähenfüße.

Dann war er zusammengesackt, das Papier noch in der Hand, hatte es mit der Hand an den Boden genagelt, während die andere noch den fetten Bleistift hielt, hatte seinen Leib auf den riesigen Oberschenkeln verkeilt und war so gestorben. John D. Arbogast, Handschriften-Sachverständiger, Privat. Ganz verdammt privat. Er hatte am Telephon dreimal ›Ja-ah‹ zu mir gesagt.

Und da hockte er nun.

Ich wischte mit meinem Taschentuch die Türklinken ab, löschte die Lichter im Vorzimmer, ließ die Außentür so einschnappen, daß sie von draußen verschlossen wirkte, verließ den Flur, verließ das Gebäude und verließ die Gegend. Soweit ich das sagen konnte, hatte niemand mich gesehen. Soweit ich das sagen konnte.

III

Das El Milano lag, wie Anna mir mitgeteilt hatte, im Block 1900 am North Sycamore. Es nahm den größten Teil des Blocks ein. Ich parkte ziemlich nah an dem protzig dekorierten Vorhof und ging zu dem blaßblauen Neonschild hinüber, das über dem Eingang zur Kellergarage flimmerte. Ich folgte einer Geländerrampe in einen gleißend hellen Raum voll funkelnder Wagen und kalter Luft. Ein adretter hellhäutiger Neger in fleckenlosem Overall mit blauen Aufschlägen kam aus einem Glasbüro. Sein schwarzes Haar war so glatt wie das eines Bandleaders.

»Grad was zu tun?« fragte ich ihn.

»Ja und nein, Sir.«

»Ich hab einen Wagen draußen, der mal abgestaubt werden muß. Für ungefähr fünf Eier.«

Es zog nicht. Er war nicht der Typ. Seine kastanienbraunen Augen wurden nachdenklich und reserviert. »Dann muß Ihr Wagen sehr verstaubt sein, Sir. Darf ich fragen, ob in der Leistung sonst noch etwas inbegriffen sein soll?«

»Ein bißchen vielleicht. Ist Miss Harriet Huntress' Wagen da?«

Er schaute hinüber. Ich sah, wie sein Blick an der funkelnden Wagenreihe entlangglitt und an einem kanariengelben Kabriolett hängen blieb, das ungefähr so unauffällig war wie ein Bretterlokus im Vorgarten einer Villa.

»Ja, Sir. Er ist da.«

»Ich hätte gern ihre Apartmentnummer und eine Möglichkeit, zu ihr raufzukommen, ohne durch die Halle zu müssen. Ich bin Privatdetektiv.« Ich zeigte ihm eine Marke. Er sah die Marke an. Sie hatte keine Eignung, ihn fröhlich zu stimmen.

Er zeigte mir das schwächste Lächeln, das ich je gesehen hatte. »Fünf Dollar sind ein schönes Geld, Sir, für einen arbeitenden Menschen. Aber sie sind nicht schön genug, um deswegen die Stellung zu riskieren. Bei weitem nicht schön genug, Sir. Ich schlage vor, Sie sparen Ihre fünf Dollar und versuchen sich auf dem gebräuchlichen Wege Zutritt zu verschaffen.«

»Sie sind mir ja ein Musterknabe«, sagte ich. »Was machen Sie, wenn Sie erwachsen sind – stellen Sie sich auf einen Denkmalsockel?«

»Ich bin bereits erwachsen, Sir. Ich bin vierunddreißig Jahre alt, glücklich verheiratet und habe zwei Kinder. Guten Tag, Sir.«

Er drehte sich auf dem Absatz um. »Na schön, dann Gott befohlen«, sagte ich. »Und entschuldigen Sie meine Whiskyfahne. Ich bin grad aus Butte angekommen.«

Ich ging die Rampe wieder hinauf und wanderte die Straße entlang, dorthin, wo ich gleich hätte hingehen sollen. Ich hätte wissen müssen, daß ich mit fünf Dollar und einer Detektivmarke in einem Laden wie dem El Milano nicht weit kam.

Der Neger telephonierte vermutlich bereits mit dem Empfang.

Das Gebäude war ein riesiger weißer Stucco-Kasten in maurischem Stil, mit großen vergitterten Laternen auf dem Vorhof und riesigen Dattelpalmen. Der Eingang lag in der Innenecke eines L, und man mußte eine Marmortreppe hinauf und durch einen Bogen, der eine Einfassung aus kalifornischem Dishpan-Mosaik besaß.

Ein Portier riß mir die Tür auf, und ich ging hinein. Die Halle war nicht ganz so groß wie das Yankee Stadion. Sie war mit einem blaßblauen Teppich ausgelegt, der seinerseits noch wieder eine Unterlage aus Schaumgummi hatte. Er war so weich, daß ich direkt Lust bekam, mich darauf auszustrecken und einen Purzelbaum zu schlagen. Ich watete zum Empfangstisch hinüber und stützte einen Ellbogen auf die Platte und wurde von einem blassen dünnen Menschen angestarrt, der eins von jenen Schnurrbärtchen trug, die einem immer unter dem Fingernagel hängen bleiben. Er spielte daran herum und blickte an meiner Schulter vorbei zu einem Ali-Baba-Ölkrug hinüber, der groß genug war, daß man einen Tiger darin hätte halten können.

»Miss Huntress da?«

»Wen darf ich melden?«

»Mr. Marty Estel.«

Das klappte nicht besser als mein Spielchen in der Garage. Er lehnte sich auf etwas mit dem linken Fuß. Am Ende des Empfangs ging eine blau-goldene Tür auf, und ein großer sandhaariger Mann mit Zigarrenasche auf der Weste kam heraus und lehnte sich abwesend auf das Tischende und starrte ebenfalls den Ali-Baba-Ölkrug an, ganz als ginge er mit sich zu Rate, ob er ihn als Spucknapf benutzen sollte oder nicht.

Der Empfangsmensch hob seine Stimme. »Sie sind Mr. Marty Estel?«

»Ich komme von ihm.«

»Ist das nicht ein kleiner Unterschied? Und wie ist Ihr werter Name, Sir, wenn man fragen darf?«

»Fragen darf man«, sagte ich. »Aber antworten muß man nicht. Ist mein Auftrag so. Tut mir leid, daß ich stur sein muß und den ganzen Kram.«

Meine Art gefiel ihm nicht. Ihm gefiel überhaupt gar nichts an mir. »Ich fürchte, ich kann Sie nicht anmelden«, sagte er kalt. »Mr. Hawkins, dürfte ich in einer Angelegenheit um Ihre Beratung bitten?«

Der sandhaarige Mann löste seinen Blick von dem Ölkrug und kam den Tisch entlanggeglitten, bis er mich etwa in Totschläger-Reichweite hatte.

»Ja, Mr. Gregory?« gähnte er.

»Ach, laßt euch doch beerdigen, ihr beiden«, sagte ich. »Und eure Freundinnen gleich mit.«

Hawkins grinste. »Kommen Sie mal mit in mein Büro, Junge. Wir wollen sehen, ob wir nicht irgendwie klarkommen miteinander.«

Ich folgte ihm in das Hundeloch, aus dem er gekommen war. Es war groß genug für einen Schreibtisch von etwa einem halben Liter Volumen, zwei Stühle, einen kniehohen Spucknapf und eine offene Zigarrenkiste. Er stützte seinen Steiß auf die Schreibtischkante und grinste mich gemütlich an.

»Nicht grad geschickt eingefädelt, was, Junge? Ich bin der Hausdetektiv hier. Schießen Sie los.«

»Kommt drauf an, wonach einem grad ist«, sagte ich. »An manchen Tagen krieg ich's glatt durch jedes Nadelöhr, und dann wieder geht's mit Pauken und Trompeten daneben.« Ich zog meine Brieftasche und zeigte ihm die Marke und die kleine Photokopie meiner Lizenz hinter dem Zelluloidfenster.

»Schau an, einer vom gleichen Verein also.« Er nickte. »Sie hätten gleich von vornherein nach mir fragen sollen.«

»Sicher. Nur daß ich noch nie was von Ihnen gehört hatte. Ich muß mit dieser Huntress sprechen. Sie kennt mich nicht, aber es geht um ein wichtiges Geschäft, und zwar ein ganz leises.«

Er bewegte sich gut anderthalb Yards nach der Seite und kniff seine Zigarre in den anderen Mundwinkel. Er betrachtete meine rechte Augenbraue. »Wo steckt der Witz? Warum versuchen Sie da erst den Jumbo unten zu schmieren? Kriegen Sie Ihre Spesen erstattet?«

»Könnte schon sein.«

»Mit mir ist durchaus gut Kirschen essen«, sagte er. »Aber ich habe die Gäste zu schützen.«

»Dabei sind Ihnen die Zigarren schon fast ausgegangen«, sagte ich und betrachtete die gut neunzig Stück, die in der Kiste lagen. Ich nahm ein paar davon heraus, schnupperte daran, schob einen gefalteten Zehn-Dollar-Schein dazwischen und legte sie wieder zurück.

»Läßt sich sehen«, sagte er. »Wir beide könnten schon klarkommen. Was soll ich machen?«

»Sagen Sie ihr, ich komme von Marty Estel. Dann läßt sie mich vor.«

»Das kostet mich meinen Job, wenn's schiefgeht.«

»Wird schon nicht. Ich hab wichtige Leute hinter mir.«

»Wie weit hinter Ihnen?«

Ich wollte nach meinem Zehner greifen, aber er schob mir die Hand beiseite. »Ich riskier's«, sagte er. Er griff nach dem Telephon und verlangte Apartment 814 und fing an zu summen. Sein Summen klang wie die Lebensäußerung einer schwerkranken Kuh. Plötzlich beugte er sich vor, und sein Gesicht bekam ein zuckersüßes Lächeln. Seine Stimme triefte.

»Miss Huntress? Hier ist Hawkins, der Hausdetektiv. Hawkins. Ja-ah ... Hawkins. Sicher, Sie lernen ja viele Leute kennen, Miss Huntress. Also, hier steht ein Herr in meinem Büro, der Sie gern sprechen möchte, mit einer Nachricht von Mr. Estel. Wir können ihn nicht ohne Ihre Zustimmung nach oben lassen, da er uns seinen Namen nicht nennen will ... Ja-ah, Hawkins, der Hausdetektiv, Miss Huntress. Ja-ah, er sagt, Sie kennen ihn nicht persönlich, aber ich habe den Eindruck, daß er okay ist ... Okay. Besten Dank, Miss Huntress. Ich bringe ihn sofort hoch.«

Er legte den Hörer auf und tätschelte ihn sanft.

»Sie brauchten bloß noch ein bißchen Musikbegleitung«, sagte ich.

»Sie können rauffahren«, sagte er träumerisch. Er langte

abwesend in seine Zigarrenkiste und nahm den zusammengefalteten Schein an sich. »Eine Wucht«, sagte er sanft. »Jedesmal, wenn ich an die Frau denke, muß ich raus und einmal um den Block laufen. Gehn wir.«

Wir traten wieder in die Halle hinaus, und Hawkins brachte mich zum Fahrstuhl und winkte mich mit einer großartigen Geste hinein.

Als die Fahrstuhltüren sich schlossen, sah ich ihn bereits auf dem Weg zum Ausgang, vermutlich, um seinen Lauf um den Block anzutreten.

Der Fahrstuhl war mit einem Teppich ausgelegt und hatte Spiegel und indirekte Beleuchtung. Er stieg so sanft wie das Quecksilber in einem Thermometer. Die Türen glitten flüsternd auf, und ich wanderte über das Moos, das sie hier als Flurteppich verwendeten, und kam an eine Tür mit der Nummer 814. Ich drückte auf einen kleinen Knopf daneben, drinnen erklangen Glocken, und die Tür ging auf.

Sie trug ein Straßenkleid aus blaßgrüner Wolle und ein kleines schiefes Hütchen, das ihr auf dem Ohr hing wie ein Schmetterling. Sie hatte weit auseinanderstehende Augen, und zwischen ihnen war nicht wenig Platz zum Denken. Sie waren blau wie Lapislazuli, und ihr Haar war von mattem Rot, wie ein Feuer, das zwar unter Kontrolle ist, aber immer noch gefährlich. Niedlich hätte man sie nicht nennen können, dazu war sie zu groß. Sie trug eine Menge Make-up an den richtigen Stellen, und die Zigarette, mit der sie mir entgegenstach, hatte ein fest angesetztes Mundstück von gut drei Zoll Länge. Sie sah nicht eigentlich hart aus, aber sie sah aus, als hätte sie schon sämtliche Antworten gehört und auch alle behalten, von denen sie annehmen konnte, daß sie sich ihrer irgendwann mal würde bedienen müssen.

Sie betrachtete mich kühl. »Nun, wie lautet die Nachricht, Braunauge?«

»Dazu muß ich erst reinkommen«, sagte ich. »Mir fällt das Reden immer so schwer, wenn ich stehe.«

Sie lachte uninteressiert, und ich glitt an ihrem Zigarettenende vorbei in ein langes, ziemlich schmales Zimmer mit einer Masse schönem Mobiliar, einer Masse Fenstern, einer Masse Vorhängen, einer Masse überhaupt von allem. Hinter einem Ofenschirm loderte ein Feuer, ein großer Holzblock über einem Gasbrenner. Vor einer hübschen rosa Couch vor dem hübschen Feuer lag ein orientalischer Seidenteppich, und daneben auf einem Taburett stand Scotch mit Soda und einem Eimer Eis, alles so, wie es sich ein Mann nur wünschen kann, um sich wie zu Hause zu fühlen.

»Sie sollten lieber was trinken«, sagte sie. »Vermutlich fällt Ihnen das Reden auch schwer, wenn Sie kein Glas in der Hand haben.«

Ich setzte mich und griff nach dem Scotch. Das Mädchen ließ sich in einem tiefen Sessel nieder und schlug die Beine übereinander. Ich dachte an Hawkins und seinen Lauf um den Block. An seinem Gesichtspunkt war durchaus ein bißchen was dran.

»Sie kommen also von Marty Estel«, sagte sie und lehnte einen Drink ab.

»Bin ihm noch nie im Leben begegnet.«

»So etwas ähnliches hatte ich mir tatsächlich schon gedacht. Was wollen Sie also, Freundchen? Marty wird sich riesig freuen, wenn er hört, daß Sie sich seinen Namen ausgeliehen haben.«

»Ich zittere schon bis in die Schuhe. Warum haben Sie mich raufgelassen?«

»Neugier. Mit Burschen wie Ihnen rechne ich praktisch jeden Tag. Ich kneife selten. So eine Art Detektiv, was?«

Ich zündete mir eine Zigarette an und nickte. »Privat. Ich habe Ihnen einen kleinen Handel vorzuschlagen.«

»Schlagen Sie vor.« Sie gähnte.

»Wieviel müßte für Sie rausspringen, wenn Sie den jungen Jeeter in Ruhe ließen?«

Sie gähnte erneut. »Sie interessieren mich – so wenig, daß ich's Ihnen gar nicht sagen mag.«

»Ängstigen Sie mich bitte nicht zu Tode. Ehrlich, wieviel verlangen Sie? Oder ist das eine Beleidigung?«

Sie lächelte. Sie hatte ein hübsches Lächeln. Sie hatte reizende Zähne. »Ich bin ein richtig schlechtes Mädchen«, sagte sie. »Ich brauche nicht mal zu bitten. Man bringt mir alles von selbst, in Seidenpapier mit Bändchen.«

»Der alte Herr ist ein bißchen ruppig. Es heißt, er zieht an langen Drähten.«

»Draht kostet nicht viel.«

Ich nickte und nahm einen weiteren Schluck aus meinem Glas. Es war guter Scotch. Er war tatsächlich vollkommen. »Seiner Vorstellung nach kriegen Sie nichts. Sie werden kompromittiert. Sie werden haushoch reingelegt. Ich sehe darin nicht ganz den richtigen Weg.«

»Aber Sie arbeiten für ihn.«

»Klingt komisch, was? Also vermutlich gibt's durchaus eine Möglichkeit, Ihnen was am Zeug zu flicken, aber ich kann mich mit dem Gedanken im Moment nicht recht befreunden. Wieviel würden Sie verlangen – oder würden Sie etwa nichts verlangen?«

»Wie wär's mit fünfzig Riesen?«

»Fünfzig Riesen für Sie und fünfzig weitere für Marty?«

Sie lachte. »Na, Sie sollten sich eigentlich denken können, daß es Marty nicht gefallen würde, wenn ich mich in seine Geschäfte mischte. Ich hatte nur an mich gedacht dabei.«

Sie schlug die Beine nach der anderen Seite übereinander. Ich ließ einen weiteren Eiswürfel in meinen Drink gleiten.

»Ich hatte an fünfhundert gedacht dabei«, sagte ich.

»Fünfhundert was?« Sie machte ein verdutztes Gesicht.

»Dollars – keine Rolls-Royces.«

Sie lachte herzlich. »Sie machen mir Spaß. Ich sollte Sie eigentlich zum Teufel jagen, aber ich mag braune Augen. Warme braune Augen mit goldenen Flecken.«

»Sie werfen sich weg. Ich habe keinen blanken Heller.«

Sie lächelte und steckte sich eine frische Zigarette zwischen die Lippen. Ich ging hinüber, um ihr Feuer zu geben. Ihre Augen hoben sich und blickten in die meinen. Es funkelte in ihnen.

»Vielleicht habe ich die nötigen Heller schon selber«, sagte sie sanft.

»Vielleicht hat er deswegen den fetten Knaben angeheuert – weil Sie den nicht so leicht zum Tanzen bringen konnten.« Ich setzte mich wieder.

»Wer hat denn welchen fetten Knaben angeheuert?«

»Der alte Jeeter – einen Dickwanst namens Arbogast. Er hat vor mir an dem Fall gearbeitet. Wußten Sie das nicht? Er ist heute nachmittag umgelegt worden.«

Ich sagte das ganz beiläufig, der Schockwirkung wegen, aber sie blieb völlig gelassen. Das provozierende Lächeln wich nicht aus ihren Lippenwinkeln. Ihre Augen zeigten keine Veränderung. Nur ihr Atem gab einen matten Laut.

»Muß das unbedingt was mit mir zu tun haben?« fragte sie ruhig.

»Ich weiß nicht. Ich weiß nicht, wer ihn ermordet hat. Es ist in seinem Büro passiert, so um Mittag oder ein bißchen später. Vielleicht hat es mit dem Fall Jeeter gar nichts zu tun. Aber es ist doch ein merkwürdiges Zusammentreffen – daß es passiert ist, kurz nachdem ich den Job übernommen hatte und kurz bevor ich Gelegenheit hatte, mit ihm zu reden.«

Sie nickte. »Ich verstehe. Und Sie meinen, Marty macht solche Sachen. Und natürlich haben Sie bei der Polizei Meldung erstattet?«

»Natürlich habe ich nicht.«

»Damit haben Sie sich aber eine kleine Blöße gegeben, Bruder.«

»Tja. Aber einigen wir uns lieber mal über den Preis – der besser doch nicht allzu hoch sein sollte. Denn was immer die Bullen mit mir machen, mit Marty Estel und Ihnen werden sie noch weit mehr anstellen, wenn sie die Geschichte spitzkriegen – *wenn* sie sie spitzkriegen.«

»Soso, eine kleine Erpressung«, sagte das Mädchen kühl. »Ich glaube, so muß ich das ja wohl nennen. Gehen Sie nicht gar zu weit bei mir, Braunauge. Haben Sie mir eigentlich schon Ihren Namen genannt?«

»John Dalmas.«

»Dann hören Sie mal zu, John. Ich habe mal zur besseren Gesellschaft gehört und im Social Register gestanden. Meine Familie bestand aus lauter feinen Leuten. Der alte Jeeter hat meinen Vater ruiniert – ganz sauber und gesetzmäßig, wie diese Sorte Gauner andere Leute eben ruiniert – aber doch ruiniert, und mein Vater beging Selbstmord, und meine Mutter starb, und ich habe eine kleine Schwester im Osten auf einer Schule, und vielleicht bin ich nicht allzu wählerisch, wenn es darum geht, das Geld aufzutreiben, um für sie zu sorgen. Und vielleicht werde ich eines Tages auch für den alten Jeeter einmal sorgen – selbst wenn ich deswegen seinen Sohn heiraten müßte.«

»Stiefsohn, Adoptivsohn«, sagte ich. »Überhaupt nicht mit ihm verwandt.«

»Treffen wird's ihn genauso hart, Bruder. Und der Junge wird in ein paar Jahren jede Menge grüne Scheinchen haben. Ich könnte schlechter fahren – auch wenn er viel zuviel trinkt.«

»Das würden Sie wohl kaum vor seinen Ohren sagen, meine Dame.«

»Nicht? Dann sehen Sie sich doch mal um, Gummischuh. Sie sollten sich mal die Bohnen aus den Ohren nehmen.«

Ich stand rasch auf und drehte mich um. Er stand etwa vier Schritt von mir entfernt. Er war aus irgendeiner Tür gekommen und über den Teppich geschlichen, und ich war zu sehr damit beschäftigt gewesen, für nichts und wieder nichts den Schlauberger zu spielen, als daß ich ihn gehört hätte. Er war groß, blond und trug einen rauhen Sportanzug mit Schal und offenem Hemd. Er hatte ein rotes Gesicht, und seine Augen glitzerten, und sie schienen ihre Umgebung nicht ganz zu fassen. Er war ein bißchen sehr betrunken für so früh am Tag.

»Hauen Sie ab, solange Sie noch laufen können«, giftete er mich an. »Ich hab alles gehört. Harry kann sagen, was sie will über mich. Mir gefällt's. Verschwinden Sie, bevor ich Ihnen die Zähne in den Schlund treibe!«

Das Mädchen hinter mir lachte. Das gefiel mir nicht. Ich tat einen Schritt auf den großen blonden Knaben zu. Seine Augen blinzelten. So groß er auch war, er war ein Blender.

»Mach ihn fertig, Bubi«, sagte das Mädchen kalt hinter mir. »Ich seh's immer gern, wenn diese harten Nummern in die Knie gehen.«

Ich sah mich mit einem höhnischen Grinsen nach ihr um. Das war ein Fehler. Er war ja vermutlich nicht mehr ganz sicher auf den Beinen, aber eine Wand konnte er immer noch treffen, wenn sie ihm stillhielt. Er traf mich, während ich über die Schulter zurückblickte. Es ist gar nicht angenehm, so getroffen zu werden. Er traf mich verdammt hart, mitten aufs Unterkiefergelenk.

Ich ging nach der Seite weg, versuchte die Beine zu spreizen und glitt auf dem Seidenteppich aus. Ich schlug der Länge nach irgendwo hin, und mein Kopf war nicht so hart wie das Möbelstück, gegen das er krachte.

Einen kurzen verschwommenen Moment lang sah ich noch, wie sein rotes Gesicht triumphierend auf mich niedergrinste. Ich glaube, er tat mir ein ganz klein bißchen leid – selbst in diesem Augenblick noch.

Finsternis umfing mich, und ich ging aus.

IV

Als ich wieder zu mir kam, blendete mir das Licht aus den Fenstern gegenüber direkt in die Augen. Mein Hinterkopf schmerzte. Ich betastete ihn, und er fühlte sich klebrig an. Ich wälzte mich langsam herum, wie eine Katze in einem fremden Haus, brachte mich auf die Knie und langte nach der Flasche Scotch auf dem Taburett am Ende der Couch. Wie durch ein Wunder hatte ich sie nicht heruntergerissen. Ich war im Fallen mit dem Kopf auf den prankenartigen Fuß eines Sessels geschlagen. Das hatte mich weit schlimmer mitgenommen als der Schwinger des jungen Jeeter. Die Blessur an meinem Unterkiefer konnte ich zwar auch durchaus spüren, aber sie war doch nicht wichtig genug, als daß ich sie extra in mein Tagebuch hätte eintragen mögen.

Ich erhob mich auf die Füße, nahm einen soliden Schluck von dem Scotch und sah mich um. Es gab partout nichts zu sehen. Das Zimmer war leer. Es enthielt nur noch Stille und die Erinnerung an ein hübsches Parfüm. Eins von jenen Parfüms, die man erst bemerkt, wenn sie fast verschwunden sind, wie das letzte Blatt an einem Baum. Ich betastete erneut meinen Kopf, berührte die klebrige Stelle mit dem Taschentuch, kam zu der Überzeugung, es lohne sich nicht, deswegen groß Geschrei zu machen, und genehmigte mir einen weiteren Drink.

Ich setzte mich, die Flasche auf den Knien, und lauschte dem Lärm des Verkehrs irgendwo in der Ferne. Miss Harriet Huntress war ein reizendes Mädchen. Sie kannte ein paar falsche Typen, aber wem blieb das schon erspart? Und mir stand es schon gar nicht an, mich über so eine Kleinigkeit zu ereifern. Ich nahm einen weiteren Schluck. Der Flüssigkeitsspiegel in der Flasche war inzwischen erheblich gesunken. Das Zeug war mild und glatt, und man merkte kaum, wie es runterging. Es riß einem nicht die halben Mandeln weg wie so mancher Fusel, den ich trinken mußte.

Ich genehmigte mir noch ein bißchen davon. Mein Kopf fühlte sich jetzt ganz passabel. Und ich fühlte mich großartig. Mir war glatt danach, den Prolog zum ›Bajazzo‹ zu singen. Ja, sie war ein reizendes Mädchen. Wenn sie ihre Miete selber bezahlte, ging es ihr bestimmt nicht schlecht. Ich ließ nichts auf sie kommen. Sie war eine Wucht. Ich hielt mich weiter an ihren Scotch.

Die Flasche war immer noch halb voll. Ich schüttelte sie sanft, stopfte sie in meine Manteltasche, befestigte mir den Hut irgendwo auf dem Kopf und ging. Ich schaffte es bis zum Fahrstuhl, ohne an den Flurwänden anzuecken, schwebte nach unten und schlenderte in die Halle hinaus.

Hawkins, der Hausdetektiv, lehnte wieder am Ende des Empfangstisches und starrte den Ali-Baba-Ölkrug an. Auch der andere Knilch war noch da und nestelte an seinem klitzekleinen Schnurrbart herum. Ich lächelte ihn an. Er lächelte zurück. Hawkins lächelte mich an. Ich lächelte zurück. Alles war in bester Ordnung.

Ich fand den Ausgang gleich beim erstenmal und gab dem Portier einen Vierteldollar und schwebte die Stufen hinunter und den Weg entlang zur Straße und zu meinem Wagen. Das rasche kalifornische Zwielicht sank bereits nieder. Es war ein herrlicher Abend. Die Venus stand im Westen so hell wie eine Straßenlaterne, so hell wie das Leben, so hell wie Miss Huntress' Augen, so hell wie eine Flasche Scotch. Das erinnerte mich. Ich zog die eckige Flasche heraus und bediente mich diskret, verkorkte sie wieder und steckte sie weg. Es war noch genug drin, um bis nach Hause zu reichen.

Ich überfuhr auf dem Rückweg fünf Ampeln bei Rot, aber ich hatte Glück, und niemand nahm mich beim Kragen. Ich parkte mehr oder weniger direkt vor meinem Apartmenthaus und mehr oder weniger direkt am Bordstein. Ich fuhr mit dem Fahrstuhl nach oben, hatte ein bißchen Schwierigkeiten beim Öffnen der Türen und stärkte mich aus der Flasche. Ich bekam den Schlüssel glatt in meine Tür und schloß sie auf und trat ein und fand auch ziemlich bald den Lichtschalter. Ich nahm noch ein bißchen von meiner Medizin, bevor ich mich in weitere Anstrengungen stürzte. Dann wollte ich in die Küche, um mir für einen richtigen Drink etwas Eis und Ginger Ale zu holen.

Ich hatte den Eindruck, als hinge ein etwas komischer Geruch in dem Apartment – nichts, wofür ich so aus der freien Hand einen Namen gewußt hätte –, eine Art medizinischer Geruch. Ich hatte ihn nicht mit hergebracht, und er war auch noch nicht dagewesen, als ich gegangen war. Aber ich fühlte mich zu wohl, um mir darüber groß den Kopf zu zerbrechen. Ich setzte mich also nach der Küche in Bewegung, kam aber nur halb hin.

Sie traten aus dem Ankleidezimmerchen neben dem Wandbett – zu zweit, fast Seite an Seite, mit Pistolen. Der größere von ihnen grinste. Er hatte den Hut tief in die Stirn gezogen und ein keilförmiges Gesicht, das in einer Spitze endete, wie die untere Hälfte eines Karo-As. Er hatte dunkle feuchte Augen und eine Nase, so blutlos, als wäre sie aus weißem Wachs. Seine Pistole war ein Colt Woodsman mit langem Lauf und abgefeiltem Korn. Das bedeutete, daß er sich für gut hielt.

Der andere war ein kleiner terrierartiger Kerl mit rötlichem Borstenhaar ohne Hut und wäßrigen leeren Augen und Fledermausohren und kleinen Füßen in dreckigen weißen Segeltuchschuhen. Er hatte eine Automatik, die so aussah, als sei sie zu schwer für ihn, um sie richtig hochzuhalten, aber in der Hand zu haben schien er sie gern. Er atmete mit offenem Mund und sehr geräuschvoll, und aus seinem Mund kam in Wellen der Geruch, den ich bemerkt hatte – Menthol.

»Worauf warten Sie noch, Sie – – –«, sagte er.

Ich hob die Hände. Was anderes blieb mir nicht übrig.

Der Kleine schlug einen Bogen und trat von der Seite an

mich heran. »Nun sagen Sie schon, damit kommen Sie nicht durch«, höhnte er.

»Damit kommen Sie nicht durch«, sagte ich.

Der Große grinste weiter, ganz locker, und seine Nase sah weiter so aus, als wäre sie aus weißem Wachs. Der Kleine spuckte auf meinen Teppich. »Wetten, daß?« Er kam dicht an mich heran, mit einem schiefen Grinsen, und holte mit der großen Kanone nach meinem Kinn aus.

Ich tauchte weg. Normalerweise hätte ich den Schlag unter den gegebenen Umständen brav hinnehmen müssen. Aber ich war in besserer Stimmung als normalerweise. Ich nahm es mit der ganzen Welt auf. Ich wurde mit einer ganzen Kompanie fertig, und wenn sie bis an die Zähne bewaffnet war. Ich nahm den kleinen Mann bei der Kehle und riß ihn mir hart gegen den Bauch und fuhr mit der Hand über sein kleines Pistolenhändchen und schlug die Waffe zu Boden. Es war ganz leicht. Nichts war schlimm daran außer seinem Atem. Speicheltropfen traten ihm auf die Lippen. Er spuckte Flüche.

Der große Mann stand da und schielte und schoß nicht. Er rührte sich überhaupt nicht vom Fleck. Seine Augen hatten einen leicht besorgten Ausdruck, schien mir, aber ich war zu sehr beschäftigt, um mich jetzt auf nähere Beobachtungen einzulassen. Ich ging hinter dem kleinen Lumpen nieder, ohne ihn dabei loszulassen, und erwischte seine Pistole. Das war falsch. Ich hätte meine eigene ziehen sollen.

Ich stieß ihn von mir weg, und er wirbelte gegen einen Sessel und fiel und fing an, den Sessel wie wild mit den Füßen zu treten. Der große Mann lachte.

»Das Ding hat gar keinen Schlagbolzen«, sagte er.

»Hören Sie zu«, erklärte ich ihm ernsthaft, »ich bin halb voll von gutem Scotch und wollte grade ausgehen, um etwas zu erledigen. Halten Sie mich nicht unnütz auf. Was wollt ihr Jungs überhaupt von mir?«

»Das Ding hat noch immer keinen Schlagbolzen«, sagte

Wachsnase. »Überzeugen Sie sich ruhig. Ich lasse Frisky nie mit einer geladenen Knarre rumlaufen. Er ist zu impulsiv. Sie haben fixe Arme, mein Freund. Das muß man Ihnen lassen.«

Frisky setzte sich am Boden auf und spuckte erneut auf den Teppich und lachte. Ich richtete die Mündung der großen Automatik gegen den Boden und drückte auf den Abzug. Es klickte nur trocken, aber nach der Gewichtsverteilung zu urteilen befanden sich Patronen in der Trommel.

»Wir wollen Ihnen gar nichts weiter tun«, sagte Wachsnase. »Diesmal noch nicht. Vielleicht beim nächsten Besuch. Wer weiß? Vielleicht sind Sie ein Bursche, der einen kleinen Wink kapiert. Der Wink lautet: Lassen Sie die Finger von dem Jeeter-Bübchen. Klar?«

»Nein.«

»Was, Sie wollen nicht?«

»Nein, mir ist gar nichts klar. Wer ist das Jeeter-Bübchen?«

Wachsnase war nicht erfreut. Er schwenkte sanft seine lange 22er. »Sie sollten sich mal das Gedächtnis überholen lassen, mein Freund, gleich zusammen mit Ihrem Türschloß. Das ist aufgegangen wie Butter. Frisky hat bloß einmal tief Luft holen müssen und draufpusten.«

»Bei der Luft, die er von sich pustet, kann ich das verstehen«, sagte ich.

»Gib mir meine Knarre wieder«, jaulte Frisky. Er war wieder auf die Beine gekommen, aber diesmal ging er auf seinen Partner los statt auf mich.

»Laß die Faxen, Dummkopf«, sagte der Große. »Wir haben bloß was auszurichten hier. Sonst passiert ihm nichts. Jedenfalls heute noch nicht.«

»Sagst du!« knurrte Frisky und versuchte Wachsnase die 22er aus der Hand zu reißen. Wachsnase stieß ihn ohne weitere Mühe beiseite, aber das Zwischenspiel erlaubte mir, die große Automatik in die linke Hand zu überführen und meine Luger zu ziehen. Ich zeigte sie Wachsnase. Er nickte, schien aber nicht sehr beeindruckt.

»Er hat keine Eltern mehr«, sagte er traurig. »Da nehme ich ihn immer ein bißchen mit auf Tour. Achten Sie nicht weiter auf ihn, es sei denn, er beißt Sie. Wir machen uns jetzt wieder auf den Weg. Sie haben kapiert. Finger weg von dem Jeeter-Bübchen.«

»Sie blicken in eine Luger«, sagte ich. »Wer ist das Jeeter-Bübchen? Und vielleicht ziehen wir ein paar Bullen zu, bevor Sie sich empfehlen.«

Er lächelte müde. »Ich schleppe mich mit diesem Wirrkopf hier ab, weil ich schießen kann. Wenn Sie glauben, Sie können mich schaffen, nur zu.«

»Okay«, sagte ich. »Kennen Sie jemanden namens Arbogast?«

»Ich lerne so viele Leute kennen«, sagte er, mit einem zweiten müden Lächeln. »Vielleicht, vielleicht auch nicht. Bis dann, mein Freund. Halten Sie die Ohren steif.«

Er schlenderte zur Tür hinüber, bewegte sich dabei ein wenig seitlich, so daß er mich die ganze Zeit gedeckt hielt, und auch ich hielt ihn gedeckt, und es war bloß die Frage, wer zuerst schoß und am besten, und ob es sich überhaupt lohnte zu schießen, und ob ich mit soviel schönem warmem Scotch im Leib überhaupt imstande war, irgend etwas zu treffen. Ich ließ ihn laufen. Er machte eigentlich nicht den Eindruck eines Killers, aber da konnte ich mich irren.

Der kleine Mann sprang wieder auf mich ein, als ich grad gar nicht mehr an ihn dachte. Er klaubte mir seine große Automatik aus der linken Hand, hopste zur Tür, spuckte noch einmal auf meinen Teppich und schlüpfte hinaus. Wachsnase folgte ihm rückwärts – ein langes scharfes Gesicht, weiße Nase, spitzes Kinn, müder Ausdruck. Ich würde ihn nicht vergessen.

Er schloß leise die Tür, und ich stand da, mit dämlichem Gesicht, die Knarre in der Hand. Ich hörte, wie der Fahrstuhl kam und wieder nach unten sank und hielt. Ich stand immer noch da. Marty Estel sah es eigentlich gar nicht ähnlich, zwei Komiker von dieser Sorte anzuheuern, um jemandem einen Schreck einzujagen. Ich dachte darüber nach, aber das Nachdenken brachte mich auch nicht weiter. Endlich fiel mir die halbe Flasche Scotch ein, die ich noch übrig hatte, und ich veranstaltete mit ihr eine Geheimsitzung.

Anderthalb Stunden später fühlte ich mich kreuzfidel, hatte aber noch immer keine nennenswerten Einfälle. Ich wurde nur allmählich etwas schläfrig.

Das Klirren der Telephonklingel weckte mich. Ich war im Sessel eingedöst, was ein böser Fehler gewesen war, denn ich wachte mit zwei Flanelldecken im Mund wieder auf, einer Beule am Hinterkopf und einer weiteren am Kiefer, die zwar beide nicht viel größer waren als ein ausgewachsener Yakima-Apfel, dafür aber ganz schön weh taten. Ich fühlte mich gräßlich. Ich fühlte mich wie ein amputiertes Bein.

Ich kroch zum Telephon hinüber und hockte mich in einen Sessel daneben und nahm den Hörer ab. Die Stimme stach mir wie ein Eiszapfen ins Ohr.

»Mr. Dalmas? Hier ist Jeeter. Ich glaube, wir sind uns heute morgen begegnet. Ich fürchte, ich war Ihnen gegenüber ein bißchen steif.«

»Ich bin selber ein bißchen steif im Moment. Ihr Sohn hat mich am Kiefer erwischt. Ich meine Ihren Stiefsohn oder Adoptivsohn – oder was er sonst ist.«

»Er ist sowohl mein Stiefsohn als auch mein Adoptivsohn. Ach ja, wirklich?« Seine Stimme klang interessiert. »Und wo sind Sie ihm begegnet?«

»In Miss Huntress' Apartment.«

»Oh – ich verstehe.« Ganz plötzlich war Tauwetter. Der Eiszapfen war geschmolzen. »Sehr interessant. Was hatte Miss Huntress zu sagen?«

»Es gefiel ihr. Sie hatte Spaß daran, wie er mich am Kiefer erwischte.«

»Ich verstehe. Und warum hat er Sie geschlagen?«

»Er hatte sich bei ihr versteckt. Dadurch hörte er ein bißchen von unserer Unterhaltung mit an. Sie gefiel ihm nicht.«

»Ich verstehe. Ich habe mir inzwischen überlegt, daß man ihr vielleicht einen bestimmten Betrag – nicht zu hoch natürlich – für ihre Einwilligung anbieten könnte. Das heißt, wenn wir eine entsprechende Sicherheit bekommen.«

»Der Preis sind fünfzig Riesen.«

»Ich fürchte, ich habe Sie nicht ganz – – –«

»Seien Sie nicht albern«, knurrte ich. »Fünfzigtausend Dollar. Fünfzig Riesen. Ich habe ihr fünfhundert geboten – bloß als Witz.«

»Sie scheinen dies ganze Geschäft mit beträchtlicher Leichtfertigkeit zu behandeln«, knurrte er zurück. »Ich bin das nicht gewohnt, und es gefällt mir auch nicht.«

Ich gähnte. Es scherte mich einen Dreck, ob Schule war oder nicht. »Hören Sie zu, Mr. Jeeter, ich bin ein großer Faxenmacher, aber ich habe trotzdem meinen Kopf bei der Arbeit. Und in diesem Fall nun haben sich ein paar sehr ungewöhnliche Gesichtspunkte ergeben. Zum Beispiel war grad eben ein Duo von Revolvermännern hier in meiner Wohnung und hat mir einen Wink gegeben, die Finger vom Fall Jeeter zu lassen. Ich verstehe nicht, woher da plötzlich diese ruppigen Töne kommen.«

»Ach du lieber Himmel!« Seine Stimme klang erschrokken. »Ich glaube, Sie kommen am besten mal sofort zu mir raus, damit wir die Sache besprechen. Ich schicke Ihnen meinen Wagen. Können Sie gleich kommen?«

»Ja-ah. Aber ich kann selber fahren. Ich – – –«

»Nein. Ich schicke Ihnen meinen Chauffeur. Er heißt George; Sie können sich absolut auf ihn verlassen. Er dürfte in etwa zwanzig Minuten bei Ihnen sein.«

»Okay«, sagte ich. »Dann kann ich schnell noch was zu Abend trinken. Sagen Sie ihm, er soll um die Ecke an der Kenmore parken, Richtung Franklin.« Ich legte auf.

Als ich heiß und kalt geduscht und mir saubere Sachen angezogen hatte, fühlte ich mich ein bißchen respektabler. Ich nahm noch ein paar Drinks zu mir, kleine diesmal zur Abwechslung, zog einen leichten Mantel über und ging auf die Straße hinunter.

Der Wagen stand schon da. Ich konnte ihn einen halben Block weit in der Seitenstraße stehen sehen. Er wirkte von fern wie ein frisch eröffneter Supermarkt. Er hatte vorn zwei Scheinwerfer von dem Format, das man sonst nur bei Schnellzugslokomotiven findet, zwei bernsteinfarbene Nebellampen auf der Stoßstange und noch zwei Seitenlampen, die so groß waren wie gewöhnliche Scheinwerfer. Ich ging hinüber und blieb neben dem Wagen stehen, und ein Mann trat aus dem Schatten und warf mit einem sauberen Schlenker des Handgelenks eine Zigarette über die Schulter. Er war groß, breit, dunkel, trug eine Schirmmütze, einen russischen Uniformrock mit Sam-Browne-Gürtel, glänzende Schaftstiefel und Kniehosen, die sich bauschten wie die Whipcords eines englischen Stabsmajors.

»Mr. Dalmas?« Er berührte den Schirm seiner Mütze mit einem behandschuhten Zeigefinger.

»Ja-ah«, sprach ich. »Stehen Sie bequem. Und erzählen Sie mir bloß nicht, das da wäre der Schlitten vom alten Jeeter.«

»Es ist einer seiner Wagen.« Er hatte eine kühle Stimme, die leicht keck werden konnte.

Er öffnete mir die hintere Tür, und ich stieg ein und sank in die Polster, und er glitt hinter das Steuer und ließ den großen Wagen an. Er bewegte sich vom Bordstein fort und um die Ecke und machte dabei nicht mehr Geräusch als ein Geldschein in einer Brieftasche. Wir fuhren nach Westen. Wir schienen mit dem Verkehrsstrom zu treiben, überholten in Wirklichkeit aber alles. Wir glitten durch das Herz von Hollywood, durch den westlichen Teil, zum Strip hinunter und auf dessen Glitzerband entlang in die kühle Ruhe von Beverly Hills hinein, wo der Reitweg den Boulevard teilt.

Wir huschten wie der Blitz durch Beverly Hills und kletterten an den Vorbergen entlang, sahen die fernen Lichter der Universitätsgebäude schimmern und wandten uns nach Norden, nach Bel-Air. Wir glitten durch lange schmale Straßen mit hohen Häuserwänden und ohne Gehsteige, vorbei an großen Toren. Die Villen hatten Laternen vor dem Eingang, die höflich die frühe Nacht erhellten. Nichts regte sich. Kein Laut war zu hören außer dem sanften Surren der Reifen auf dem Beton. Wir bogen wieder nach links und ich erhaschte flüchtig ein Schild mit der Aufschrift ›Calvello Drive‹. Als wir ihn halb hinauf waren, schlug George einen weiten Bogen, um nach links in ein Tor mit zwölf Fuß breiten Flügeln einzubiegen. Da geschah etwas.

Zwei Scheinwerfer flammten jäh auf hinter dem Tor, eine Hupe gellte, und ein Motor heulte auf. Ein Wagen kam auf uns zugerast. George wich ihm mit einem Handgelenksschlenker aus, bremste und streifte seinen rechten Handschuh ab, alles in einer einzigen Bewegung.

Der Wagen kam näher, mit schwankenden Lichtern. »Stockbesoffen«, fluchte George über die Schulter.

Das konnte sein. Betrunkene am Steuer fahren zu den unmöglichsten Stellen, um zu trinken. Konnte durchaus sein. Ich glitt trotzdem auf den Boden des Wagens nieder und zerrte die Luger unter dem Arm vor und griff in die Höhe, um die Tür zu entriegeln. Ich drückte sie einen Spalt auf und hielt sie so fest, um über das Trittbrett hinauszusehen. Die Scheinwerfer stachen mir ins Gesicht, und ich duckte mich, kam dann wieder hoch, als der scharfe Strahl vorüber war.

Der andere Wagen kam quietschend zum Stehen. Eine Tür sprang auf, und eine Gestalt sprang heraus, brüllte und schwenkte eine Pistole. Ich hörte die Stimme und erkannte sie sofort.

»Worauf warten Sie noch, Sie – – –!« schrie Frisky herüber.

George legte die linke Hand auf das Steuer, und ich schob die Tür ein Stückchen weiter auf. Der kleine Mann auf der Straße sprang wie ein Verrückter hin und her und brüllte. Aus dem kleinen dunklen Wagen, aus dem er gekommen war, drang keinerlei Geräusch außer dem des Motors.

»Das ist ein Überfall!« brüllte Frisky. »Raus da, und stellt euch in einer Reihe auf, ihr – – –!«

Ich stieß meine Tür auf und wollte aussteigen, die Luger tief an der Seite.

»Sie haben es nicht anders gewollt!« brüllte der kleine Mann.

Ich ließ mich fallen – wie der Blitz! Die Pistole in seiner Hand spie Flammen. Irgendwer mußte ihm einen Schlagbolzen eingesetzt haben. Über mir klirrte Glas. Aus dem Winkel meines Auges, das in diesem speziellen Moment eigentlich gar keine Winkel hätte haben dürfen, sah ich, wie George eine Bewegung machte, so glatt und geschmeidig wie eine Welle, die über Wasser läuft. Ich riß die Luger hoch und wollte durchziehen, aber da krachte ein Schuß neben mir – George.

Ich verzichtete. Es war nicht mehr nötig, daß ich schoß.

Der dunkle Wagen setzte sich mit einem Ruck in Bewegung und raste wild den Berg hinunter. Er röhrte in die Ferne davon, während der kleine Mann draußen mitten auf dem Pflaster immer noch grotesk durch das Licht taumelte, das von den Mauern reflektiert wurde.

Auf seinem Gesicht war etwas Dunkles jetzt, das sich ausbreitete. Seine Pistole polterte auf den Boden. Seine kleinen Beine sackten unter ihm weg, und er fiel auf die Seite und wälzte sich herum und wurde dann, ganz plötzlich, still.

George sagte »Tja«, und schnüffelte an der Mündung seines Revolvers.

»Sauberer Schuß.« Ich stieg aus dem Wagen, ging zu dem kleinen Mann hinüber und sah ihn mir an – ein zusammengekrümmtes Nichts. Das schmutzige Weiß seiner Segeltuchschuhe schimmerte leicht im Widerschein der Wagenlichter.

George trat neben mich. »Warum ich, Bruder?«

»Weil ich gar nicht geschossen habe. Ich hab gesehn, wie Sie von der Hüfte gezogen haben. Wie ein geölter Blitz auf Kugellagern.«

»Danke, Kumpel. Die waren natürlich hinter Mr. Gerald her. Ich kutschiere ihn normalerweise aus dem Klub nach Hause um diese Zeit, randvoll mit Schnaps und Bridge-Verlusten.«

Wir blickten auf den kleinen Mann hinunter. Er war nicht sehr sehenswert. Er war bloß ein kleiner Mann, der jetzt tot war, mit einem großen Loch im Gesicht und viel Blut drumherum.

»Schalten Sie doch bloß ein paar von diesen verdammten Scheinwerfern aus«, knurrte ich. »Und machen wir, daß wir hier wegkommen.«

»Das Haus liegt gleich auf der anderen Straßenseite.« Georges Stimme klang so beiläufig und gelassen, als hätte er grad einen Nickel in einen Spielautomaten geschoben und nicht einen Menschen erschossen.

»Die Jeeters bleiben aus der Sache raus, wenn Ihnen was an Ihrem Job liegt. Das sollten Sie eigentlich wissen. Wir werden jetzt zu meiner Wohnung zurückfahren und noch mal von vorne anfangen.«

»Schon begriffen«, sagte er knapp und sprang in den großen Wagen zurück. Er schaltete die Nebellampen und die Seitenscheinwerfer aus, und ich stieg vorn neben ihm ein.

Wir fuhren weiter den Berg hinauf und über die Höhe. Ich sah mich nach dem zersplitterten Fenster um. Es war das kleine Eckfenster ganz hinten, und es hatte nicht aus splittersicherem Glas bestanden. Ein großes Stück war heraus. Das konnte zu einem Beweisstück werden, wenn die Polizei dem Wagen auf die Spur kam. Die Aussicht war zwar nicht sehr groß, aber es konnte doch immerhin sein.

Auf der Höhe des Berges kam uns eine große Limousine entgegen und fuhr an uns vorbei. Ihre Innenbeleuchtung war an, und ich sah, wie in einem erleuchteten Schaukasten, ein älteres Ehepaar darin sitzen, steif wie zwei Potentaten, die den Jubel ihrer Untertanen über sich ergehen lassen. Der Mann trug einen Abendanzug mit weißem Schal und Angströhre. Die Frau bestand fast nur aus Pelzen und Diamanten.

George fuhr gelassen an ihnen vorbei, jagte den Motor dann plötzlich hoch, und wir bogen scharf in eine dunkle Straße ab, nach rechts. »Da geht gleich ein gutes Abendessen zum Teufel«, sagte er gedehnt. »Und ich wette, die werden's nicht mal melden.«

»Ja-ah. Fahrn wir nach Hause und trinken wir was«, sagte ich. »Ich hab nie richtig Gefallen dran finden können, Leute umzubringen.«

V

Wir hatten uns ein bißchen Scotch aus Miss Huntress' Flasche eingegossen und saßen da und blickten uns über die Gläser weg an. George sah ganz nett aus, wenn er die Mütze nicht mehr aufhatte. Sein Kopf war mit welligem dunkelbraunem Haar bedeckt, und seine Zähne waren sehr weiß und sauber. Er schlürfte seinen Drink und nuckelte zugleich an einer Zigarette. Seine lebhaften schwarzen Augen zeigten ein kühles Glitzern.

»Yale?« fragte ich.

»Dartmouth, wenn Sie das was angeht.«

»Mich geht alles was an. Was ist denn eine College-Ausbildung so wert heutzutage?«

»Drei Mahlzeiten pro Tag und eine Uniform«, sagte er gedehnt.

»Was ist der junge Jeeter für ein Bursche?«

»Großer blonder Angeber, spielt ganz gut Golf, hält sich für einen Tausendsassa bei den Frauen, säuft wie ein Loch und hat bisher noch nie auf den Teppich gekotzt.«

»Und was für ein Typ ist der Alte?«

»Einer, der Ihnen vielleicht zehn Cents schenken würde – wenn er grad kein Kleingeld bei sich hätte.«

»Ts, ts, redet man so über seinen Brötchengeber?«

George grinste. »Er ist ein solcher Geizkragen, daß ihm der Kopf quietscht, wenn er den Hut abnimmt. Ich hab immer was riskiert. Vielleicht hab ich's deswegen auch nicht weiter als bis zum Chauffeur gebracht. Der Scotch ist Klasse.«

Ich goß uns noch einen ein, womit die Flasche alle war. Ich setzte mich wieder hin.

»Sie meinen also, die beiden Knallfrösche hätten auf Mr. Gerald gelauert?«

»Warum nicht? Ich fahre ihn normalerweise um die Zeit nach Hause. Bloß heute nicht. Er hatte einen schlimmen Kater und ist erst ganz spät aus dem Haus. Sie sind doch Detektiv, Sie wissen doch sicher, worum sich die ganze Sache dreht, oder?«

»Wer hat Ihnen gesagt, daß ich Detektiv wäre?«

»Niemand, aber Detektive stellen immer so gottverdammt viele Fragen.«

Ich schüttelte den Kopf. »Hm, hm. Ich hab Ihnen bisher bloß sechs Fragen gestellt. Ihr Boss hat eine Menge Vertrauen zu Ihnen. Er muß es Ihnen gesagt haben.«

Der dunkle Mann nickte, grinste schwach und schlürfte. »Das Ganze ist ziemlich durchsichtig«, sagte er. »Als der Wagen in die Einfahrt abbiegen wollte, machten die Jungs los. Ich kann mir aber nicht ganz vorstellen, daß sie jemanden umbringen wollten. Vielleicht bloß einschüchtern. Nur daß der kleine Ganeff dann durchgedreht ist.«

Ich betrachtete Georges Augenbrauen. Es waren hübsche Augenbrauen, mit einem Glanz wie Pferdehaar.

Ich sagte: »Nach Marty Estel sieht das eigentlich nicht aus, sich solcher Helfer zu bedienen.«

»Sicher. Vielleicht hat er sich grad deswegen ihrer bedient.«

»Schlaues Köpfchen. Sie und ich, wir beide könnten schon zusammen auskommen. Aber daß Sie den kleinen Lumpen umgeschossen haben, macht die Sache ein bißchen heikel. Was wollen Sie da machen?«

»Nichts.«

»Okay. Wenn man Ihnen und Ihrer Pistole auf die Spur kommt, mal angenommen, Sie haben die Pistole dann noch, was ja vermutlich nicht der Fall sein dürfte, dann denke ich doch, daß man's als Notwehr bei einem Raubüberfallversuch durchgehen lassen wird. Da wäre bloß noch eines.«

»Was?« George beendete seinen zweiten Drink, stellte das Glas beiseite, zündete sich eine frische Zigarette an und lächelte.

»Es ist ziemlich schwierig, einen Wagen von vorn zu erkennen – bei Nacht. Selbst mit all den Scheinwerfern. Es hätte auch ein Besucher sein können.«

Er zuckte die Achseln und nickte. »Aber wenn's nur zur Einschüchterung sein sollte, erfüllte es auch dann seinen Zweck. Weil die Familie in jedem Fall davon hörte und der alte Herr sich ausrechnen konnte, wer die Jungs geschickt hatte – und warum.«

»Verdammt, Sie haben wirklich ein schlaues Köpfchen«, sagte ich bewundernd, und das Telephon klingelte.

Es war die Stimme eines englischen Butlers, sehr knapp und präzise, und sie sagte, daß, falls ich Mr. John Dalmas wäre, Mr. Jeeter mich gern sprechen möchte. Er kam auch sofort an den Apparat, mit jeder Menge Frost.

»Ich muß schon sagen, daß Sie sich reichlich Zeit lassen bei der Befolgung von Befehlen«, bellte er. »Oder ist mein Chauffeur etwa nicht – – –«

»Doch, er ist hier, Mr. Jeeter«, sagte ich. »Aber es hat

unterwegs einen kleinen Zwischenfall gegeben. George wird Ihnen erzählen.«

»Junger Mann, wenn ich will, daß etwas gemacht wird – – –«

»Hören Sie, Mr. Jeeter, ich habe einen schweren Tag hinter mir. Ihr Sohn hat mich am Kinn erwischt, und ich bin gefallen und hab mir den Kopf aufgeschlagen. Als ich dann in meine Wohnung getaumelt kam, mehr tot als lebendig, hielten mir zwei harte Burschen ihre Knarren unter die Nase und bedeuteten mir, die Finger vom Fall Jeeter zu lassen. Ich tue mein Bestes, aber ich fühle mich ein bißchen hinfällig, also ängstigen Sie mich nicht.«

»Junger Mann – – –«

»Hören Sie zu«, sagte ich, jetzt ganz ernst, »wenn Sie in diesem Spiel sämtliche Partien selber spielen wollen, dann halten Sie auch alle Karten selber. Oder Sie können sich viel Geld sparen und einen berufsmäßigen Befehlsempfänger anheuern. Ich muß die Dinge auf meine Art erledigen können. Hatten Sie heut abend schon Besuch von den Bullen?«

»Bullen?« echote er mit säuerlicher Stimme. »Sie meinen Polizeibeamte?«

»Exakt die meine ich – Polizeibeamte.«

»Und warum sollten mir irgendwelche Polizeibeamten einen Besuch machen?« fauchte er fast.

»Weil vor einer halben Stunde ein Steifer vor Ihrem Tor lag. Ein Steifer bedeutet eine Leiche. Nur ein ganz kleiner Mann. Sie können ihn mit einer Kehrichtschaufel wegschippen lassen, wenn er Sie stört.«

»Mein Gott! Sprechen Sie im Ernst?«

»Ja. Und was noch schlimmer ist – er hat auf George und mich einen Schuß abgefeuert. Er erkannte den Wagen. Er muß es auf Ihren Sohn abgesehen haben, Mr. Jeeter.«

Stille mit Zacken wie Stacheldraht. »Ich dachte, Sie hätten von einer Leiche gesprochen«, sagte Mr. Jeeter sehr kalt. »Und jetzt sagen Sie, die hätte auf Sie geschossen.«

»Das hat sie, als sie noch keine Leiche war«, sagte ich. »George wird Ihnen erzählen. George – – –«

»Sie kommen sofort zu mir raus!« brüllte er mich durch die Leitung an. »Sofort, haben Sie gehört? Auf der Stelle!«

»George wird Ihnen erzählen«, sagte ich sanft und legte auf – ihm ins Gesicht hinein.

George sah mich kalt an. Er hob sich aus dem Sessel und setzte seine Mütze auf. »Okay, Kumpel«, sagte er. »Vielleicht kann ich Ihnen eines Tages mal was verschaffen, wo es nicht ganz so unsanft zugeht.« Er ging zur Tür.

»Es mußte so laufen. Es liegt alles an ihm. Er muß entscheiden.«

»Ach, Quatsch«, sagte George und sah über die Schulter zurück. »Sparen Sie Ihren Atem, Schnüffler. Alles, was Sie sagen, ist bloß Geräusch am falschen Platz.«

Er machte die Tür auf, ging hinaus, machte zu, und ich saß da, die Hand immer noch auf dem Telephon, den Mund offen und nichts darin als meine Zunge und einen schlechten Geschmack darauf.

Ich ging in die Küche hinaus und schüttelte die Scotchflasche, aber sie war immer noch leer. Ich machte einen Roggenwhisky auf und nahm einen Schluck, und er schmeckte sauer. Irgend etwas beunruhigte mich. Ich hatte so das Gefühl, als würde es mich noch weit stärker beunruhigen, bevor ich's hinter mir hatte.

Sie mußten George um Haaresbreite verfehlt haben. Ich hörte den Fahrstuhl fast unmittelbar, nachdem er unten gehalten hatte, wieder heraufkommen. Feste Schritte kamen über den Flur und wurden lauter. Eine Faust schlug gegen die Tür. Ich ging hinüber und machte auf.

Einer war in Braun, einer in Blau, beide groß, kräftig gebaut und gelangweilt.

Der in Braun schob mit einer sommersprossigen Hand den

Hut auf den Hinterkopf zurück und sagte: »Sind Sie John Dalmas?«

»Bin ich«, sagte ich.

Sie trieben mich ins Zimmer zurück, ohne daß ich es eigentlich merkte. Der in Blau schloß die Tür. Der in Braun brachte eine Dienstmarke auf seiner Handfläche zum Vorschein und ließ mich einen kurzen Schimmer Gold und Emaille erhaschen.

»Finlayson, Detective-Lieutenant bei der zentralen Mordkommission«, sagte er. »Mein Kollege hier heißt Sebold. Wir sind ganz umgängliche Leute, aber zu spaßen ist mit uns nicht. Wir haben gehört, Sie gehen ein bißchen wild mit dem Schießeisen um.«

Sebold nahm den Hut ab und wischte sich mit der flachen Hand das Salz-und-Pfeffer-Haar zurück. Er glitt lautlos in die Küche hinaus.

Finlayson setzte sich auf eine Sesselkante und kratzte sich das Kinn mit einem Daumennagel, der so eckig war wie ein Eiswürfel und so gelb wie ein Senfpflaster. Er war älter als Sebold, sah aber nicht so gut aus. Er zeigte den muffigen Ausdruck eines altgedienten Bullen, der es nicht sehr weit gebracht hatte.

Ich setzte mich hin. Ich sagte: »Was meinen Sie damit – ein bißchen wild mit dem Schießeisen?«

»Ich meine, daß Sie Leute umballern.«

Ich zündete mir eine Zigarette an. Sebold kam aus der Küche und ging in das Ankleidezimmer hinter dem Wandbett.

»Wenn wir recht verstehen, haben Sie eine Lizenz als Privatdetektiv«, sagte Finlayson schwer.

»Stimmt.«

»Zeigen Sie her.« Er streckte die Hand aus. Ich gab ihm meine Brieftasche. Er kaute den Inhalt durch und gab sie mir dann wieder. »Tragen Sie eine Waffe?«

Ich nickte. Er streckte erneut die Hand aus. Sebold kam

aus dem Ankleidezimmer. Finlayson schnüffelte an der Luger, ließ das Magazin herausschnappen, entlud die Kammer und hielt die Pistole so, daß ein wenig Licht durch die Magazinöffnung ins Kammerende des Laufs fiel. Er spähte in die Mündung, schielte. Dann reichte er Sebold die Waffe. Sebold tat dasselbe wie er.

»Offenbar Fehlanzeige«, sagte Sebold. »Sauber, aber auch nicht allzu sauber. Kann nicht innerhalb der letzten Stunde gereinigt worden sein. Ein bißchen Staub.«

»Richtig.«

Finlayson nahm die ausgestoßene Patrone vom Teppich, drückte sie ins Magazin und ließ das Magazin wieder zuschnappen. Er gab mir die Waffe zurück. Ich steckte sie wieder unter den Arm.

»Heute abend irgendwann aus gewesen?« fragte er kurz und bündig.

»Erzählen Sie mir mal gar nicht, worum es geht«, sagte ich. »Ich bin ein leidenschaftlicher Rätselrater.«

»Schlauer Junge«, sagte Sebold nüchtern. Er wischte sich wieder das Haar und zog eine Schreibtischschublade auf. »Komisches Zeug, das alles. Könnte man glatt einen Artikel drüber schreiben. So hab ich euch gerne – mit meinem Gummiknüppel.«

Finlayson seufzte. »Aus gewesen heute abend, Schnüffler?«

»Aber sicher. Dauernd gekommen und gegangen. Warum?«

Er ignorierte die Frage. »Wo sind Sie gewesen?«

»Zum Essen. Ein oder zwei geschäftliche Besuche.«

»Wo und bei wem?«

»Tut mir leid, Jungs. Jeder Beruf hat sein privates Eckchen.«

»Hat auch selber hier Besuch gehabt«, sagte Sebold, griff nach Georges Glas und schnupperte dran. »Und zwar erst vor kurzem – keine Stunde her.«

»So gut sind Sie gar nicht«, sagte ich sauer.

»Vielleicht eine Spazierfahrt gemacht – in einem großen Caddy?« bohrte Finlayson weiter und holte tief Luft. »In Richtung West Los Angeles?«

»Nee, war ein Chrysler – und ging in Richtung Vine Street.«

»Vielleicht nehmen wir ihn besser mal mit«, sagte Sebold und betrachtete seine Fingernägel.

»Vielleicht hören Sie besser mal auf, hier den Gangsterschreck zu spielen, und erzählen mir, weswegen Sie mir dauernd in der Nase bohren. Ich komme mit Bullen ganz gut aus – außer wenn sie sich so aufführen, als wäre die Polizei bloß für friedliche Bürger da.«

Finlayson studierte mich. Keins meiner Worte hatte irgendeinen Eindruck auf ihn gemacht. Nichts von dem, was Sebold sagte, machte Eindruck auf ihn. Er hatte eine ganz bestimmte Vorstellung, und an der hielt er fest wie ein kranker Säugling.

»Kennen Sie eine kleine Ratte namens Frisky Lavon?« seufzte er. »War früher ein schlichter Ganeff und Bauernfänger, der dann auf den Trichter kam, daß man als solider Irrer noch besser über die Runden kommt. Damit hat er sich dann gut zwölf Jahre durchgeschlagen. Mit der Kanone gefuchtelt und den Blödmann gespielt. Aber heute abend um halb acht ist ihm das endgültig vergangen. Liegt jetzt steif da, mit einer Kugel im Kopf.«

»Noch nie von ihm gehört«, sagte ich.

»Sie haben nicht zufällig jemanden umgelegt heute abend?«

»Da muß ich erst in meinem Notizbuch nachsehen.«

Sebold beugte sich höflich vor. »Haben Sie was dagegen, wenn ich Ihnen mal kurz in die Fresse schlage?« erkundigte er sich.

Finlayson streckte scharf die Hand aus. »Laß das, Ben. Nicht auf die Tour. Hören Sie, Dalmas. Vielleicht haben wir die Sache falsch angepackt. Wir reden nicht von Mord. Könnte alles ganz berechtigt gewesen sein. Dieser Frisky Lavon ist heute abend auf dem Calvello Drive in Bel-Air kaltgemacht worden. Mitten auf der Straße. Kein Mensch hat was gehört oder gesehen. Deswegen sind wir mit unserer Neugier zu Ihnen gekommen.«

»Schon gut«, murrte ich. »Aber was habe ausgerechnet ich damit zu tun? Und halten Sie mir diesen Klavierstimmer da vom Halse. Er hat einen hübschen Anzug, und seine Fingernägel sind sauber, aber er drückt eine Idee zu stark auf die Tube.«

»Quatschkopf«, sagte Sebold.

»Wir haben da einen ganz komischen Anruf gekriegt«, sagte Finlayson. »Dadurch sind Sie mit reingekommen in die Sache. Wir bolzen nicht bloß einfach so durch die Landschaft. Wir suchen eine 45er. Welche Sorte, haben sie noch nicht raus.«

»Der ist schlau. Der hat sie schon längst bei Levy unter die Theke geschmissen«, höhnte Sebold.

»Ich habe nie eine 45er gehabt«, sagte ich. »Wer so ein Geschütz nötig hat, sollte gleich eine Spitzhacke nehmen.«

Finlayson sah mich stirnrunzelnd an und zählte seine Daumen. Dann holte er tief Luft, und plötzlich wurde er menschlich zu mir. »Sicher, ich bin bloß ein dämlicher Plattfuß«, sagte er. »Mir könnte man glatt die Ohren abreißen, und ich würde es nicht mal merken. Lassen wir jetzt mal die Faxen und reden wir Tacheles. Dieser Frisky wurde aufgrund eines anonymen Anrufs bei der Polizei von West L. A. gefunden, tot. Er lag vor einem großen Haus, das einem Mann namens Jeeter gehört, der eine ganze Latte Investment-Gesellschaft besitzt. Er würde ein Bürschchen wie Frisky nicht mal als Tintenwischer benutzen, da ist also nichts drin. Die Hausangestellten haben nichts gehört, und die Leute in den vier anderen Häusern des Blocks ebenfalls nichts. Frisky hat eine Weile auf der Straße gelegen, und irgendwer ist ihm über den Fuß gefahren, aber getötet hat ihn eine 45er Kugel, die ihm mitten ins Gesicht gegangen ist. Die Kollegen in West L. A. hatten kaum die Routinearbeit anlaufen lassen, da rief ein Kerl in der Zentrale an und ließ der Mordkommission ausrichten, wenn sie wissen wollten, wer Frisky Lavon erwischt hätte, dann sollten sie einen Privatschnüffler namens John Dalmas fragen, komplett mit Adresse und allem. Dann legte er auf. Okay. Der Bursche in der Vermittlung gab den Quark an mich weiter, und da ich nicht mehr von diesem Frisky wußte als das Loch in meiner Socke, fragte ich in der Kartei nach, und da hatten sie ihn denn auch, und als ich mich grad drüber hergemacht hatte, kam die Meldung aus West L. A., und die Beschreibung schien hauteng zu passen. Also haben wir uns zusammengetan, und der Bursche war's denn auch, und da hat der Chef uns losgeschickt, daß wir mal nach dem Rechten sehen. Deswegen sehen wir mal nach dem Rechten.«

»Und deswegen sind Sie hier«, sagte ich. »Wollen Sie was zu trinken?«

»Können wir anschließend Ihre Bude noch durchsuchen?«

»Aber sicher. Ist eine tolle Spur – der Anruf, meine ich –, wenn Sie rund sechs Monate reinstecken.«

»Den Gedanken haben wir auch schon gehabt«, murrte Finlayson. »Rund hundert Leute könnten die kleine Warze weggeputzt haben, und zwei bis drei von den hundert könnten vielleicht auf den Einfall gekommen sein, daß es ein schlauer Schachzug wäre, es Ihnen unterzujubeln. Die zwei bis drei sind's, die uns interessieren.«

Ich schüttelte den Kopf.

»Keinen blassen Schimmer, was?«

»Der hat doch bloß Schnickschnack im Kopf«, sagte Sebold.

Finlayson stemmte sich auf die Füße. »Tja, umsehen müssen wir uns aber mal.«

»Vielleicht hätten wir einen Haussuchungsbefehl mitbringen sollen«, sagte Sebold und kitzelte sich mit der Zungenspitze die Oberlippe.

»Ich *muß* mich doch nicht unbedingt prügeln mit diesem Burschen, oder?« fragte ich Finlayson. »Ich meine, es geht doch in Ordnung, wenn ich ihn seine Witze alleine reißen lasse und meinerseits schlicht die Ruhe bewahre?«

Finlayson blickte gegen die Decke und sagte trocken: »Seine Frau hat ihn vorgestern verlassen. Er versucht bloß ein bißchen zu kompensieren, wie man so sagt.«

Sebold wurde weiß und riß wie wild an seinen Knöcheln. Dann lachte er kurz und stand auf.

Sie machten sich ans Werk. Zehn Minuten lang öffneten und schlossen sie Schubladen, spähten hinter die Schränke und unter die Sitzkissen, ließen das Bett herunter, durchwühlten den elektrischen Kühlschrank und den Abfalleimer – dann hatten sie genug.

Sie kamen zurück und setzten sich wieder hin. »Blinder Alarm«, sagte Finlayson müde. »War vielleicht bloß irgend so ein Kerl, der sich Ihren Namen aus dem Telephonbuch rausgepickt hat, aufs Gratewohl. Schlechthin alles ist möglich.«

»Dann will ich uns jetzt mal was zu trinken holen.«

»Ich trinke nicht«, knurrte Sebold.

Finlayson kreuzte die Hände über dem Bauch. »Das heißt nicht, daß hier irgendwelcher Saft in den Blumenpott geschüttet werden müßte, mein Sohn.«

Ich holte drei Drinks und stellte Finlayson zwei davon hin. Er trank das eine halb leer und sah gegen die Decke. »Ich hab noch einen zweiten Mordfall in petto«, sagte er nachdenklich. »Ein Bursche aus Ihrer Zunft, Dalmas. Ein Fettsack am Sunset. Hieß Arbogast. Schon mal gehört von ihm?«

»Ich dachte, der wäre Handschriftensachverständiger«, sagte ich.

»Du redest über Dienstsachen«, mahnte Sebold seinen Partner kalt.

»Sicher. Dienstsachen, die bereits in der Morgenzeitung stehen. Dieser Arbogast hat drei Schüsse aus einer 22er abgekriegt. Scheibenpistole. Kennen Sie vielleicht einen Ganeff, der mit so einem Schießeisen rumläuft?«

Ich hielt mein Glas fest gepackt und tat einen langen Schluck. Für so gefährlich hatte ich Wachsnase nicht gehalten, aber man konnte eben nie wissen.

»Ich *hab* einen gekannt«, sagte ich langsam. »Einen Killer namens Al Tessilore. Aber der sitzt in Folsom. Benutzte einen Colt Woodsman.«

Finlayson leerte sein erstes Glas, erledigte das zweite in etwa derselben Zeit und stand auf. Auch Sebold stand auf, immer noch wütend.

Finlayson öffnete die Tür. »Komm, Ben.« Sie gingen hinaus.

Ich hörte nochmals ihre Schritte auf dem Flur, nochmals das Rattern des Fahrstuhls. Dann startete ein Wagen unten auf der Straße und brummte in die Nacht davon.

»Clowns von der Sorte morden nicht«, sagte ich laut. Aber es sah ganz so aus, als täten sie's doch.

Ich wartete fünfzehn Minuten, bevor ich wieder ausging. Das Telephon klingelte, während ich wartete, aber ich ging nicht an den Apparat.

Ich fuhr zum El Milano und schlug unterwegs genügend Haken, um mich zu vergewissern, daß ich nicht verfolgt wurde.

VI

Die Halle hatte sich nicht im geringsten verändert. Der blaue Teppich kitzelte mir immer noch die Knöchel, während ich zum Empfang hinüberschlenderte, derselbe blasse Mensch dort händigte grad einem Paar pferdegesichtiger Weiblichkeiten in Tweedkostümen einen Schlüssel aus, und als er mich sah, verlagerte er sein Gewicht wieder auf den linken Fuß, und die Tür am Ende des Empfangs flog auf, und heraus platzte der fette und erotisch empfängliche Hawkins, mit einem Gegenstand im Gesicht, der ebenfalls noch wie derselbe Zigarrenstummel aussah.

Er eilte auf mich zu und schenkte mir diesmal ein großes warmes Lächeln, nahm mich beim Arm. »Genau der Mann, auf den ich gehofft habe«, sagte er vergnügt. »Gehn wir mal eine Minute nach oben.«

»Was ist denn los?«

»Was los ist?« Sein Lächeln wurde so breit wie die Tür einer Doppelgarage. »Nichts ist los. Hier entlang.«

Er schob mich in den Fahrstuhl und sagte mit fetter fröhlicher Stimme »Achter!«, und wir segelten hinauf und stiegen aus und glitten den Flur entlang. Hawkins hatte eine harte Hand und wußte, wo man einen Arm festhält. Mir war das Ganze interessant genug, um es ihm durchgehen zu lassen. Er drückte auf den Knopf neben Miss Huntress' Tür, und Big Ben fing drinnen an zu läuten, und die Tür ging auf, und ich blickte in ein Schafsgesicht mit Derby-Hut und Smoking-Jacke. Er hatte die rechte Hand in der Seitentasche und unter dem Derby ein Paar von Narben durchzogene Brauen und unter den Brauen ein Paar Augen, die soviel Ausdruck zeigten wie der Deckel zu meinem Benzintank.

Der Mund bewegte sich genug, um zu sagen: »Ja-ah?«

»Gesellschaft für den Boss«, sagte Hawkins bombastisch.

»Was für Gesellschaft?«

»Lassen Sie mich auch mitspielen«, sagte ich. »Gesellschaft mit beschränkter Haftung. Geben Sie mir den Apfel.«

»Äh?« Die Brauen zuckten hierhin und dorthin, und das Kinn ruckte vor. »Hier wird doch hoffentlich keiner auf den Arm genommen, oder?«

»Nun, nun, Herrschaften – – –« fing Hawkins an.

Eine Stimme hinter dem Mann mit dem Derby unterbrach ihn. »Was ist los, Beef?«

»Er verwandelt sich grad in ein Steak«, sagte ich.

»Hören Sie mal, Sie – – –«

»Nun, nun, Herrschaften – – –« Wie oben.

»Nichts ist los«, sagte Beef und schmiß seine Stimme über die Schulter, als wäre sie die Schlinge eines Stricks. »Der Hoteldetektiv hat einen Burschen raufgebracht, und er sagt, es ist Gesellschaft.«

»Schick die Gesellschaft rein, Beef.« Die Stimme gefiel mir. Sie war glatt, ruhig, und mit einem dreißigpfündigen Vorschlaghammer und einem Kaltmeißel hätte man seinen Namen reinritzen können.

»Dann tummelt mal die Füßchen«, sagte Beef und trat zur Seite.

Wir gingen hinein. Zuerst kam ich, dann Hawkins, dann Beef, so sauber aufgeschlossen hinter uns, als wäre er eine zuklappende Tür. Wir gingen so dicht hintereinander, daß wir ausgesehen haben müssen wie ein dreistöckiges Sandwich.

Miss Huntress war nicht im Zimmer. Der Block im Kamin hatte fast aufgehört zu glimmen. Der Duft von Sandelholz lag noch in der Luft. Vermischt mit Zigarettenrauch.

Am Ende der Couch stand ein Mann, beide Hände in den Taschen eines blauen Kamelhaarmantels, den Kragen bis zur Krempe eines schwarzen Schlapphutes hochgeschlagen. Vorn aus dem Mantel hing ihm ein loser Schal. Er stand ganz reglos, und von der Zigarette in seinem Mund lispelte Rauch. Er war groß, schwarzhaarig, verbindlich, gefährlich. Er sagte nichts.

Hawkins schlenderte zu ihm hinüber. »Das ist der Bursche, von dem ich Ihnen erzählt habe, Mr. Estel«, gurgelte der fette Mann. »War früher am Tag schon mal da und sagte, er käme von Ihnen. Bin fast drauf reingefallen.«

»Gib ihm einen Zehner, Beef.«

Der Derby-Hut zog irgendwo die Hand heraus, und ein

Geldschein lag drin. Er hielt ihn Hawkins hin. Hawkins nahm ihn, errötend.

»Das ist doch nicht nötig, Mr. Estel. Trotzdem vielen Dank.«

»Zieh Leine.«

»Äh – was?« Hawkins sah ganz erschrocken aus.

»Sie haben's gehört«, sagte Beef brutal. »Sie wollen wohl mit dem Arsch zuerst durch die Tür, was?«

Hawkins warf sich in die Brust. »Ich habe die Gäste zu schützen. Die Herren wissen ja, wie das ist. Ein Mann in meiner Stellung ...«

»Ja-ah. Zieh Leine«, sagte Estel, ohne die Lippen zu bewegen.

Hawkins drehte sich um und ging sehr schnell hinaus, auf leisen Sohlen. Die Tür klickte sanft hinter ihm ins Schloß. Beef sah sich kurz danach um, trat dann hinter mich.

»Sieh nach, ob er ein Schießeisen hat, Beef.«

Der Derby-Hut sah nach, ob ich ein Schießeisen hatte. Er nahm die Luger und trat von mir weg. Estel sah sich die Luger flüchtig an, wandte den Blick dann mir wieder zu. Seine Augen zeigten einen Ausdruck gleichgültiger Abneigung.

»Sie heißen John Dalmas, wie? Privatdetektiv.«

»Na und?« sagte ich.

»Gleich wird hier jemand mit der Nase knallhart auf dem Boden landen«, sagte Beef kalt.

»Ach, heben Sie sich den Quatsch doch für die Altpapiersammlung auf«, fuhr ich ihn an. »Ich hab euch Kraftmeier für heute abend gründlich satt. Ich sage ›na, und?‹, und dabei bleibt es.«

Marty Estel sah mich milde belustigt an. »He, nun behalten Sie mal das Hemd an. Ich muß mich schließlich um meine Freunde kümmern, oder etwa nicht? Sie wissen, wer ich bin. Okay, mir ist bekannt, was Sie mit Miss Huntress geredet haben. Und ich weiß auch was von Ihnen, von dem Sie nicht wissen, daß ich's weiß.«

»Von mir aus«, sagte ich. »Dieser Fettwanst Hawkins hat einen Zehner von mir dafür kassiert, daß er mich heute nachmittag hier raufgelassen hat – wobei er genau wußte, wer ich war –, und jetzt eben hat er von Ihrem eisernen Mann da einen weiteren Zehner dafür kassiert, daß er mich für Sie hier raufgelotst hat. Geben Sie mir meine Knarre zurück und sagen Sie mir, wieso Sie sich um meine Angelegenheiten kümmern.«

»Aus mehreren Gründen. Zuerst mal ist Harriet nicht daheim. Wir warten auf sie wegen einer Sache, die inzwischen passiert ist. Ich kann aber nicht länger warten. Muß in den Club und an die Arbeit. Also, weshalb sind Sie diesmal gekommen?«

»Nach dem Jeeter-Bübchen schauen. Jemand hat heute abend auf seinen Wagen geschossen. Er braucht von jetzt an einen, der hinter ihm geht.«

»Sie glauben im Ernst, daß ich solche Sachen mache?« fragte Estel mich kalt.

Ich ging zu einem Schrank hinüber, machte ihn auf und fand eine Flasche Scotch. Ich drehte den Verschluß auf, nahm ein Glas von dem Taburett und goß mir etwas ein. Ich kostete. Er schmeckte richtig.

Ich sah mich um nach Eis, aber es war keins da. Es war in dem Eimer schon lange geschmolzen.

»Ich habe Sie was gefragt«, sagte Estel ernst.

»Hab's schon gehört. Ich überlege nur grade. Die Antwort ist, ich hätte es nicht geglaubt – nein. Aber es ist passiert. Ich war dabei. Ich saß in dem Wagen – anstelle des jungen Jeeter. Sein Vater hatte mich zu sich nach Hause holen lassen, um die Sache durchzusprechen.«

»Welche Sache?«

Ich gab mir gar keine Mühe, extra ein überraschtes Gesicht zu machen. »Sie haben Schuldscheine über fünfzig

Riesen von dem Jungen. Da sieht's schlecht für Sie aus, wenn ihm was passiert.«

»Das sehe ich aber ein bißchen anders. Denn auf die Art würde ich ja doch mein Geld verlieren. Der alte Herr zahlt nicht – zugegeben. Aber ich warte einfach ein paar Jahre und kassiere dann bei dem Jungen. Er kriegt sein Vermögen aus der Treuhandverwaltung frei, sobald er achtundzwanzig ist. Im Moment kriegt er grad einen Tausender im Monat und kann nicht mal testamentarisch über den Kram verfügen, weil die Treuhandverwaltung draufsitzt. Logisch?«

»Logisch, daß Sie ihm nicht das Licht ausblasen würden«, sagte ich und bediente mich von meinem Scotch. »Aber ein bißchen einschüchtern könnten Sie ihn schon wollen.«

Estel runzelte die Stirn. Er legte seine Zigarette in einen Aschenbecher und sah ihr einen Moment lang zu, wie sie kokelte, bevor er sie wieder ergriff und ausdrückte. Er schüttelte den Kopf.

»Wenn Sie seinen Leibwächter spielen wollen, würde es sich fast auszahlen für mich, einen Teil Ihres Salärs zu tragen, nicht? Fast jedenfalls. Ein Mann in meiner Branche kann sich nicht um alles kümmern. Der Junge ist volljährig, und es ist seine Sache, mit wem er sich rumtreibt. Zum Beispiel, mit welchen Frauen. Gibt's einen Grund, weshalb ein nettes Mädchen sich von fünf Millionen Eiern nicht ein Scheibchen abschneiden sollte?«

Ich sagte: »Im Gegenteil, ein prächtiger Einfall. Was wissen Sie denn nun von mir, von dem ich nicht weiß, daß Sie's von mir wissen?«

Er lächelte schwach.

»Und was war das, was Sie Miss Huntress erzählen wollten und weswegen Sie hier warten – die Sache, die inzwischen passiert ist?«

Er lächelte nochmals schwach.

»Hören Sie, Dalmas, es gibt eine Menge Methoden, ein Spiel zu spielen, jedes Spiel. Ich spiele meins auf Prozentbasis vom Haus, weil mir das als Gewinn vollkommen genügt. Warum sollte ich da rabiat werden?«

Ich rollte eine frische Zigarette zwischen den Fingern und versuchte sie mit zwei Fingern um mein Glas zu rollen. »Wer hat denn gesagt, Sie wären rabiat? Ich hab immer nur die nettesten Sachen von Ihnen gehört.«

Marty Estel nickte und machte ein leicht belustigtes Gesicht. »Ich habe so meine Informationsquellen«, sagte er ruhig. »Wenn ich fünfzig Riesen in einen Burschen investiert habe, dann bin ich auch imstande, ein bißchen was über ihn rauszukriegen. Jeeter hatte einen Mann namens Arbogast engagiert, der eine kleine Sache für ihn erledigen sollte. Arbogast ist heute in seinem Büro umgebracht worden – mit einer 22er. Das muß nicht unbedingt was mit der Jeeter-Sache zu tun haben. Aber Sie sind beschattet worden, als Sie hinfuhren, und Sie haben der Polizei keine Meldung gemacht. Werden wir beide dadurch nicht Freunde?«

Ich leckte an der Kante meines Glases, nickte. »Scheint tatsächlich so.«

»Von jetzt an stecken Sie's dran, Harriet zu belästigen, klar?«

»Okay.«

»Dann verstehen wir uns ja jetzt ganz ausgezeichnet.«

»Ja-ah.«

»Nun, dann werde ich mal gehen. Gib dem Burschen seine Luger wieder, Beef.«

Der Derby-Hut kam herüber und knallte mir meine Pistole so hart in die Hand, daß er mir glatt die Knochen hätte brechen können.

»Sie bleiben noch?« fragte Estel, während er schon zur Tür ging.

»Ich glaube, ich warte noch ein kleines Weilchen. Bis Hawkins raufkommt, um mir einen weiteren Zehner abzuknöpfen.«

Estel grinste. Beef ging mit hölzernem Gesicht vor ihm

her zur Tür und machte sie auf. Estel ging hinaus. Die Tür fiel zu. Das Zimmer war still. Ich schnüffelte dem ersterbenden Sandelholzparfüm nach und stand reglos da, sah mich um.

Irgend jemand war verrückt. Ich selber war verrückt. Alle waren verrückt. Nichts paßte auch nur für einen Nickel zusammen. Marty Estel hatte, wie er sagte, kein stichhaltiges Motiv, irgendwen zu ermorden, denn das wäre der sicherste Weg gewesen, ihm jede Chance zu nehmen, sein Geld zu kassieren. Und selbst wenn er ein Motiv zum Mord hatte, waren Wachsnase und Frisky ersichtlich nicht das Team, das er sich für den Job aussuchen würde. Ich hatte mich bei der Polizei unbeliebt gemacht, ich hatte von meinen zwanzig Dollar Spesen schon zehn ausgegeben, und meine finanzielle Hebelkraft reichte nicht aus, in einem Zigarrenladen auch nur zehn Cents vom Tresen zu liften.

Ich trank mein Glas leer, stellte es hin, ging auf und ab im Zimmer, rauchte eine dritte Zigarette, sah auf die Uhr, zuckte die Achseln und hatte einen richtigen Ekel auf alles. Die inneren Türen der Suite waren geschlossen. Ich ging zu derjenigen hinüber, aus der am Nachmittag der junge Jeeter hervorgeschlichen sein mußte. Ich machte sie auf und blickte in ein Schlafzimmer in Elfenbein und Aschrosa. Es enthielt ein breites Doppelbett ohne Fußteil, mit einer großgemusterten Brokatdecke bedeckt. Toilettengegenstände schimmerten auf einem eingebauten Frisiertisch mit indirekter Beleuchtung. Die Beleuchtung war eingeschaltet. Auch eine kleine Lampe auf einem Tisch neben der Tür brannte. Eine Tür in der Nähe des Frisiertisches zeigte das kühle Grün von Badezimmerfliesen.

Ich ging hinüber und sah hinein. Chrom, eine Duschecke mit Glaswänden, Handtücher mit Monogramm auf einem Halter, eine Glasplatte für Parfüm und Badesalz am Fußende der Wanne, alles sehr hübsch und elegant. Miss Huntress stand sich wirklich gut. Ich hoffte nur, daß sie ihre

Miete auch selber bezahlte. Für mich machte das an sich keinen Unterschied – ich hätte es halt nur lieber gesehen.

Ich ging wieder zum Wohnzimmer zurück, blieb in der Tür stehen, um ein weiteres Mal in die angenehme Runde zu blicken, und da fiel mir etwas auf, was ich gleich hätte bemerken müssen, als ich ins Zimmer trat. Ich bemerkte den scharfen Korditgeruch, der in der Luft hing und fast, aber noch nicht ganz, verflogen war. Und dann bemerkte ich noch etwas.

Das Bett war verschoben worden, und zwar so weit, daß sein Kopfteil über den Rand eines Wandschranks reichte, dessen Tür nicht ganz geschlossen war. Die Schwere des Bettes verhinderte, daß sie aufging. Ich ging hinüber, um festzustellen, was sie aufdrückte von innen. Ich ging ganz langsam, und auf halbem Weg merkte ich, daß ich meine Pistole in der Hand hielt.

Ich lehnte mich gegen die Schranktür. Sie rührte sich nicht. Ich legte größeres Gewicht hinein. Sie rührte sich immer noch nicht. Ich stemmte mich dagegen und schob das Bett mit dem Fuß zur Seite, gab dann langsam nach.

Ein schweres Gewicht drückte mir entgegen. Ich hatte vielleicht einen Schrittbreit nachgegeben, bevor etwas passierte. Dann passierte es ganz plötzlich. Er kam heraus – seitlich, mit einer Art Drehung. Ich stemmte mich wieder etwas stärker gegen die Tür und hielt ihn einen Moment so, sah ihn an.

Er war immer noch groß, immer noch blond, immer noch sportlich gekleidet, mit rauher Jacke, Schal und offenem Hemd. Aber sein Gesicht war nicht mehr rot.

Ich gab erneut nach, und er rutschte hinter der Tür zusammen, drehte sich ein wenig wie ein Schwimmer in der Brandung, schlug dumpf auf den Boden und lag dann da, fast auf dem Rücken, und sein Blick war immer noch auf mich gerichtet. Das Licht der Nachttischlampe schimmerte auf seinem Kopf. Auf seiner rauhen Jacke befand sich ein versengter und durchnäßter Fleck – etwa auf der Stelle, wo das Herz sein mußte. So würde er denn seine fünf Millionen doch nie mehr bekommen. Niemand würde etwas bekommen, auch Marty Estel seine fünfzig Riesen nicht. Denn der junge Mr. Gerald war tot.

Ich sah in den Schrank, in dem er gesteckt hatte. Die Tür hing jetzt weit offen. Es befanden sich Kleider darin auf Bügeln, Frauenkleider, hübsche Kleider. Er war rückwärts hineingetrieben worden zwischen sie, die Hände hoch in der Luft vermutlich und eine Pistole auf der Brust. Und dann war er einfach erschossen worden, und wer immer es getan hatte, er war schnell genug oder stark genug gewesen, um die Tür über ihm zu schließen. Oder war gestört worden und hatte nur rasch noch das Bett vor die Tür geschoben und sich dann davongemacht.

Am Boden glitzerte etwas. Ich hob es auf. Eine kleine Automatik, 25er Kaliber, eine Waffe wie für eine Damenhandtasche, mit hübsch ziselierten Silber- und Elfenbeineinlagen am Griff. Ich steckte sie in die Tasche, ganz unwillkürlich, was auch eigentlich eine komische Sache war.

Ich rührte ihn nicht an. Er war so tot wie John D. Arbogast und sah noch viel toter aus. Ich ließ die Tür offen und lauschte, ging rasch zurück ins Wohnzimmer, schloß die Schlafzimmertür und wischte die Klinke ab.

Das Schloß draußen wurde mit einem Schlüssel gekitzelt. Hawkins erschien wieder auf der Bildfläche, um nachzuschauen, was mich aufgehalten hatte. Er verschaffte sich mit seinem Hauptschlüssel Zutritt.

Ich goß mir grad einen Drink ein, als er hereinkam.

Er kam mit forschem Schritt herein, blieb mit breit hingepflanzten Füßen stehen und betrachtete mich kalt.

»Ich habe Estel und seinen Kerl weggehen sehen«, sagte er. »Sie habe ich nicht weggehen sehen. Darum bin ich raufgekommen. Ich habe – – –«

»Sie haben die Gäste zu schützen«, sagte ich.

»Ja-ah. Ich habe die Gäste zu schützen. Sie können nicht hier oben bleiben, Kumpel. Nicht solange die Dame des Hauses außer Hauses ist.«

»Aber Marty Estel und sein Kraftmeier, die können, was?«

Er trat ein wenig dichter an mich heran. Er hatte einen gemeinen Blick in den Augen. Den hatte er vermutlich immer gehabt, bloß fiel er mir jetzt mehr auf.

»Sie wollen doch nichts machen aus der Sache, oder?« fragte er mich.

»Nein. Jeder nach seiner Fasson. Trinken Sie mal was.«

»Der Schnaps gehört Ihnen nicht.«

»Miss Huntress hat mir die Flasche geschenkt. Wir sind Freunde. Auch Marty Estel und ich sind Freunde. Alle Welt ist befreundet. Wollen Sie nicht auch mein Freund sein?«

»Sie versuchen doch nicht etwa, mich auf den Arm zu nehmen, he?«

»Trinken Sie was und vergessen Sie's.«

Ich trieb noch ein Glas auf und goß ihm ein. Er nahm es.

»Wenn's jemand riecht, ist der Job futsch«, sagte er.

»Hm.«

Er trank langsam, rollte die Zunge. »Guter Scotch.«

»Dürfte kaum das erstemal sein, daß Sie ihn kosten, oder?«

Er wollte wieder pampig werden, entspannte sich dann aber. »Ach zum Teufel, Sie machen doch bloß Witze.« Er trank sein Glas leer, stellte es hin, tupfte sich mit einem großen und sehr zerknüllten Taschentuch die Lippen und seufzte.

»Okay«, sagte er. »Aber wir müssen jetzt raus hier.«

»Immer mit der Ruhe. Ich denke, sie wird noch ein ganzes Weilchen nicht nach Hause kommen. Haben Sie die beiden weggehen sehen?«

»Sie und ihren Freund. Ja-ah, schon vor längerer Zeit.«

Ich nickte. Wir gingen zur Tür, und Hawkins begleitete

mich hinaus. Er begleitete mich die Treppe hinunter und aus dem Gebäude. Was in Miss Huntress' Schlafzimmer war, hatte er nicht gesehen. Ich überlegte, ob er wohl wieder hinaufgehen würde. Wenn ja, blieb er vermutlich an der Scotchflasche hängen.

Ich stieg in meinen Wagen und fuhr nach Hause – um mit Anna Halsey zu telephonieren. Es gab keinen Fall Jeeter mehr – für uns.

VII

Ich parkte diesmal dicht an der Bordsteinkante. Mir war aber gar nicht mehr heiter zumute. Ich fuhr im Fahrstuhl nach oben und schloß meine Tür auf und knipste das Licht an.

Wachsnase saß in meinem besten Sessel, eine unangezündete handgedrehte braune Zigarette zwischen den Fingern, die knochigen Knie übereinandergeschlagen und den langen Woodsman fest ruhend auf dem Oberschenkel. Er lächelte. Es war nicht grad das angenehmste Lächeln, das ich je gesehen hatte.

»Hallo, mein Freund«, sagte er gedehnt. »Sie haben die Tür ja immer noch nicht reparieren lassen. Bloß so zugemacht, was?« Seine Stimme war tödlich, bei aller Gelassenheit des Tons.

Ich schloß die Tür, blieb stehen und sah durch den Raum zu ihm hinüber.

»Sie haben also meinen kleinen Freund umgelegt«, sagte er.

Er stand langsam auf, kam langsam durch das Zimmer und drückte mir die 22er gegen die Kehle. Sein lächelnder dünnlippiger Mund wirkte bei allem Lächeln so ausdruckslos wie seine wachsweiße Nase. Er griff mir in aller Ruhe unter die Jacke und nahm mir die Luger weg. Ich konnte sie von jetzt an ebensogut auch gleich zu Hause lassen. Jedermann in der Stadt war offenbar in der Lage, sie mir wegzunehmen.

Er trat wieder zurück und setzte sich wieder in den Sessel. »Geht alles ohne große Aufregung«, sagte er fast sanft. »Parken Sie ruhig Ihr sterbliches Gehäuse, Freund. Aber keine falsche Bewegung. Überhaupt keine Bewegung. Wir beide sitzen im selben Boot: bei los geht's los. Die Uhr tickt, und wir warten nur noch auf den richtigen Moment.«

Ich setzte mich und starrte ihn an. Ein seltsamer Vogel. Ich befeuchtete mir die trockenen Lippen. »Sie hatten mir gesagt, seine Kanone hätte keinen Schlagbolzen«, sagte ich.

»Tja. Da hat er mich angeschmiert, der kleine Schlawiner. Und ich hatte Ihnen auch gesagt, Sie sollten die Finger von dem Jeeter-Bübchen lassen. Aber das ist jetzt egal. Ich denke bloß an Frisky. Verrückt, was? Da plagt man sich mit so einem Dösbattel ab, schleift ihn überall mit rum und muß dann zusehen, wie er sich umlegen läßt.« Er seufzte und fügte ganz schlicht hinzu: »Er war mein kleiner Bruder.«

»Ich habe ihn nicht umgebracht«, sagte ich.

Er lächelte ein bißchen mehr. Er hatte keinen Augenblick aufgehört zu lächeln. Seine Mundwinkel zogen sich einfach nur ein wenig tiefer.

»Ja-ah?«

Er schob den Sicherungsflügel der Luger zurück, legte sie vorsichtig auf die Armlehne des Sessels zu seiner Rechten und griff in die Tasche. Als ich sah, was er herausbrachte, wurde mir kalt wie einem Eimer Eis.

Es war ein Metallrohr, dunkel und roh, etwa vier Zoll lang und mit einer Menge kleiner Löcher versehen. Er nahm den Woodsman in die linke Hand und fing in aller Ruhe an, das Rohr auf den Lauf zu schrauben.

»Schalldämpfer«, sagte er. »Sowas haltet ihr schlauen Burschen wahrscheinlich für Quatsch. Ist es aber nicht –

jedenfalls nicht für drei Schüsse. Muß ich schließlich wissen. Ich hab ihn selber gemacht.«

Ich befeuchtete mir nochmals die Lippen. »Für einen einzigen Schuß mag er reichen«, sagte ich. »Dann aber klemmt er. Sieht aus wie Gußeisen, der da. Er wird Ihnen vermutlich die Hand abreißen.«

Er zeigte sein wächsernes Lächeln, schraubte weiter, langsam, liebevoll, machte eine letzte Drehung und lehnte sich entspannt zurück. »Der nicht, mein Freund. Ist mit Stahlwolle gefüttert, und das reicht für drei Schüsse, wie schon gesagt. Anschließend muß man die Fütterung erneuern. Und soviel Rückstoß hat das Ding gar nicht, daß das Geschoß klemmen könnte. Fühlen Sie sich wohl? Ich möchte gern, daß Sie sich wohlfühlen.«

»Ich fühle mich blendend, Sie sadistischer – – –«, sagte ich.

»Sie müssen sich schön aufs Bett legen, wenn es soweit ist. Sie spüren nichts. Ich bin immer ziemlich pedantisch, wenn ich jemanden umbringe. Frisky hat wohl auch nichts gespürt. Sie haben ihn sauber erwischt.«

»Sie sehen nicht gut«, fuhr ich ihn an. »Der Chauffeur hat ihn erwischt, mit einer 44er Smith & Wesson. Ich habe gar nicht geschossen.«

»Hm.«

»Okay, dann glauben Sie's mir eben nicht«, sagte ich. »Weswegen haben Sie Arbogast umgebracht? Da waren Sie gar nicht besonders pedantisch. Der ist einfach an seinem Schreibtisch abgeknallt worden, mit drei Schüssen aus einer 22er, und auf den Boden gesackt. Was hat denn er Ihrem kleinen Stinktier von Bruder getan?«

Seine Pistole fuhr hoch, aber er behielt sein Lächeln. »Sie haben Nerven«, sagte er. »Wer ist denn dieser Arbogast?«

Ich sagte es ihm. Ich erzählte ihm alles, langsam und sorgfältig, im Detail. Ich erzählte ihm eine Menge Dinge. Und sein Gesicht bekam allmählich, auf eine ganz unbestimmte

Weise, einen besorgten Ausdruck. Seine Augen blitzten mich an, irrten ab, kehrten wieder zu mir zurück, rastlos wie ein Kolibri.

»Ich kenne niemanden, der Arbogast heißt, mein Freund«, sagte er langsam. »Nie was von ihm gehört. Und ich habe heute auch noch keine Fettsäcke abgeknallt.«

»Sie haben ihn getötet«, sagte ich. »Und Sie haben auch den jungen Jeeter getötet – im Apartment des Mädchens im El Milano. Er liegt noch dort, mausetot. Sie arbeiten für Marty Estel. Und dieser Mord wird ihm noch ganz verdammt leid tun. Los, machen Sie nur so weiter und Ihre drei für heute voll.«

Sein Gesicht gefror. Das Lächeln ging endlich weg. Sein ganzes Gesicht sah jetzt wächsern aus. Er öffnete den Mund und atmete tief ein, und sein Atem machte ein unruhiges, beunruhigendes Geräusch. Ich konnte das schwache Glitzern von Schweiß auf seiner Stirne sehen, und ich spürte die Kälte, die der verdunstende Schweiß auf meiner eigenen erzeugte.

Ganz sanft sagte Wachsnase: »Ich hab überhaupt niemanden umgebracht, mein Freund. Keinen von den beiden. Ich hatte nicht den Auftrag, Leute umzubringen. Bis Frisky sich die Kugel fing, ist mir nicht der kleinste Gedanke daran gekommen. Das ist Tatsache.«

Ich versuchte, nicht dauernd auf das Eisenrohr am Ende des Woodsman zu starren.

Ganz hinten in seinen Augen flackerte ein Licht auf, eine kleine schwache, rauchige Flamme. Sie schien zu wachsen, größer und klarer zu werden. Er blickte auf den Boden zwischen seinen Füßen. Ich sah kurz nach dem Lichtschalter hinüber, aber er war zu weit weg. Wachsnase blickte wieder auf. Ganz langsam begann er den Schalldämpfer abzuschrauben. Er hielt ihn lose in der Hand. Er ließ ihn in die Tasche zurückgleiten, stand auf, die beiden Waffen in der Hand, eine in jeder. Dann hatte er einen anderen Gedanken.

Er setzte sich wieder, nahm rasch die Patronen aus der Luger, streute sie auf den Boden und warf die Pistole hinterher.

Er kam ganz leise durch das Zimmer auf mich zu. »Sie haben Ihren Glückstag heute, glaube ich«, sagte er. »Ich muß woanders hin und jemanden besuchen.«

»Ich wußte die ganze Zeit schon, daß heute mein Glückstag ist. Ich hab mich so wohl gefühlt.«

Er bewegte sich geschmeidig um mich herum zur Tür und öffnete sie einen Fußbreit und wollte sich durch die schmale Öffnung drücken, wieder lächelnd.

»Ich muß jemanden besuchen«, sagte er sehr sanft, und seine Zunge kreiste um seine Lippen.

»Noch nicht«, sagte ich und sprang.

Seine Pistolenhand befand sich an der Türkante, fast schon jenseits der Türkante. Ich traf die Tür mit voller Wucht, und er konnte sie nicht schnell genug wieder hereinbringen. Er konnte auch nicht schnell genug ausweichen. Ich klemmte ihn in der Tür fest, und mit aller Kraft, die ich hatte. Es war schlechthin verrückt. Er hatte mir eine Chance gegeben, und ich brauchte nichts weiter zu tun, als stillzuhalten und ihn gehen zu lassen. Aber ich mußte ebenfalls jemanden besuchen – und ich wollte der erste Besucher sein.

Wachsnase schielte mich tückisch an. Er grunzte. Seine Hand hinter der Türkante zuckte krampfhaft. Ich verlagerte mein Gewicht und versetzte ihm mit allem, was ich hatte, einen Kinnhaken. Er machte schlapp. Ich schlug noch einmal zu. Sein Kopf knallte gegen das Holz. Ich hörte einen leichten Aufprall am Boden hinter der Tür. Ich schlug zum drittenmal zu. Nie im Leben habe ich härter zugeschlagen.

Dann nahm ich mein Gewicht von der Tür zurück, und er glitt auf mich zu, mit leeren Augen und gummiweichen Knien, und ich fing ihn auf und drehte ihm die leeren Hände auf den Rücken und ließ ihn fallen. Ich blieb keuchend über ihm stehen. Ich ging zur Tür. Sein Woodsman lag fast auf der Schwelle. Ich hob ihn auf und ließ ihn in die Tasche gleiten – nicht die Tasche, in der ich Miss Huntress' Pistole hatte. Die hatte er gar nicht gefunden.

Da lag er nun auf dem Boden. Er war dünn, er hatte gar kein Gewicht, aber trotzdem hatte er mich ins Schwitzen gebracht. Nach einer kleinen Weile gingen seine Augen flakkernd auf und blickten mich an.

»Blöder Streber«, flüsterte er müde. »Warum bin ich bloß von St. Louis weggegangen?«

Ich legte ihm Handschellen an und zog ihn an den Schultern ins Ankleidezimmer und fesselte ihm die Knöchel mit einem Strick. So ließ ich ihn dann liegen, auf dem Rücken, ein wenig auf der Seite, die Nase weiß wie immer, die Augen jetzt ganz leer, und seine Lippen zuckten ganz leicht, als redete er mit sich selbst. Ein komischer Kerl, gar nicht so übel eigentlich, aber auch wieder kein solches Unschuldslamm, daß ich seinetwegen Tränen hätte vergießen müssen.

Ich setzte meine Luger wieder zusammen und ging, mit drei Pistolen bewaffnet. Niemand war draußen vor dem Apartmenthaus.

VIII

Das Jeeter-Anwesen lag auf einer neun oder zehn Morgen großen Hügelkuppe, ein klotziger Kasten im Kolonialstil mit fetten weißen Säulen und Giebelfenstern und Magnolien und einer doppelten Doppelgarage. Am oberen Ende der Zufahrt lag ein kreisrunder Parkplatz, auf dem zwei Wagen standen – der eine das große Schlachtschiff, in dem ich schon gefahren war, und der andere ein kanariengelbes Sportkabrio, das ich ebenfalls schon gesehen hatte.

Ich drückte auf einen Klingelknopf von der Größe eines Vierteldollars. Die Tür ging auf, und ein hochgewachsener, schmaler, kaltäugiger Vogel in dunklem Anzug spähte zu mir heraus.

»Mr. Jeeter daheim? Mr. Jeeter senior?«

»Darf ich frargen, werr ihn sprechen möchte?« Der Akzent war ein bißchen zu dick, wie verschnittener Scotch.

»John Dalmas. Ich arbeite für ihn. Vielleicht hätte ich zum Dienstboteneingang gehen sollen.«

Er hakte einen Finger in seinen Eckenkragen und sah mich ohne sonderliches Vergnügen an. »Äh, mörglicherweise. Sie körnen eintreten. Ich werrde Mr. Jeeter unterrichten. Ich glaube, er ist im Moment beschäftigt. Warrten Sie bitte in der 'alle.«

»Die Schau stinkt«, sagte ich. »Englische Butler lassen das H dies Jahr nicht aus.«

»Ah, ein Klugscheißer«, knurrte er, mit einer Stimme, die nicht weiter über den Atlantik gekommen war als bis Hoboken. »Warten Sie hier.« Er glitt von dannen.

Ich setzte mich in einen geschnitzten Sessel und spürte Durst. Nach einer Weile kam der Butler auf leisen Katzensohlen wieder durch die Halle und winkte mir unfreundlich mit dem Kinn.

Wir gingen eine Meile Flur entlang. Am Ende verbreiterte er sich ohne alle Türen zu einer riesigen Sonnenveranda. An deren Ende wiederum öffnete der Butler eine wuchtige Tür, und ich trat an ihm vorbei in ein ovales Zimmer mit einem schwarz-silbernen ovalen Teppich, einem Marmortisch mitten darauf, steifen hochrückigen Schnitzsesseln an den Wänden, einem riesigen ovalen Spiegel mit gewölbter Oberfläche, der mich wie einen Pygmäen mit Wasserkopf aussehen ließ, und schließlich drei Leuten.

An der Tür gegenüber stand George, der Chauffeur, steif in seiner adretten dunklen Uniform, die Schirmmütze in der Hand. In dem am wenigsten unbequemen Sessel saß Miss Harriet Huntress mit einem halbvollen Glas. Und rund um den Silberrand des ovalen Teppichs trabte in leichtem

Galopp Mr. Jeeter senior, noch leidlich gezügelt, aber innerlich voller Wut. Sein Gesicht war rot, und die Adern an seiner Nase waren geschwollen. Er hatte die Hände in den Taschen einer samtenen Smokingjacke. Er trug ein plissiertes Hemd mit einer schwarzen Perle auf der Brust, eine schwarze breite Fliege und Lacklederschuhe, an deren einem der Schnürsenkel aufgegangen war.

Er wirbelte herum und schrie den Butler hinter mir an: »Verschwinden Sie und halten Sie die Tür geschlossen! Ich bin für niemanden zu Hause, verstanden? Für niemanden!«

Der Butler schloß die Tür. Vermutlich ging er weg. Ich hörte es aber nicht.

George schenkte mir ein kühles Lächeln, das jedoch einseitig blieb, und Miss Huntress starrte mich höflich über ihr Glas hinweg an. »Sie haben sich ja ein reizendes Comeback verschafft«, sagte sie zurückhaltend.

»Sie sind ein Risiko eingegangen, mich allein in Ihrem Apartment zu lassen«, antwortete ich ihr. »Ich hätte Ihnen ein Fläschchen Parfüm stibitzen können.«

»Also, was wollen Sie?« gellte Jeeter mich an. »Sie haben sich ja als schöner Detektiv entpuppt. Ich gebe Ihnen einen vertraulichen Auftrag, und Sie laufen direkt zu Miss Huntress und erzählen ihr haarklein die ganze Geschichte.«

»Es hat aber doch gewirkt, oder?«

Er starrte. Alle starrten. »Woher wollen Sie das wissen?« bellte er.

»Ich weiß, ob ein Mädchen anständig ist, wenn ich sie sehe. Sie sitzt hier, um Ihnen zu sagen, daß sie einen Einfall gehabt hat, der ihr jetzt nicht mehr gefällt, und daß Sie aufhören sollen, sich deswegen Sorgen zu machen. Wo ist Mr. Gerald?«

Der alte Jeeter blieb stehen und bedachte mich mit einem harten, durchdringenden Blick. »Ich betrachte Sie trotzdem als unfähig«, sagte er. »Mein Sohn ist nicht aufzufinden.«

»Ich arbeite nicht für Sie. Ich arbeite für Anna Halsey.

Wenn Sie irgendwelche Beschwerden haben, richten Sie die gefälligst an sie. Soll ich mir selbst was eingießen, oder haben Sie dafür einen Lakai in Purpur-Uniform? Und was meinen Sie damit, Ihr Sohn ist nicht aufzufinden?«

»Soll ich ihm die Flausen austreiben, Sir?« fragte George ruhig.

Jeeter deutete mit der Hand auf eine Karaffe mit Siphon und Gläsern auf dem schwarzen Marmortisch und nahm seinen Galopp um den Teppich wieder auf. »Seien Sie nicht albern«, fuhr er George böse an.

George errötete ein bißchen, hoch auf den Backenknochen. Sein Mund wurde hart.

Ich mixte mir einen Drink und nahm damit Platz und kostete und fragte noch einmal: »Was meinen Sie damit, Ihr Sohn ist nicht aufzufinden, Mr. Jeeter?«

»Also, ich zahle Ihnen mein gutes Geld – – –«, fing er wieder an, mich anzugellen, immer noch in Wut.

»Wann denn?«

Er hielt inne in seinem Galopp und sah mich wieder an. Miss Huntress lachte leise. George verzog finster die Stirn.

»Was soll ich damit wohl meinen – mein Sohn ist nicht aufzufinden?« schnappte er. »Man sollte doch meinen, daß der Satz klar genug ist, selbst für Sie. Niemand weiß, wo er ist. Miss Huntress hat keine Ahnung. Ich habe keine Ahnung. Niemand, in sämtlichen Lokalen, wo er sein könnte, hat eine Ahnung.«

»Dann bin ich schlauer als sie alle«, sagte ich. »Denn *ich* weiß es.«

Eine ganze Minute lang regte sich keiner der drei. Jeeter starrte mich fischäugig an. George starrte mich an. Das Mädchen starrte mich an. Sie wirkte als einzige leicht verwirrt. Die beiden anderen starrten bloß.

Ich sah das Mädchen an. »Wo sind Sie hingegangen, als Sie Ihre Wohnung verließen, wenn Sie uns das sagen wollen?«

Ihre dunkelblauen Augen waren wasserklar. »Das ist

kein Geheimnis. Wir sind zusammen weggefahren – in einem Taxi. Gerald hatte seinen Führerschein für einen Monat entzogen bekommen. Zu viele Strafzettel. Wir fuhren nach Süden in Richtung Strand, und dabei hab ich mir die ganze Sache anders überlegt, wie Sie richtig vermuteten. Ich kam zu der Einsicht, daß ich bloß eine Betrügerin war. Ich wollte in Wirklichkeit gar nicht Geralds Geld. Was ich wollte, war Rache. An Mr. Jeeter hier, weil er meinen Vater ruiniert hat. Ganz legal ruiniert natürlich, aber eben doch ruiniert. Aber dabei hatte ich mich in eine Lage hineinmanövriert, wo ich mich nicht mehr retten konnte, ohne als billige Betrügerin dazustehen. Also teilte ich Gerald mit, er solle sich ein anderes Mädchen zum Spielen suchen. Er wurde wütend, und wir kriegten Krach. Ich ließ das Taxi in Beverly Hills halten und stieg aus. Er fuhr weiter. Wohin, weiß ich nicht. Später fuhr ich dann zum El Milano zurück und holte meinen Wagen aus der Garage und kam hierher. Um Mr. Jeeter zu sagen, er solle die ganze Sache vergessen und sich nicht mehr die Mühe machen, mir Detektive auf den Hals zu schicken.«

»Sie sagen, Sie sind im Taxi mit ihm weggefahren«, sagte ich. »Warum hat George ihn nicht gefahren, wenn er nicht selber fahren konnte?«

Ich starrte sie an, aber die Frage hatte gar nicht ihr gegolten. Jeeter antwortete mir, frostig. »George hat natürlich mich gefahren, aus dem Büro nach Hause. Als wir ankamen, war Gerald schon weg. Was ist denn daran so wichtig?«

Ich wandte mich zu ihm um. »Eine ganze Menge. Mr. Gerald ist im El Milano. Hawkins, der Hausdetektiv, hat es mir gesagt. Er war zurückgekommen, um auf Miss Huntress zu warten, und Hawkins ließ ihn in die Wohnung. Hawkins erweist gern solche kleinen Gefälligkeiten – für zehn Eier. Vielleicht ist Gerald jetzt noch da, vielleicht aber auch nicht.«

Ich behielt sie im Auge. Es war schwer, sie alle drei im Auge zu behalten. Aber sie rührten sich nicht. Sie sahen mich bloß an.

»Nun – das höre ich gerne«, sagte der alte Jeeter. »Ich fürchtete schon, er hätte sich irgendwo verkrochen, um sich zu betrinken.«

»Nein. Er hat sich nirgends verkrochen, um sich zu betrinken«, sagte ich. »Übrigens, wenn Sie in all den Lokalen angerufen haben, ob er da wäre, haben Sie sich da denn nicht auch im El Milano erkundigt?«

George nickte. »Doch, habe ich. Aber die sagten, er wäre nicht da. Sieht so aus, als hätte dieser Hausschnüffler dem Telephonmädchen was gegeben, daß sie den Mund hält.«

»Das brauchte er gar nicht. Denn sie hätte ruhig im Apartment oben klingeln können, er wäre doch nicht an den Apparat gekommen – natürlich nicht.« Ich beobachtete scharf den alten Jeeter, als ich das sagte, mit großer Aufmerksamkeit. Es würde ihm schwerfallen, darauf anzubeißen, aber es würde ihm auch nicht viel anderes übrigbleiben.

Er biß an. Er leckte sich zuerst die Lippen. »Wieso ›natürlich‹, wenn ich fragen darf?« sagte er kalt.

Ich stellte mein Glas auf den Marmortisch und trat an die Wand, mit frei hängenden Händen. Ich versuchte sie immer noch im Auge zu behalten – alle drei.

»Wir wollen ein bißchen weiter ausholen«, sagte ich. »Die Situation ist uns allen bekannt. Ich weiß, daß George im Bilde ist, obwohl er's eigentlich nicht sein sollte, als bloßer Dienstbote des Hauses. Auch Miss Huntress ist im Bilde, wie ich weiß. Und Sie sind's natürlich zuallererst, Mr. Jeeter. Sehen wir also mal, was wir haben. Wir haben eine Menge Sachen, die nicht zusammenpassen, aber ich bin nicht ganz dumm. Ich werde sie trotzdem auf einen Nenner bringen. Zuerst mal haben wir da eine Handvoll Fotokopien von Schuldscheinen, die Marty Estel präsentiert. Gerald bestreitet, sie ausgestellt zu haben, und Mr. Jeeter will sie nicht bezahlen, hat aber einen Handschriftenmann beauftragt, die Unterschriften auf ihre Echtheit hin zu prüfen. Das ist geschehen. Sie sind echt. Dieser Arbogast hat vielleicht noch andere Sachen gemacht. Ich weiß es nicht. Ich konnte ihn nicht mehr fragen. Als ich ihn besuchen ging, war er tot – getötet mit drei Schüssen aus einer 22er, wie ich inzwischen erfahren habe. Nein, ich habe der Polizei keine Meldung gemacht, Mr. Jeeter.«

Der große silberhaarige Mann sah furchtbar erschrocken aus. Es schüttelte seinen hageren Körper wie eine Flatterbinse. »Tot?« flüsterte er. »Ermordet?«

Ich sah George an. George regte keinen Muskel. Ich sah das Mädchen an. Sie saß ganz still, abwesend, mit zusammengepreßten Lippen.

Ich sagte: »Es gibt nur einen Grund für die Annahme, daß dieser Mord etwas mit Mr. Jeeters Angelegenheiten zu tun hatte. Er wurde mit einer 22er erschossen – und es gibt in diesem Fall einen Mann, der mit einer 22er rumläuft.«

Ich hatte noch immer ihre Aufmerksamkeit. Und ihr Schweigen.

»Warum dieser Arbogast erschossen worden ist, ahne ich nicht im mindesten. Er war weder für Miss Huntress noch für Marty Estel ein gefährlicher Mann. Er war zu fett, um viel auf den Beinen zu sein. Ich vermute, er war nur ein bißchen zu schlau. Er hatte die simple Aufgabe, eine Unterschrift zu identifizieren, und ging von da ein bißchen weiter, um mehr herauszufinden, als er sollte – mehr zu erraten, als er sollte –, und vielleicht hat er sogar eine kleine Erpressung probiert. Und heute nachmittag wischte ihn dann jemand mit einer 22er von der Bildfläche. Okay, ich kann's ertragen. Ich hab ihn nicht gekannt. Ich bin dann Miss Huntress besuchen gegangen, und nach allerlei Fisimatenten mit diesem Hausdetektiv, den dauernd die Handfläche juckt, bekam ich sie auch zu sehen, und wir hatten einen kleinen Schwatz miteinander, und dann kam Mr.

Gerald aus seinem Versteck und setzte mir einen sauberen Schwinger aufs Kinn, und ich ging hinüber und schlug mit dem Kopf gegen einen Sesselfuß. Und als ich wieder zu mir kam, war der Laden leer. Also fuhr ich wieder nach Hause. Und zu Hause fand ich den Mann mit der 22er und einen kleinen Blödian namens Frisky Lavon, der einen schlechten Mundgeruch und eine sehr große Kanone hatte, was aber beides keine Rolle mehr spielt, da er heute abend vor Ihrem Haus erschossen worden ist, Mr. Jeeter – erschossen beim Versuch, Ihren Wagen zu überfallen. Die Bullen wissen über ihn Bescheid – sie kamen mich deswegen besuchen –, weil der andere Bursche, der mit der 22er, der Bruder des kleinen Blödmanns ist und dachte, ich hätte Blödmännchen erschossen, und seinen Rochus an mir auslassen wollte. Das klappte aber nicht. Somit blieb es also bis dahin bei zwei Morden. Jetzt kommen wir zum dritten und wichtigsten. Ich fuhr zum El Milano zurück, weil ich so den Eindruck hatte, es wäre nicht besonders gut, Mr. Gerald noch weiter ohne Aufpasser rumlaufen zu lassen. Er schien mir nämlich ein paar Feinde zu haben. Es schien sogar eine Weile so, als hätte man ihn heute abend in dem Wagen vermutet, als Frisky Lavon darauf schoß – aber das war natürlich nur eine Finte.«

Der alte Jeeter zog seine weißen Brauen zu einem Ausdruck der Überraschung zusammen. George machte kein überraschtes Gesicht. Er sah überhaupt nach gar nichts aus. Sein Gesicht war so hölzern wie das eines Zigarrenladenindianers. Das Mädchen war ein bißchen weiß geworden, ein bißchen angespannt. Ich pflügte weiter.

»Wieder im El Milano, stellte ich fest, daß Hawkins Marty Estel und seinen Leibwächter in Miss Huntress' Apartment gelassen hatte, damit sie dort auf sie warten konnten. Marty hatte ihr etwas mitzuteilen – nämlich, daß Arbogast umgelegt worden war. Das machte es für sie ratsam, ein Weilchen die Finger von dem jungen Jeeter zu lassen – bis die Bullen sich abgeregt hatten jedenfalls. Ein umsichtiger Bursche, der Marty. Viel umsichtiger und rücksichtsvoller, als man meinen sollte. Zum Beispiel wußte er über Arbogast Bescheid, und er wußte auch, daß Mr. Jeeter heute morgen zu Anna Halsey ins Büro gegangen war, und irgendwie wußte er sogar – Anna könnte es ihm selber erzählt haben, das würde ich ihr durchaus zutrauen –, daß jetzt ich an dem Fall arbeitete. Also ließ er mich auf dem Weg zu Arbogast und wieder zurück beschatten, und als er dann später von seinen Freunden bei der Polizei gesteckt bekam, daß Arbogast ermordet worden war, wußte er auch, daß ich das entdeckt und trotzdem keine Meldung erstattet hatte. Damit hatte er mich in der Hand, und das machte uns zu Freunden. Er ging fort, nachdem er mir das zu verstehen gegeben hatte, und zum zweitenmal war ich allein in Miss Huntress' Wohnung. Aber diesmal stöberte ich, aus eigentlich gar keinem besonderen Grund, ein bißchen herum. Und da fand ich den jungen Mr. Gerald, im Schlafzimmer, in einem Schrank.«

Ich trat rasch zu dem Mädchen hinüber und griff in die Tasche und zog die hübsche kleine 25er Automatik heraus und legte sie ihr aufs Knie.

»Haben Sie die schon mal gesehen?«

Ihre Stimme hatte einen seltsam heiseren Klang, aber ihre dunkelblauen Augen blickten mich offen und ehrlich an.

»Ja, es ist meine.«

»Und die hatten Sie wo aufbewahrt?«

»In der Schublade eines kleinen Tischchens neben dem Bett.«

»Sind Sie da ganz sicher?«

Sie dachte nach. Keiner der beiden Männer regte sich.

Georges Mundwinkel begann zu zucken. Sie schüttelte plötzlich den Kopf.

»Nein. Ich erinnere mich jetzt undeutlich, daß ich sie herausnahm, um sie jemandem zu zeigen – weil ich nicht viel von Pistolen verstehe –, und sie dann auf dem Kaminsims im Wohnzimmer liegen ließ. Tatsächlich, ich bin jetzt fast sicher, daß es so war. Ich habe sie Gerald gezeigt.«

»So hätte er dort danach greifen können, falls jemand versuchte, ein falsches Spiel mit ihm zu treiben?«

Sie nickte, beunruhigt. »Was meinten Sie eben damit – daß er im Schrank gewesen wäre?« fragte sie mit kleiner, rascher Stimme.

»Sie wissen es. Jeder in diesem Zimmer weiß, was ich meine. Alle wissen, daß ich Ihnen diese Waffe in ganz bestimmter Absicht gezeigt habe.« Ich trat von ihr zurück und faßte George und seinen Boss ins Auge. »Er ist natürlich tot. Durchs Herz geschossen – vermutlich mit dieser Pistole. Sie wurde bei ihm zurückgelassen. Sie wurde aus eben diesem Grund bei ihm zurückgelassen.«

Der alte Mann tat einen Schritt und blieb stehen und stützte sich auf den Tisch. Ich war mir nicht ganz sicher, ob er weiß geworden oder schon weiß gewesen war. Er starrte steinern das Mädchen an. Er sagte sehr langsam, zwischen den Zähnen: »Sie gottverdammte Mörderin!«

»Könnte es nicht auch Selbstmord gewesen sein?« fragte ich höhnisch.

Er wandte den Kopf weit genug, um mich anzusehen. Ich konnte merken, daß der Gedanke ihn interessierte. Er nickte halb.

»Nein«, sagte ich. »Es kann kein Selbstmord gewesen sein.«

Das gefiel ihm gar nicht besonders. Sein Gesicht wurde rot vor Blutandrang, und die Adern an seiner Nase verdickten sich. Das Mädchen berührte die Pistole, die auf ihrem Knie lag, legte dann die Hand lose um den Griff. Ich sah, wie ihr Daumen ganz sanft auf den Sicherungsflügel zu glitt. Sie verstand nicht viel von Pistolen, aber soviel verstand sie denn doch.

»Es kann kein Selbstmord gewesen sein«, sagte ich noch einmal, sehr langsam. »Als isolierter Vorfall – vielleicht. Aber nicht im Zusammenhang mit dem ganzen anderen

Zeug, das passiert ist. Arbogast, der Überfall am Calvello Drive unten hier vorm Haus, die beiden Killer, die mir auf die Bude rückten, die Sache mit der 22er.«

Ich griff nochmals in die Tasche und zog Wachsnases Woodsman heraus. Ich hielt sie achtlos auf der flachen linken Hand. »Und seltsam genug, ich glaube nicht einmal, daß es *diese* 22er war – obwohl dies zufällig die 22er des Revolvermannes ist. Ja-ah, ich habe den Bruder auch. Er liegt gefesselt in meiner Wohnung. Er kam noch einmal wieder, um mich kaltzumachen, aber das habe ich ihm ausgeredet. Ich bin ganz groß im Reden, wenn ich einmal in Fahrt komme.«

»Bloß daß Sie's dann leicht übertreiben«, sagte das Mädchen kühl und hob die Pistole ein wenig.

»Es liegt auf der Hand, wer ihn getötet hat, Miss Huntress«, sagte ich. »Es ist ganz einfach eine Frage des Motivs und der Gelegenheit. Marty Estel war's nicht und hat's auch nicht veranlaßt. Es hätte ihm ja sämtliche Chancen ruiniert, je zu seinen fünfzig Riesen zu kommen. Frisky Lavons Kumpan war's ebenfalls nicht, egal für wen er gearbeitet hat – und ich glaube nicht, daß er für Marty Estel gearbeitet hat. Er wäre gar nicht ins El Milano gekommen und gewiß nicht in Miss Huntress' Apartment. Wer immer es getan hat, er hatte etwas dabei zu gewinnen und eine Gelegenheit, an den Ort der Tat zu kommen. Nun, und wer hatte etwas dabei zu gewinnen? Gerald hatte fünf Millionen in Aussicht, in zwei Jahren, aus der Treuhandverwaltung. Er konnte darüber aber, solange er sie nicht hatte, nicht testamentarisch verfügen. Wenn er also starb, bekam sie sein natürlicher Erbe. Wer ist sein natürlicher Erbe? Sie werden sich wundern. Wußten Sie schon, daß in Kalifornien und einigen anderen, wenn auch nicht allen Staaten ein Mann durch seine eigene Handlung natürlicher Erbe werden kann? Indem er einfach jemanden adoptiert, der Geld hat und keine Erben!«

George kam in Bewegung. Die Bewegung war ein zweitesmal so glatt und geschmeidig wie eine Welle, die über Wasser läuft. Die Smith & Wesson schimmerte matt in seiner Hand, aber sie ging nicht los. Die kleine Automatik in der Hand des Mädchens krachte. Blut schoß George über die braune harte Hand. Die Smith & Wesson fiel zu Boden. Er fluchte. Sie verstand nicht viel von Pistolen – gar nicht viel.

»Natürlich!« sagte sie grimmig. »George konnte ohne jede Schwierigkeit in die Wohnung, wenn Gerald dort war. Er brauchte nur durch die Garage zu gehen, ein Chauffeur in Uniform, mit dem Fahrstuhl nach oben zu fahren und an die Tür zu klopfen. Und als Gerald ihm aufmachte, trieb George ihn mit der Smith & Wesson vor sich her. Aber woher wußte er, daß Gerald dort war?«

Ich sagte: »Er muß Ihrem Taxi gefolgt sein. Wir wissen nicht, wo er den ganzen Abend gewesen ist, seit er mich verließ. Er hatte einen Wagen. Die Polizei wird das ermitteln können. Wieviel war denn eigentlich drin für Sie in der Sache, George?«

George hielt sich das rechte Handgelenk mit der linken Hand, hielt es fest umklammert, und sein Gesicht verzerrte sich wild. Er sagte nichts.

»George trieb ihn mit der Smith & Wesson vor sich her«, sagte das Mädchen müde. »Dann sah er meine Pistole auf dem Kaminsims. Das war noch besser. Nahm er also die. Er trieb Gerald ins Schlafzimmer, möglichst weit weg vom Flur, in den Schrank, und dort schoß er ihn in aller Ruhe ab und ließ die Waffe neben ihm auf den Boden fallen.«

»Nette Leute, die College-Jungs. War es Dartmouth oder Dannemora, George? Jedenfalls, George hat auch Arbogast getötet. Er hat ihn mit einer 22er erschossen, weil er wußte, daß Frisky Lavons Bruder eine 22er hatte, und zwar wußte er das, weil er selber Frisky und seinen Bruder engagiert hatte, Gerald einen großen Schrecken einzujagen – so daß es dann, wenn er ermordet wurde, so aussah, als steckte Marty Estel dahinter. Das war auch der Grund dafür, daß ich heute abend mit dem Jeeter-Wagen hergeholt wurde – das gab den beiden Killern, die entsprechend informiert und präpariert waren, Gelegenheit, ihre Schau abzuziehen und mich vielleicht dabei zu erledigen, falls ich zu lästig wurde. Bloß hat George zu große Lust daran, Leute umzubringen. Er feuerte einen sauberen Schuß auf Frisky ab. Er traf ihn mitten ins Gesicht. Der Schuß saß so gut, daß ich fast glaube, er sollte eigentlich danebengehen. Wie ist das, George?«

Schweigen.

Ich sah nun endlich auch den alten Jeeter an. Ich hatte erwartet, daß er selber eine Pistole ziehen würde, aber das hatte er nicht getan. Er stand nur einfach da, mit offenem Mund, schreckensblaß, stützte sich auf den schwarzen Marmortisch und zitterte.

»Mein Gott!« flüsterte er. »Mein Gott!«

»Sie haben keinen – außer Ihrem Geld. Sie – – –«

Eine Tür knarrte hinter mir. Ich wirbelte herum, hätte mir die Mühe aber sparen können. Eine harte Stimme, so echt englisch etwa wie Amos und Andy, sagte: »Pfoten hoch, Freundchen.«

Der Butler, der echt englische Butler, stand in der Tür, eine Pistole in der Hand, die Lippen zusammengepreßt. Das Mädchen wandte knapp das Handgelenk und schoß ihn ganz beiläufig in die Schulter oder sonstwo hin. Er quiekte wie ein angestochenes Schwein.

»Verschwinden Sie – Sie stören«, sagte sie kalt.

Er rannnte. Diesmal hörten wir seine Schritte.

»Er wird noch stolpern«, sagte sie.

Ich hatte jetzt meine Luger in der rechten Hand, ein bißchen spät für die Saison, wie üblich. Aber ich kam langsam mit. Der alte Jeeter hielt sich am Tisch fest, das Gesicht grau wie ein Pflasterstein. Seine Knie gaben nach.

George stand zynisch da, hielt sich ein Taschentuch um sein blutendes Handgelenk und beobachtete ihn.

»Lassen Sie ihn fallen«, sagte ich. »Dahin, wo er hingehört.«

Er fiel. Sein Kopf verdrehte sich. Sein Mund wurde schlaff. Er schlug seitlich auf den Teppich und rollte ein bißchen, und seine Knie kamen hoch. Aus seinem Mund lief Speichel. Seine Haut wurde violett.

»Gehn Sie und rufen Sie die Polizei an, mein Engel«, sagte ich. »Auf die beiden passe jetzt ich auf.«

»Na schön«, sagte sie und stand auf. »Aber Sie brauchen wirklich eine Menge Hilfe bei der Ausübung Ihres Berufs, Mr. Dalmas.«

IX

Ein glänzender schwarzer Käfer mit rosa Kopf kroch langsam über die Platte des alten verschrammten Schreibtischs. Er schlotterte beim Kriechen, wie eine alte Dame, die zu viele Pakete trägt. An der Kante marschierte er stracks in die Luft hinaus, fiel mit dem Rücken auf das schmutzige braune Linoleum, fuchtelte mit ein paar dünnen erschöpften Beinen in der Luft herum und stellte sich dann tot. Das hielt er etwa eine Minute lang durch, dann streckte er die Beinchen wieder aus, kraxelte sich aufs Gesicht herum und zokkelte schlotternd davon, auf die Zimmerecke zu.

Ich war jetzt schon eine gute Stunde da, allein. Es gab den verschrammten Schreibtisch in der Mitte, einen anderen an der Wand, einen Messing-Spucknapf auf einer Matte, einen Lautsprecherkasten an der Wand, drei plattgeschlagene Fliegen sowie den Mief von kalten Zigarren und alten Klamotten. Es gab zwei harte Armstühle mit Filzauflagen und zwei harte Stühle ohne Filz. Die elektrische Beleuchtung diente seit Anno Coolidge als Staubfänger.

Die Tür ging mit einem Ruck auf, und Finlayson und Sebold kamen herein. Sebold sah so geleckt und widerlich aus wie immer, aber Finlayson wirkte älter, müder, grauer. Er hatte ein Blatt Papier in der Hand. Er setzte sich mir gegenüber an den Schreibtisch und maß mich mit einem harten öden Blick.

Der Lautsprecher an der Wand gab gerade eine Fahndung durch. Ein mittelältlicher Neger flüchtete südlich von San Pedro auf der Elften nach einem Raubüberfall. Er trug einen grauen Anzug mit Filzhut. »Vorsicht bei Annäherung. Der Verdächtige ist mit einem Revolver Kaliber zweiunddreißig bewaffnet. Ende.« (Als sie ihn erwischten, hatte er dann eine Gaspistole, braune Hosen, einen zerrissenen blauen Sweater, keinen Hut, keine sechzehn Jahre auf dem Buckel, fünfunddreißig Cent in der Tasche und war Mexikaner.)

»Leute wie Sie bringen sich leicht in gefährliche Situationen«, sagte Finlayson säuerlich. Sebold setzte sich an die Wand und zog sich den Hut schief über die Augen und gähnte und betrachtete seine neue Armbanduhr aus rostfreiem Stahl.

»Gefahr ist mein Geschäft«, sagte ich. »Wie brächte ich sonst wohl meine Nickelchen zusammen?«

»Wir sollten Sie eigentlich in den Bau stecken für die ganze Heimlichtuerei, die Sie sich geleistet haben. Wieviel springt denn raus für Sie bei diesem Fall?«

»Ich habe für Anna Halsey gearbeitet, die wiederum für den alten Jeeter gearbeitet hat. Ich fürchte, ich schließe mit Minus ab.«

Sebold bedachte mich kurz mit seinem Gummiknüppel-Lächeln. Finlayson zündete sich eine Zigarre an und leckte über einen Riß, den sie bekommen hatte, und pappte die Stelle zu, aber es kam immer noch Rauch heraus, wenn er zog. Er schob mir Papiere zu über den Schreibtisch.

»Unterschreiben Sie drei Ausfertigungen.«

Ich unterschrieb drei Ausfertigungen.

Er nahm sie wieder an sich, gähnte und rubbelte sich den alten grauen Kopf. »Der alte Mann hat einen Schlaganfall«, sagte er. »Ist nicht mehr viel drin für ihn. Wird vermutlich nicht mal mehr wissen, wie spät es ist, wenn er wieder zu sich kommt. Dieser George Hasterman, der Chauffeur, lacht uns bloß aus. Ein Jammer, daß er eine Schramme abgekriegt hat. Ich würde ihn sonst gern mal in den Schwitzkasten nehmen.«

»Er ist zähe«, sagte ich.

»Tja. Okay, dann können Sie jetzt verschwinden.«

Ich stand auf, nickte ihnen zu und ging zur Tür. »Ja, gute Nacht dann, Jungs.«

Keiner der beiden gab mir eine Antwort.

Ich ging hinaus, ging den Flur entlang und zockelte mit dem Nachtfahrstuhl nach unten in die Halle der City Hall. Ich nahm den Ausgang zur Spring Street und ging die lange leere Treppe hinunter, und der Wind blies kalt. Unten zündete ich mir eine Zigarette an. Mein Wagen stand noch immer draußen beim Jeeter-Haus. Ich hob schon den Fuß, um über die Straße zu gehen, wo einen halben Block weiter ein Taxistand war. Da sprach mich scharf eine Stimme an, aus einem parkenden Wagen.

»Kommen Sie einen Moment her.«

Es war eine Männerstimme, fest, hart. Es war Marty Estels Stimme. Sie kam aus einem großen Sedan, in dem vorn zwei Männer saßen. Ich ging hinüber. Das hintere Fenster war heruntergedreht, und Marty Estels behandschuhte Hand lag darauf.

»Steigen Sie ein.« Er stieß die Tür auf. Ich stieg ein. Ich war zu müde, um zu streiten. »Bewegung, Skin.«

Der Wagen fuhr nach Westen, durch dunkle, fast stille Straßen, fast saubere Straßen. Die Nachtluft war nicht rein, aber sie war kühl. Wir fuhren über einen Berg und nahmen Geschwindigkeit auf.

»Was haben sie in der Hand?« fragte Estel kühl.

»Haben sie mir nicht gesagt. Den Chauffeur zu knacken, ist ihnen noch nicht gelungen.«

»Man kann in dieser Stadt keinen des Mordes überführen, der ein paar Millionen Eier hat.« Der Fahrer, der Skin genannt worden war, lachte, ohne den Kopf zu wenden. »Vielleicht kann ich jetzt sogar noch meine fünfzig Riesen in den Rauchfang schreiben ... Sie mag Sie.«

»Hm. Und?«

»Finger weg von ihr.«

»Was hab ich davon?«

»Daß Ihnen erspart bleibt, was Sie davon haben, wenn Sie's nicht tun.«

»Ja-ah, sicher«, sagte ich. »Ach wissen Sie, scheren Sie sich doch bitte zum Teufel. Ich bin müde.« Ich schloß die Augen und lehnte mich in die Wagenecke und war im Nu eingeschlafen. Ich kann das manchmal, nach einer größeren Anstrengung.

Eine Hand schüttelte meine Schulter und weckte mich. Der Wagen hatte gehalten. Ich sah hinaus und erblickte das Apartmenthaus, wo ich wohnte.

»Daheim«, sagte Marty Estel. »Und denken Sie dran. Finger weg von ihr.«

»Warum haben Sie mich nach Hause gebracht? Bloß um mir das zu sagen?«

»Sie hat mich gebeten, mich mal ein bißchen um Sie zu kümmern. Deswegen sind Sie auch frei. Sie mag Sie. Und ich mag sie. Verstanden? Sie wollen doch nicht noch mehr Ärger, der Ihnen gefährlich werden könnte?«

»Gefahr ist – – –« fing ich an und brach gleich wieder ab. Für heute nacht hatte ich genug von dem Witz. »Danke für die Fuhre – und im übrigen können Sie mich gernhaben.« Ich wandte mich ab und ging in das Apartmenthaus und nach oben.

Das Türschloß war immer noch defekt, aber diesmal wartete niemand auf mich. Sie hatten Wachsnase schon lange abgeholt. Ich ließ die Tür offen und warf die Fenster auf, und es miefte immer noch nach den Zigarrenstummeln der Polizei, als das Telephon klingelte. Es war ihre Stimme, kühl, ein bißchen hart, ganz ungerührt von allem, fast belustigt. Nun ja, sie hatte vermutlich genug durchgemacht, um so zu werden.

»Hallo, Braunauge. Gut nach Hause gekommen?«

»Ihr Freund Marty hat mich heimgebracht. Er hat mir gesagt, ich soll die Finger von Ihnen lassen. Aus vollem Herzen Dank, wenn ich eins habe, aber rufen Sie mich nicht mehr an.«

»Mit der Angst gekriegt, Mr. Dalmas?«

»Nein. Warten Sie, bis ich Sie anrufe«, sagte ich. »Gute Nacht, mein Engel.«

»Gute Nacht, Braunauge.«

Das Telephon klickte. Ich hob es weg und schloß die Tür und ließ das Bett herunter. Ich zog mich aus und legte mich eine Weile hin, in der kalten Luft.

Dann stand ich wieder auf und machte mir was zu trinken und ging unter die Dusche und dann endlich schlafen.

Sie kriegten George schließlich weich, aber nicht weich genug. Er sagte, sie wären sich in die Haare geraten wegen dem Mädchen, und da hätte der junge Jeeter die Pistole vom Kaminsims gefischt, und er, George, hätte mit ihm gerungen, und da wäre sie losgegangen. Was sich natürlich alles ganz plausibel ausnahm – in den Zeitungen. Den Arbogast-Mord konnten sie weder ihm noch irgendwem sonst je anhängen. Die Waffe, die den Fettsack getötet hatte, wurde nie gefunden, denn Wachsnases Waffe war es nicht. Wachsnase verschwand – ich habe nie erfahren, wohin. Den alten Jeeter rührten sie nicht an, weil er sich nie wieder von seinem Schlaganfall erholte und bloß noch auf dem Rücken liegen, sich von Krankenschwestern pflegen lassen und den

Leuten erzählen konnte, wie er in der ganzen Depression nicht einen Nickel verloren hätte.

Marty Estel rief mich noch viermal an, um mir zu sagen, ich sollte die Finger von Harriet Huntress lassen. Der arme Kerl tat mir richtig leid. Es hatte ihn schlimm erwischt. Ich ging zweimal mit ihr aus und saß dann noch zweimal bei ihr zu Hause und trank ihren Scotch. Es war nett, aber ich hatte eben doch nicht das Geld, die Kleidung, die Zeit oder die Manieren. Dann gab sie ihre Wohnung im El Milano auf, und ich hörte nur, sie wäre nach New York gegangen.

Ich war ganz froh, als sie ging – obwohl sie sich nicht einmal die Mühe genommen hatte, mir auf Wiedersehen zu sagen.

Straßenbekanntschaft Noon Street

I

Der Mann und das Mädchen gingen langsam, eng nebeneinander, an einem matt leuchtenden Schild mit der Aufschrift SURPRISE HOTEL vorbei. Der Mann trug einen purpurgrellen Anzug, einen Panama-Hut über dem glänzenden, glattgesträhnten Haar. Er ging spreizfüßig, fast geräuschlos.

Das Mädchen trug einen grünen Hut und einen kurzen Rock und durchsichtige Strümpfe, viereinhalbzöllige hohe Absätze. Sie duftete nach Mitternachtsnarzisse.

An der Ecke beugte sich der Mann dicht an das Ohr des Mädchens und flüsterte etwas hinein. Sie zuckte von ihm zurück, kicherte.

»Du mußt was zu trinken kaufen, wenn du *mich* nach Hause bringen willst, Smiler.«

»Nächstesmal, Baby. Im Moment bin ich grad blank.«

Die Stimme des Mädchens wurde hart. »Dann kannst du an der nächsten Ecke Leine ziehen, Hübscher.«

»Den Teufel werde ich, Baby«, antwortete der Mann.

Die Bogenlampe an der Kreuzung warf Licht über die beiden. Sie gingen, weit voneinander getrennt jetzt, über die Straße. Auf der anderen Seite packte der Mann das Mädchen am Arm. Sie entwand sich ihm.

»Hör mal zu, du billiger Gauner!« schrillte sie. »Bleib mir bloß mit den Pfoten vom Leib, du! So ein Schlappschwanz wie du hat mir grad noch gefehlt. Kratz die Kurve!«

»Wieviel zu trinken mußt du denn haben, Baby?«

»Jede Menge.«

»Woher nehmen und nicht stehlen?«

»Haha. Was anderes fällt dir für deine Pfoten wohl nicht ein, was?« höhnte das Mädchen. Ihre Stimme ließ den schrillen Ton fallen. Sie schmiegte sich wieder an ihn. »Vielleicht kannst du eine Knarre damit halten, starker Mann. Hast du eine Knarre?«

»Hab ich. Aber keine Patronen dafür.«

»Das wissen die Schleimscheißer an der Central drüben doch aber nicht.«

»Komm mir bloß nicht mit solchen Sachen«, knurrte der Mann in dem purpurgrellen Anzug. Dann schnippte er mit den Fingern und versteifte sich. »Warte mal einen Moment. Ich hab da eine Idee.«

Er blieb stehen und sah die Straße hinunter, zurück zu dem matten Leuchtschild des Hotels. Das Mädchen versetzte ihm mit dem Handschuh einen schmeichelnden Schlag gegen das Kinn. Der Handschuh ließ das Parfüm zu ihm aufsteigen, Mitternachtsnarzisse.

Der Mann schnippte erneut mit den Fingern, grinste breit im matten Dämmerlicht. »Wenn dieser Besoffene noch in seinem Bau ist bei Doc – dann sahne ich ab. Wartest du auf mich, äh?«

»Vielleicht, zu Hause. Wenn du nicht zu lange wegbleibst.«

»Wo ist das, bei dir zu Hause, Baby?«

Das Mädchen starrte ihn an. Ein halbes Lächeln bewegte sich über ihre vollen Lippen, erstarb in den Winkeln. Der Wind riß einen Zeitungsfetzen aus dem Rinnstein und trieb ihn dem Mann gegen das Bein. Er trat in wilder Wut danach.

»Calliope Apartments, 4-B, 246 East 48. Wann kommst du?«

Der Mann trat ganz dicht an sie heran, griff hinter sich

und klopfte sich auf die Hüfte. Seine Stimme war leise, ließ sie fast frösteln.

»Du wartest auf mich, Baby.«

Sie hielt den Atem an, nickte. »Okay, Hübscher. Ich warte.«

Der Mann ging zurück auf dem rissigen Bürgersteig, über die Kreuzung hinüber und weiter bis zu der Stelle, wo das matte Leuchtschild über der Straße hing. Er ging durch eine Glastür in eine enge Halle, in der eine Reihe brauner Holzstühle stand, vor der gestuckten Wand. Es war grad noch Platz genug, um an ihnen vorbei zum Empfangstisch zu kommen. Ein kahlköpfiger Farbiger lungerte hinter dem Tisch herum, fingerte an einer großen grünen Nadel in seinem Schlips.

Der Neger in dem purpurgrellen Anzug lehnte sich über den Tisch, und seine Zähne blitzten in einem jähen, harten Lächeln auf. Er war sehr jung, hatte ein schmales scharfes Kinn, eine schmale knochige Stirn und die flachen, glänzenden Augen des Gangsters. Er sagte sanft: »Der Typ mit der heiseren Stimme noch da? Der Bursche, der gestern abend beim Würfeln den großen Reibach gemacht hat.«

Der kahlköpfige Portier betrachtete die Fliegen an der Deckenlampe. »Hab ihn nicht weggehn sehen, Smiler.«

»Das hab ich dich nicht gefragt, Doc.«

»Ja-ah. Ist noch da.«

»Immer noch besoffen?«

»Wird wohl. Ist noch nicht wieder ausgegangen seitdem.«

»Drei-neunundvierzig, stimmt's?«

»Du warst doch schon oben, oder? Wozu willst du's wissen?«

»Er hat mich bis aufs Hemd ausgezogen. Ich muß ihn mal ins Gebet nehmen.«

Der kahlköpfige Mann bekam einen nervösen Blick. Smiler starrte sanft auf den grünen Stein an der Schlipsnadel des Mannes.

»Hau ab, Smiler, und bete woanders. Sowas gibt's hier

nicht bei uns. Das kannst du in den Bumslokalen an der Central machen.«

Smiler sagte sehr sanft und sehr leise: »Er ist mein Freund, Doc. Er wird mir einen Zwanziger leihen. Die Hälfte davon ist für dich.«

Er streckte die Hand aus, die offene Fläche nach oben. Der Portier starrte sie einen Moment lang an. Dann nickte er säuerlich, ging hinter eine Wand aus Mattglas, kam langsam zurück und blickte zur Straßentür hinüber.

Seine Hand streckte sich und schob sich über die offene Hand des anderen. Die offene Hand schloß sich über einem Hauptschlüssel, ließ ihn in die Tasche des billigen purpurgrellen Anzugs gleiten.

Das plötzlich aufblitzende Grinsen auf Smilers Gesicht hatte eine eisige Schärfe.

»Schön aufpassen, Doc – solange ich oben bin.«

Der Portier sagte: »Mach nicht zu lange. Paar von den Gästen kommen immer früh heim.« Er warf einen Blick auf die grüne elektrische Uhr an der Wand. Es war viertel nach sieben. »Und die Wände sind nicht besonders dick«, fügte er hinzu.

Der dünne junge Mann zeigte ihm ein weiteres blitzendes Grinsen, nickte, ging geschmeidig durch die Halle zurück zum schattigen Treppenhaus. Es gab keinen Fahrstuhl im Surprise Hotel.

Etwa eine Minute nach sieben wälzte sich Pete Anglich, Geheimagent des Rauschgiftdezernats, auf dem harten Bett herum und sah auf die billige Armbanduhr an seinem linken Handgelenk. Er hatte dunkle Ringe unter den Augen und dichte Stoppeln um das breite Kinn. Er schwang die nackten Füße auf den Boden und stand auf in seinem billigen Baumwoll-Pyjama, streckte die Muskeln, reckte sich, beugte sich mit durchgedrückten Knien vor und berührte mit einem Grunzen seine Zehenspitzen.

Er stapfte zu einer ramponierten Kommode hinüber, nahm aus einer Quartflasche einen Schluck billigen Roggenwhisky, schnitt eine Grimasse, schob den Korken in den Flaschenhals zurück und rammte ihn mit dem Handballen hinein.

»Jungejunge, hab ich aber einen Kater«, grummelte er heiser.

Er starrte sein Gesicht an in dem Spiegel über der Kommode, die Stoppeln um sein Kinn, die dicke weiße Narbe an seiner Kehle, dicht neben der Luftröhre. Seine Stimme war heiser, weil die Kugel, von der die Narbe stammte, seine Stimmbänder verletzt hatte. Es war eine weiche Heiserkeit, wie in der Stimme eines Blues-Sängers.

Er streifte seinen Pyjama ab und stand nackt in der Mitte des Zimmers, und seine Zehen fummelten an der rauhen Kante eines tiefen Risses im Teppich. Er war sehr breit gebaut, und das ließ ihn ein wenig kleiner aussehen, als er war. Seine Schultern fielen leicht ab, seine Nase war ein bißchen dick, und die Haut über seinen Backenknochen sah wie Leder aus. Er hatte kurzes, krauses, schwarzes Haar, überaus ruhige Augen und den schmal geschnittenen Mund eines schnellen Denkers.

Er ging in ein trüb beleuchtetes, schmutziges Badezimmer, stellte sich in die Wanne und drehte die Dusche an. Das Wasser sprudelte warm, aber nicht heiß. Er stand darunter und seifte sich ein, rieb sich den ganzen Körper ab, knetete seine Muskeln durch, spülte die Seife herunter.

Er riß ein schmutziges Handtuch von der Stange und fing an, Röte in seine Haut zu rubbeln.

Ein schwaches Geräusch hinter der nur leicht angelehnten Badezimmertür ließ ihn innehalten. Er hielt den Atem an, lauschte, hörte wieder das Geräusch, ein Dielenknarren, ein Klicken, ein Rascheln von Stoff. Pete Anglich griff nach der Tür und zog sie langsam auf.

Der Neger in dem purpurgrellen Anzug und dem Panama-Hut stand neben der Kommode, Pete Anglichs Jacke in der Hand. Auf der Kommode vor ihm lagen zwei Pistolen. Eine davon war Pete Anglichs alter abgenutzter Colt. Die Zimmertür war geschlossen, und auf dem Teppich lag ein Schlüssel mit Anhänger, dicht davor, als sei er aus dem Schloß gefallen oder von der anderen Seite hinausgestoßen worden.

Smiler ließ die Jacke zu Boden sinken und hielt eine Brieftasche in der linken Hand. Seine rechte hob den Colt. Er grinste.

»Okay, weißer Mann. Trockne dich ruhig weiter ab, wenn du geduscht hast«, sagte er.

Pete Anglich bewegte das Handtuch. Er rieb sich trocken, stand dann nackt da, das nasse Handtuch in der linken Hand.

Smiler hatte die Brieftasche leer auf die Kommode gelegt und zählte mit der linken Hand das Geld. Die rechte umklammerte immer noch den Colt.

»Siebenachtzig Eier. Hübsches Sümmchen. Ein bißchen davon ist meins, vom Würfeln gestern, aber ich nehme alles, mein Freund. Bloß keine Aufregung. Ich hab meine Beziehungen hier, zur Hotelverwaltung.«

»Gib mir eine Chance, Smiler«, sagte Pete Anglich rauh. »Das da ist alles, was ich auf der Welt noch habe. Laß mir wenigstens ein paar Dollar, ja?« Er gab seiner Stimme einen belegten, schwerfälligen Klang, wie wenn er immer noch unter Alkohol stünde.

Smiler ließ seine Zähne blitzen, schüttelte den schmalen Kopf. »Nicht zu machen, mein Freund. Hab eine Verabredung und brauche die Kohlen.«

Pete Anglich trat einen lockeren Schritt vor und blieb dann stehen, schäfisch grinsend. Die Mündung seiner eigenen Waffe war ihm entgegengezuckt.

Smiler bewegte sich seitlich auf die Whiskyflasche zu und hob sie hoch.

»Kann ich ebenfalls gebrauchen. Mein Baby hat einen Hals, in dem allerhand verschwinden kann. Wirklich und wahrhaftig. Was du in den Hosen hast, kannst du behalten, mein Freund. Ist doch fair, oder?«

Pete Anglich sprang nach der Seite, etwa vier Fuß weit. Smilers Gesicht verzerrte sich. Die Pistole fuhr herum, und die Flasche Roggenwhisky glitt ihm aus der linken Hand, schlug krachend auf den Fuß. Er jaulte auf, trat wild und wütend aus, und seine Schuhspitze verfing sich an der zerrissenen Stelle im Teppich.

Pete Anglich schlug Smiler das nasse Ende des Badetuchs direkt auf die Augen.

Smiler taumelte und jaulte vor Schmerz. Dann hatte Pete Anglich Smilers Pistolenhandgelenk in seiner harten linken Hand. Er drehte es hoch, herum. Seine Hand glitt langsam über Smilers Hand nieder, über die Waffe. Die Waffe drehte sich einwärts und berührte Smilers Seite.

Ein hartes Knie traf Pete Anglich tückisch in den Unterleib. Er würgte, und seine Finger, die über Smilers Abzugsfinger lagen, spannten sich krampfhaft.

Der Schuß war dumpf, gedämpft vom purpurgrellen Stoff des Anzugs. Smilers Augen verdrehten sich weiß, und sein schmales Kinn sackte schlaff.

Pete Anglich ließ ihn auf den Boden niedergleiten und stand keuchend über ihn gebeugt, mit grünlichem Gesicht. Er grapschte nach der hingefallenen Whiskyflasche, riß den Korken heraus, stürzte die feurige Flüssigkeit die Kehle hinunter.

Die grünliche Färbung wich aus seinem Gesicht. Sein Atem beruhigte sich. Er wischte sich mit dem Handrücken den Schweiß von der Stirn.

Er tastete nach Smilers Puls. Smiler hatte keinen Puls mehr. Er war tot. Pete Anglich löste ihm die Waffe aus der Hand, ging zur Tür und warf einen Blick auf den Flur hinaus. Leer. Von draußen steckte ein Hauptschlüssel im Schloß. Er zog ihn ab, verschloß die Tür von innen.

Er legte sein Unterzeug an, seine Socken und Schuhe, den

abgetragenen blauen Serge-Anzug, band sich den Schlips um den zerknitterten Hemdkragen, ging zu dem Toten zurück und zog ihm eine Rolle Banknoten aus der Tasche. Er packte ein paar bunt zusammengewürfelte Kleidungsstücke und Toilettenartikel in einen billigen Koffer aus Vulkanfiber, stellte ihn neben die Tür.

Er schob einen abgerissenen Papierstreifen mit einem Bleistift durch den Revolverlauf, ersetzte die abgeschossene Patrone, zertrat die leere Hülse auf dem Badezimmerboden mit dem Absatz und spülte sie durch die Toilette.

Er schloß die Tür von außen ab und ging die Treppe hinunter in die Halle.

Die Augen des kahlköpfigen Portiers sprangen ihn an, senkten sich dann. Die Haut seines Gesichts wurde grau. Pete Anglich lehnte sich auf den Empfangstisch und öffnete die Hand, um zwei Schlüssel auf das verschrammte Holz klirren zu lassen. Der Portier starrte auf die Schlüssel nieder, schauderte.

Pete Anglich sagte mit seiner langsamen, heiseren Stimme: »Irgendwelche komischen Geräusche gehört?«

Der Portier schüttelte den Kopf, schluckte.

»Nichts los in dem Laden, was?« sagte Pete Anglich.

Der Portier bewegte qualvoll den Kopf, verdrehte den Hals in seinem Kragen. Sein Kahlkopf schimmerte dunkel unter dem Deckenlicht.

»Jammerschade«, sagte Pete Anglich. »Unter welchem Namen hatte ich mich gestern abend eingetragen?«

»Sie hatten sich überhaupt nicht eingetragen«, flüsterte der Portier.

»Dann bin ich vielleicht gar nicht dagewesen«, sagte Pete Anglich sanft.

»Hab Sie noch nie gesehen, Mister.«

»Sie sehen mich auch jetzt nicht. Und Sie werden mich auch nie wiedersehen – um mich wiederzuerkennen – stimmt's, Doc?«

Der Portier bewegte seinen Hals und versuchte zu lächeln.

Pete Anglich zog seine Brieftasche heraus und schüttelte drei Dollarscheine auf den Tisch.

»Ich bin jemand, der bezahlt, was er kriegt«, sagte er langsam. »Das hier ist für Zimmer 349 – bis morgen früh, ziemlich spät morgen früh. Der Bursche, dem Sie den Hauptschlüssel gegeben haben, sieht mir ganz nach einem Langschläfer aus.« Er hielt inne, richtete seine kühlen Augen fest auf das Gesicht des Portiers, fügte nachdenklich hinzu: »Es sei denn natürlich, er hätte Freunde, die ihn gern vorher schon wegschaffen würden.«

Blasen erschienen auf den Lippen des Portiers. Er stotterte: »Er ist doch nicht – nicht – – –«

»Aber gewiß doch«, sagte Pete Anglich. »Was hatten Sie denn gedacht?«

Er ging zur Straßentür hinüber, den Koffer in der Hand, trat unter das Leuchtschild hinaus, blieb einen Moment stehen, um zur Central Avenue hinüberzublicken, in den harten weißen Glanz.

Dann ging er in entgegengesetzter Richtung davon. Die Straße war sehr dunkel, sehr still. Es kamen vier Blocks Fachwerkhäuser, bevor er zur Noon Street gelangte. Alle Straßen hier gehörten zum Negerviertel.

Er begegnete nur einem einzigen Menschen unterwegs, einem braunen Mädchen in grünem Hut, sehr durchsichtigen Strümpfen und viereinhalbzölligen hohen Absätzen, das unter einer staubigen Palme eine Zigarette rauchte und zum Surprise Hotel hinüberstarrte.

II

Die Imbißstube war ein alter Büfettwagen ohne Räder, der mit der Schmalseite nach der Straße zwischen einer Maschinenwerkstatt und einer Absteige aufgestellt worden war.

Der Name BELLA DONNA stand in verblaßten Goldbuchstaben an den Seiten. Pete Anglich ging die beiden eisernen Stufen am Ende hinauf und trat in den Dunst von Bratfett.

Der fette weiße Rücken des Negerkochs war ihm zugewandt. Am anderen Ende der niedrigen Theke saß ein weißes Mädchen in billigem braunem Filzhut und schäbigem Polomantel mit hochgeschlagenem Kragen und schlürfte Kaffee, die Wange in die linke Hand gestützt. Sonst war niemand in dem Wagen.

Pete Anglich stellte seinen Koffer ab und setzte sich auf einen Hocker in der Nähe der Tür, sagte: »Hallo, Mopsy!«

Der fette Koch drehte ein schwarzes Gesicht über die weiße Schulter. Das Gesicht spaltete sich in einem Grinsen. Eine dicke bläuliche Zunge kam heraus und wand sich zwischen den dicken Lippen des Kochs.

»Wie geht's denn so, Junge? Was zu essen?«

»Zwei Rühreier, Kaffee, Toast, keine Knollen.«

»Das ist doch kein Futter für einen richtigen Mann«, beschwerte sich Mopsy.

»Ich war besoffen«, sagte Pete Anglich.

Das Mädchen am Ende der Theke warf ihm einen scharfen Blick zu, warf einen Blick auf den billigen Wecker an der Wand, auf die Armbanduhr an ihrem behandschuhten Handgelenk. Sie ließ den Kopf hängen, starrte wieder in ihre Kaffeetasse.

Der fette Koch schlug Eier in eine Pfanne, fügte Milch hinzu, rührte um. »Kleinen Schluck dazu, mein Junge?«

Pete Anglich schüttelte den Kopf.

»Ich will dem Alkohol abschwören, Mopsy.«

Der Koch grinste. Er griff unter die Theke nach einer braunen Flasche und goß einen großen Drink in ein Wasserglas, stellte das Glas vor Pete Anglich hin.

Pete Anglich griff mit einem Ruck nach dem Glas, setzte es an die Lippen, stürzte den Fusel hinunter.

»Werd ich halt ein andermal abschwören.« Er stellte das Glas leer wieder hin.

Das Mädchen stand auf, kam an den Hockern entlang, legte ein Zehn-Cent-Stück auf den Tisch. Der fette Koch hieb auf die Registrierkasse, gab einen Nickel heraus. Pete Anglich betrachtete beiläufig das Mädchen. Ein schäbiges Ding mit unschuldigen Augen, braunem Haar, das sich im Nacken lockte, Brauen, die knochensauber ausgezupft waren, und erstaunten gemalten Bögen an den Stellen, wo sie gewesen waren.

»Sie haben sich doch nicht verlaufen, meine Dame?« fragte er mit seiner sanften heiseren Stimme.

Das Mädchen hatte die Handtasche aufgefummelt, um den Nickel wegzustecken. Sie fuhr heftig auf, trat zurück und ließ die Tasche fallen. Der Inhalt ergoß sich auf den Boden. Sie starrte mit weiten Augen darauf nieder.

Pete Anglich ging in die Knie und schob die Sachen in die Handtasche zurück. Eine billige Nickel-Puderdose, Zigaretten, ein purpurnes Streichholzbriefchen mit der Aufschrift in Gold: JUGGERNAUT CLUB. Zwei bunte Taschentücher, ein zerknüllter Dollar-Schein und etwas Silber und Kleingeld.

Er stand mit der geschlossenen Tasche in der Hand auf und hielt sie dem Mädchen hin.

»Tut mir leid«, sagte er sanft. »Ich hab Sie wohl erschreckt.«

Ihr Atem ging hastig. Sie riß ihm die Tasche aus der Hand, lief aus dem Wagen und war fort.

Der fette Koch sah ihr nach. »Die Puppe gehört nicht in so eine rabiate Gegend«, sagte er langsam.

Er kippte die Eier auf den Toast, goß Kaffee in eine dicke Tasse, stellte alles vor Pete Anglich hin.

Pete Anglich berührte das Essen, sagte abwesend: »Allein – und Streichhölzer vom Juggernaut. Dem Lokal von Trimmer Waltz. Du weißt, was mit Mädchen wie der passiert, wenn er sie in die Finger kriegt.«

Der Koch leckte sich die Lippen, griff unter die Theke nach der Whiskyflasche. Er goß sich einen Drink ein, füllte die Flasche um die gleiche Menge mit Wasser auf, stellte sie zurück unter die Theke.

»Ich bin nie einer von den harten Kerls gewesen und will's auch nicht mehr werden«, sagte er langsam. »Aber so Weiße wie der, die stehn mir bis hier. Eines Tages erwischt es ihn auch.«

Pete Anglich trat gegen seinen Koffer.

»Ja-ah. Bewahr den Kasten für mich auf, Mopsy.«

Er ging hinaus.

Zwei oder drei Wagen blitzten vorbei in der frischen Herbstnacht, aber die Gehsteige lagen dunkel und leer. Ein farbiger Nachtwächter bewegte sich langsam die Straße entlang, überprüfte die Türen einer kleinen Reihe von Kramläden. Auf der anderen Straßenseite standen Fachwerkhäuser, und ein paar von ihnen waren laut.

Pete Anglich ging weiter, über die Kreuzung. Drei Blocks von dem Büfettwagen entfernt sah er das Mädchen wieder.

Sie stand gegen eine Mauer gepreßt, reglos. Ein Stückchen hinter ihr kam mattes gelbes Licht aus dem Eingang eines Stundenhotels. Dann ein kleiner Parkplatz, fast ganz von einem Zaun aus Plakatwänden umgeben. Schwaches Licht von irgendwoher berührte ihren Hut, ihren schäbigen Polo-Mantel mit dem hochgeschlagenen Kragen, eine Seite ihres Gesichts. Er wußte, es war dasselbe Mädchen.

Er trat in einen Torweg, beobachtete sie. Licht blitzte an ihrem erhobenen Arm, auf etwas Hellem, einer Armbanduhr. Irgendwo, nicht sehr weit weg, erklang der achtmalige Glockenschlag einer Turmuhr.

Scheinwerfer stachen jäh von der Ecke weiter hinten in die Straße. Ein großer Wagen kam langsam an der Kurve in Sicht, und noch während er herumbog, wurden seine Scheinwerfer abgeblendet. Er kroch den Block entlang, ein dunkel funkelndes Ungetüm aus Glas und poliertem Lack.

Pete Anglich in seinem Torweg grinste scharf. Ein Duesenberg, Sonderanfertigung, sechs Blocks von der Central Avenue entfernt! Er versteifte sich, als er das Geräusch hastiger Schritte hörte, klickender hoher Absätze.

Das Mädchen kam auf dem Gehsteig auf ihn zugelaufen. Der Wagen war noch nicht so nahe, daß seine abgeblendeten Scheinwerfer sie hätten erfassen können. Pete Anglich trat aus dem Torweg, grapschte nach ihrem Arm, zog sie zu sich ins Dunkel. Eine Pistole schnellte ihm aus der Jacke in die Hand.

Das Mädchen an seiner Seite keuchte.

Der Duesenberg fuhr langsam am Torweg vorbei. Keine Schüsse fielen. Der uniformierte Fahrer verlangsamte sein Tempo nicht.

»Ich kann es nicht tun. Ich hab Angst«, hauchte das Mädchen Pete Anglich ins Ohr. Dann riß sie sich von ihm los und lief auf dem Gehsteig weiter, fort von dem Wagen.

Pete Anglich sah dem Duesenberg nach. Er befand sich jetzt auf Höhe der Plakatwände, die den Parkplatz umgaben. Er bewegte sich kaum noch kriechend. Etwas segelte aus seinem linken Vorderfenster, schlug mit trockenem Schlapplaut auf den Gehsteig. Der Wagen nahm lautlos Geschwindigkeit auf, surrte davon in die Dunkelheit. Einen Block weiter blitzten seine Scheinwerfer wieder voll auf.

Nichts regte sich. Das Etwas, das aus dem Wagen geflogen war, lag an der inneren Kante des Gehsteigs, fast unter einer der Plakatwände.

Dann kam das Mädchen wieder zurück, Schritt für Schritt, mit vielen Pausen dazwischen. Pete Anglich sah sie auf sich zukommen, ohne sich zu bewegen. Als sie auf gleicher Höhe mit ihm war, sagte er sanft: »Was wird hier gespielt? Kann man vielleicht helfen?«

Sie wirbelte mit einem erstickten Laut herum, als wäre seine Gegenwart ganz neu für sie. Ihr Kopf bewegte sich in der Dunkelheit an seiner Seite. Ein kurzer kleiner Glanz entstand, als ihre Augen sich weiteten. Ein blasser Schimmer lag auf ihrem Kinn. Ihre Stimme war leise, gehetzt, voll Angst.

»Sie sind der Mann aus dem Büfettwagen. Ich habe Sie gesehen.«

»Packen Sie schon aus. Um was geht es – um Lösegeld?«

Ihr Kopf bewegte sich erneut in der Dunkelheit an seiner Seite, auf und nieder.

»Was ist in dem Päckchen?« knurrte Pete Anglich. »Geld?«

Die Worte schossen ihr förmlich aus dem Mund. »Würden Sie es mir holen? Ach bitte, holen Sie es für mich! Ich wäre Ihnen ja so dankbar! Ich würde auch – – –«

Er lachte. In seinem Lachen lag ein leises Knurren. »Ich soll's für *Sie* holen, Baby? Ich kann selber Geld gebrauchen. Kommen Sie schon, worum geht es hier? Spucken Sie's aus.«

Sie wollte sich von ihm losreißen, aber er gab ihren Arm nicht frei. Er ließ die Pistole unauffällig wieder unter seine Jacke gleiten, hielt das Mädchen mit beiden Händen fest. In ihrer Stimme lag Schluchzen, als sie flüsterte: »Er bringt mich um, wenn ich's nicht hole.«

Sehr scharf und kalt fragte Pete Anglich: »Wer bringt Sie um? Trimmer Waltz?«

Sie kam wieder in heftige Bewegung, riß sich fast los aus seinem Griff. Aber nicht ganz. Schritte schlurften über den Gehsteig. Zwei dunkle Gestalten zeigten sich vor der Plakatwand, hielten aber nicht an, um etwas aufzuheben. Die Schritte kamen näher, Zigaretten glühten auf.

Eine Stimme sagte halblaut: »Hallo, ihr beiden Süßen. Vielleicht Lust, den Freund zu wechseln, Schatz?«

Das Mädchen schrumpfte hinter Pete Anglich. Einer der Neger lachte freundlich, schwenkte das rote Ende seiner Zigarette.

»Mann, das ist ein weißes Mädel«, sagte der andere rasch. »Komm, hauen wir ab.«

Sie gingen weiter, kichernd. An der Ecke bogen sie ab, waren verschwunden.

»Da haben Sie's«, knurrte Pete Anglich. »Da sehen Sie mal, wo Sie sich hier befinden.« Seine Stimme war hart, fast wütend. »Ach was, zum Teufel, warten Sie hier – ich werde Ihnen das verdammte Päckchen holen.«

Er verließ das Mädchen und ging mit leichten Schritten los, dicht an der Mauer des Stundenhotels entlang. An der Stelle, wo die Plakattafeln begannen, blieb er stehen, prüfte die Dunkelheit mit den Augen, sah das Päckchen. Es war in dunklen Stoff gewickelt, nicht groß, aber doch groß genug, daß man es sehen konnte. Er bückte sich und sah unter den Plakatwänden durch. Er sah nichts und niemanden dahinter.

Er ging vier Schritte weiter, bückte sich nochmals und hob das Päckchen auf, fühlte Stoff und zwei dicke Gummibänder. Er stand ganz still und lauschte.

Fern summte Verkehr auf einer Hauptstraße. Auf der anderen Straßenseite brannte Licht, in einer Absteige, hinter einer Glastür. Ein Fenster darüber stand offen, dunkel.

Eine Frauenstimme schrie schrill hinter ihm auf.

Er versteifte sich, wirbelte herum, und der Lichtstrahl traf ihn zwischen die Augen. Er kam aus dem dunklen Fenster auf der anderen Straßenseite, ein blendend weißer Speer, der ihn gegen die Plakatwand nagelte.

Sein Gesicht verzog sich schielend, seine Augen blinzelten. Er bewegte sich nicht mehr.

Schuhe trafen auf Zement, und ein kleinerer Lichtstrahl dolchte von der Seite nach ihm, vom Ende der Plakatwand. Hinter dem Strahl sprach eine gelassene Stimme: »Zucken Sie nicht mit der Wimper, mein Junge. Hier ist ringsum Polizei.«

Männer mit Revolvern kamen von beiden Seiten der Plakatwand auf ihn zu. In der Ferne klickten Absätze auf

Beton. Dann war einen Moment lang alles still. Dann kam ein Wagen mit roten Scheinwerfern um die Ecke und fuhr langsam auf die Gruppe Männer zu, die Pete Anglich umringt hatten.

Der Mann mit der gelassenen Stimme sagte: »Ich bin Angus, Detective-Lieutenant. Ich werde das Päckchen an mich nehmen, wenn Sie nichts dagegen haben. Und wenn Sie so freundlich wären, mal kurz die Hände zusammenzuhalten – – –«

Die Handschellen klickten trocken um Pete Anglichs Gelenke.

Er lauschte scharf in die Ferne, ob das Geräusch der davonlaufenden Absätze noch zu hören war. Aber es war jetzt zu laut um ihn herum geworden.

Türen gingen auf, und dunkle Menschen quollen aus den Häusern.

III

John Vidaury war eins-fünfundachtzig groß und hatte das vollkommenste Profil in ganz Hollywood. Er war dunkel, einnehmend, romantisch, mit einem interessanten Hauch Grau an den Schläfen. Seine Schultern waren breit, seine Hüften schmal. Er hatte die Taille eines englischen Gardeoffiziers, und sein Abendanzug paßte ihm derart wie angegossen, daß es schon fast wehtat.

Er sah Pete Anglich an, als stehe er im Begriff, sich dafür zu entschuldigen, daß er ihn nicht kannte. Pete Anglich sah auf seine Handschellen, seine abgetragenen Schuhe auf dem dicken Teppich, auf die große Standuhr an der Wand. Röte war in sein Gesicht getreten, und seine Augen waren hell.

Mit weicher, klarer, modulierter Stimme sagte Vidaury: »Nein, den habe ich noch nie im Leben gesehen.« Er lächelte Pete Anglich an.

Angus, der Leutnant in Zivil, lehnte sich gegen das eine Ende eines geschnitzten Bibliothektischs und schnippte mit einem Finger gegen die Krempe seines Huts. Zwei andere Beamte standen an einer Seitenwand. Ein vierter saß an einem kleinen Schreibtisch, einen Stenogrammblock vor sich.

Angus sagte: »Ach, wir hatten bloß gedacht, Sie könnten ihn vielleicht kennen. Bisher haben wir praktisch nichts aus ihm herausgekriegt.«

Vidaury hob die Brauen, lächelte sehr schwach. »Also wirklich, das überrascht mich aber.« Er ging herum, sammelte Gläser ein und brachte sie zu einem Tablett, fing an, neue Drinks zu mixen.

»Sowas kommt vor«, sagte Angus.

»Ich dachte, Sie hätten da so Ihre Methoden«, sagte Vidaury feinfühlig und goß Scotch in die Gläser.

Angus betrachtete einen seiner Fingernägel. »Wenn ich sage, wir haben praktisch nichts aus ihm herausgekriegt, Mr. Vidaury, dann meine ich etwas, was zählt. Er sagt, er heißt Pete Anglich, war mal Boxer, hat aber schon seit Jahren keinen Kampf mehr gehabt. Bis vor etwa einem Jahr war er Privatdetektiv, hat aber jetzt keine Arbeit mehr. Er hat etwas Geld beim Würfeln gewonnen und sich anschließend betrunken und ist heut abend bloß ein bißchen rumgelaufen. So ist er auch durch die Noon Street gekommen. Er hat gesehen, wie das Paket aus dem Wagen flog, und es aufgehoben. Wir können ihn wegen Landstreicherei drankriegen, aber das ist auch so ungefähr alles.«

»Es könnte schon so zugegangen sein«, sagte Vidaury sanft. Er brachte den vier Beamten ihre Gläser, je zwei auf einmal, hob sein eigenes und nickte leicht, bevor er trank. Er trank anmutig, mit einer superben Eleganz der Bewegung. »Nein, ich kenne ihn nicht«, sagte er noch einmal. »Offen gestanden – er sieht mir auch nicht danach aus, als wollte er Leuten Säure ins Gesicht schütten.« Er winkte mit der Hand. »Ich fürchte also, es war nicht sehr erfolgreich, daß Sie ihn hergebracht haben – – –«

Pete Anglich hob jäh den Kopf, starrte Vidaury an. Seine Stimme hatte einen spöttischen Klang.

»Es war ein großes Kompliment, Vidaury. Die Polente vergeudet nicht oft die Zeit von vier Bullen, um mit einem Gefangenen Besuche zu machen.«

Vidaury lächelte liebenswürdig. »Das ist Hollywood«, lächelte er. »Schließlich hat man einen gewissen Ruf.«

»Gehabt«, sagte Pete Anglich. »Ihr letzter Film war zum Schreien – weil er einem an einer Stelle wehtat, von der man vor Damen nicht spricht.«

Angus versteifte sich. Vidaurys Gesicht wurde weiß. Er stellte langsam sein Glas hin, ließ die Hand an der Seite niederfallen. Er ging federnd über den Teppich und baute sich vor Pete Anglich auf.

»Das ist Ihre Meinung«, sagte er schroff, »aber ich warne Sie –«

Pete Anglich sah ihn mit finsterer Miene an. »Hörn Sie mal zu, Sie großes Tier. Sie haben einen Riesen geschmissen, weil irgendein Lump Ihnen in Aussicht gestellt hat, er würde Ihnen Säure auf die Nase schütten, wenn Sie's nicht täten. Ich hab den Riesen aufgehoben, aber nichts von Ihrem schönen neuen Geld gekriegt. Also haben Sie's wieder. Sie kriegen Publicity für mindestens zehn Riesen, und sie kostet Sie keinen Nickel. Was wollen Sie eigentlich mehr?«

Angus sagte scharf: »Jetzt reicht's aber, Sie Stoffel.«

»Ja-ah!« höhnte Pete Anglich. »Dabei dachte ich, Sie wollten, daß ich rede. Na schön, jetzt rede ich, und ich finde Knacker wie den da zum Kotzen, verstehn Sie?«

Vidaury atmete scharf ein. Ganz plötzlich ballte er die Faust und schlug sie Pete Anglich gegen das Kinn. Pete Anglichs Kopf wurde nach hinten gerissen von dem Schlag, und seine Augen zuckten zu, dann weit auf. Er schüttelte sich und sagte kühl: »Den Ellbogen höher und den Daumen nach unten, Vidaury. Sie brechen sich die Hand, wenn Sie so schlagen.«

Vidaury trat zurück und schüttelte den Kopf, betrachtete seinen Daumen. Sein Gesicht verlor langsam die Blässe. Sein Lächeln stahl sich darauf zurück.

»Tut mir leid«, sagte er zerknirscht. »Tut mir wirklich sehr leid. Ich bin's nicht gewohnt, beleidigt zu werden. Da ich diesen Mann nicht kenne, sollten Sie ihn wieder wegschaffen. Auch noch in Handschellen. Nicht sehr sportlich, was?«

»Erzählen Sie das Ihren Polo-Ponys«, sagte Pete Anglich. »Ich krieg nicht so leicht blaue Flecke.«

Angus ging zu ihm hinüber, klopfte ihm auf die Schulter. »Auf geht's, mein Junge. Ab durch die Mitte. Sie sind den Umgang mit anständigen Leuten nicht gewöhnt, stimmt's?«

»Genau. Ich fühle mich bloß unter Lumpen wohl«, sagte Pete Anglich.

Er stand langsam auf, schlurfte über den Teppichflor.

Die beiden Beamten an der Wand nahmen ihn in die Mitte, und sie gingen durch den riesigen Raum davon, traten unter einen Bogen. Angus und der andere Mann kamen hinterher. Sie warteten in der kleinen geschlossenen Halle auf den Fahrstuhl.

»Was sollte *das* denn?« schnappte Angus. »Daß Sie ihn derart auf die Schippe genommen haben – – –«

Pete Anglich lachte. »Jux«, sagte er. »Bloß aus Jux.«

Der Fahrstuhl erschien, und sie fuhren in die riesige stille Halle des Chester Towers hinunter. Zwei Hausdetektive lungerten am Ende des marmornen Empfangstisches herum, zwei Portiers standen beflissen dahinter.

Pete Anglich hob seine gefesselten Hände zum Boxergruß. »Was, noch keine Schmöcke da?« höhnte er. »Vidaury dürfte in diesem Fall von der Vertuschung gar nicht erbaut sein.«

»Machen Sie, daß Sie weiterkommen«, fuhr ihn einer der Beamten an und zerrte an seinem Arm.

Sie gingen einen Flur entlang und traten durch eine Seitentür auf eine schmale Straße hinaus, die steil, fast senkrecht abwärts führte, auf eine Reihe von Baumwipfeln zu. Jenseits der Wipfel breiteten sich die Lichter der Stadt wie ein riesiger goldener Teppich, der mit leuchtenden Farbflecken bestickt war, roten und grünen, purpurnen und blauen.

Zwei Anlasser schwirrten. Pete Anglich wurde auf den Rücksitz des ersten Wagens geschoben. Angus und ein anderer Mann stiegen rechts und links von ihm ein. Die beiden Wagen glitten den Berg hinunter, bogen an der Fountain nach Osten ab, glitten ruhig weiter durch den Abend, Meile um Meile. Die Fountain stieß auf den Sunset, und die Wagen fuhren stadteinwärts, zu auf den hohen weißen Turm der City Hall. An der Plaza schwang der erste Wagen hinüber zur Los Angeles Street und bog nach Süden. Der andere Wagen fuhr weiter.

Nach einer Weile zog Pete Anglich die Mundwinkel nach unten und sah Angus von der Seite an.

»Wo bringt ihr mich hin? Hier geht's doch nicht zum Präsidium.«

Angus wandte ihm langsam das dunkle, nüchtern strenge Gesicht zu. Nach einer Weile lehnte sich der große Beamte zurück und gähnte in die Nacht. Er gab keine Antwort.

Der Wagen glitt die Los Angeles entlang zur Fünften, Richtung Osten nach San Pedro, dann wieder südlich, Block um Block, an schweigenden Männern vorbei, die auf baufälligen Vorveranden saßen, und an lärmenden Halbstarken, die vor billigen Restaurants und Drugstores und Bierkneipen voller Spielautomaten miteinander schnackten und rangelten.

In Santa Barbara bog der Polizeiwagen wieder nach Osten, glitt langsam an der Bordsteinkante entlang zur Noon Street. Er hielt an der Ecke vor dem Büfettwagen.

Pete Anglichs Gesicht spannte sich erneut, aber er sagte nichts.

»Okay«, brummte Angus. »Nimm ihm die Manschetten ab.«

Der Beamte an Pete Anglichs anderer Seite grub einen Schlüssel aus seiner Weste, schloß die Handschellen auf, ließ sie klappernd baumeln, bevor er sie in die Hüfttasche steckte. Angus warf die Tür auf und stieg aus dem Wagen.

»Raus«, sagte er über die Schulter.

Pete Anglich stieg aus. Angus entfernte sich ein Stückchen von der Straßenlaterne, blieb stehen, winkte. Seine Hand griff unter seine Jacke, kam mit einer Pistole wieder hervor. Er sagte leise: »War nicht anders zu machen. Sonst hätte bald die ganze Stadt Wind davon. Pearson ist der einzige, der Sie kennt. Wissen Sie irgendeinen Reim auf die Sache?«

Pete Anglich nahm seine Pistole, schüttelte langsam den Kopf und schob die Pistole unter die Jacke, wobei er sich so stellte, daß von dem Wagen am Bordstein aus nicht zu sehen war, was er tat.

»Die Falle, die ihr aufgestellt hattet, ist wahrscheinlich entdeckt worden«, sagte er langsam. »Ein Mädchen hat hier herumgelungert, aber das kann auch bloß Zufall gewesen sein.«

Angus starrte ihn einen Moment lang schweigend an, nickte dann und ging zum Wagen zurück. Die Tür schlug zu, und der Wagen glitt die Straße hinunter und nahm Geschwindigkeit auf.

Pete Anglich ging die Santa Barbara entlang zur Central, auf der Central dann nach Süden. Nach einer Weile funkelte ihm in lila Lettern ein Leuchtschild entgegen – JUGGERNAUT CLUB. Er ging eine breite Teppichtreppe hinauf, auf Lärm zu und Tanzmusik.

IV

Das Mädchen mußte sich seitlich bewegen, um zwischen den dichtgestellten Tischen um die kleine Tanzfläche durchzukommen. Ihre Hüften berührten die Schulter eines Mannes, und er griff nach ihrer Hand und grinste. Sie lächelte mechanisch zurück, entzog ihm ihre Hand und kam näher.

Sie sah besser aus in dem bronzeschimmernden Kleid, mit den nackten Armen und dem tief im Nacken gelockten braunen Haar, besser jedenfalls, als wenn sie die üblichen Wolkenkratzer-Absätze gehabt hätte, nackte Beine und Schenkel, das nicht mehr zu verringernde Minimum um die Hüften und den lasziv übers eine Ohr geschrägten mattgoldenen Klappzylinder.

Ihr Gesicht sah verhärmt aus, winzig, hübsch und seicht. Ihre Augen hatten einen geweiteten starren Blick. Die Tanz-Band lärmte in scharfen Rhythmen über das Tellerklappern weg, das dichte Stimmengesumm, das Schlurfen der Füße auf der Tanzfläche. Das Mädchen trat langsam an Pete Anglichs Tisch, zog einen Stuhl vor und setzte sich.

Sie stützte das Kinn auf den Rücken ihrer verschränkten Hände, setzte die Ellbogen auf das Tischtuch, starrte ihn an.

»Hallo«, sagte sie mit einer Stimme, die ein wenig zitterte.

Pete Anglich schob ihr eine Schachtel Zigaretten über den Tisch, sah ihr zu, wie sie sich eine herausklopfte und zwischen die Lippen steckte. Er riß ihr ein Streichholz an. Sie mußte es ihm aus der Hand nehmen, um sich die Zigarette anzuzünden.

»Was zu trinken?«

»Könnt ich schon vertragen.«

Er gab dem Kellner mit dem wirren Haar und den Mandelaugen ein Zeichen, bestellte zwei Sidecars. Der Kellner ging weg. Pete Anglich lehnte sich auf seinem Stuhl zurück und betrachtete eine seiner plumpen Fingerkuppen.

Das Mädchen sagte sehr leise: »Ich hab Ihren Brief bekommen, Mister.«

»Und? Hat er Ihnen gefallen?« Seine Stimme war von steifer Beiläufigkeit. Er sah sie nicht an.

Sie lachte verkrampft. »Wir haben den Gästen Entgegenkommen zu zeigen.«

Pete Anglich sah an ihrer Schulter vorbei zum Orchesterpodium hinüber. Ein Mann stand dort in der Ecke, rauchend, neben einem kleinen Mikrophon. Er war schwer gebaut, schon etwas alt für einen Conférencier, hatte glattes graues Haar, eine dicke Nase und die gequollene Gesichtshaut eines Gewohnheitstrinkers. Er lächelte alles und alle um sich herum an. Pete Anglich betrachtete ihn eine kleine Weile, achtete auf die Richtung seiner Blicke. Er sagte steif, mit derselben beiläufigen Stimme: »Aber Sie wären ja in jedem Fall hier gewesen.«

Das Mädchen versteifte sich, ließ sich dann zusammenfallen. »Sie müssen mich nicht unbedingt beleidigen, Mister.«

Er hob langsam den Blick, sah sie von unten herauf an. »Sie sind fix und fertig, knietief im Nichts, Baby. Ist mir selber schon derart oft so gegangen, daß ich die Symptome kenne. Außerdem haben Sie mich heute abend in eine ganz verzwickte Klemme gebracht. Dafür bin ich Ihnen diverse Beleidigungen schuldig.«

Der Kellner mit dem wirren Haar kam wieder und schob ein Tablett auf das Tischtuch, wischte mit einem schmutzigen Tuch den Fuß zweier Gläser ab, stellte sie hin. Er ging wieder weg.

Das Mädchen legte die Hand um ein Glas, hob es rasch und tat einen langen Zug. Sie zitterte ein wenig, als sie das Glas wieder absetzte. Ihr Gesicht war weiß.

»Erzählen Sie irgendeinen Witz oder was«, sagte sie hastig. »Sitzen Sie nicht einfach bloß so da. Ich werde beobachtet.«

Pete Anglich probierte seinen frischen Drink, lächelte verbindlich in die Ecke des Orchesterpodiums hinüber.

»Tja, das kann ich mir vorstellen. Erzählen Sie mir mal was von der Sache auf der Noon Street.«

Sie streckte schnell die Hand aus und berührte seinen Arm. Ihre scharfen Nägel gruben sich hinein. »Nicht hier«, hauchte sie. »Ich weiß nicht, wie Sie mich gefunden haben, und es ist mir auch egal. Sie sahen mir wie ein Mensch aus, der einem Mädchen helfen würde. Ich hatte eine Höllenangst. Aber reden Sie nicht hier davon. Ich tue alles, was Sie wollen, gehe mit Ihnen, wohin Sie wollen. Bloß hier nicht.«

Pete Anglich zog seinen Arm unter ihrer Hand weg, lehnte sich wieder zurück. Seine Augen waren kalt, aber sein Mund war freundlich.

»Verstehe. Trimmers Wünsche. Hat er die Sache beobachtet?«

Sie nickte rasch. »Ich war noch keine drei Blocks weit gekommen, da stand er schon neben mir. Er fand ganz schön raffiniert, was ich gemacht hatte, aber die Ansicht wird er bald ändern, wenn er Sie hier sieht. Das zeigt ja doch, daß Sie Lunte gerochen haben.«

Pete Anglich schlürfte seinen Drink. »Er kommt zu uns herüber«, sagte er, kühl.

Der grauhaarige Conférencier bewegte sich zwischen den Tischen hindurch, verbeugte sich hier und da, sprach ein paar Worte, strebte aber auf die Stelle zu, wo Pete Anglich mit dem Mädchen saß. Das Mädchen starrte in einen großen goldgerahmten Spiegel hinter Pete Anglichs Kopf. Ihr Gesicht war plötzlich verzerrt, zersplittert von Entsetzen. Ihre Lippen zitterten, ohne daß sie es verhindern konnte.

Trimmer Waltz kam wie beiläufig an den Tisch geschlendert, stützte sich mit der einen Hand darauf. Seine großgeäderte Nase bohrte sich Pete Anglich entgegen. Es lag ein leises, flaches Grinsen auf seinem Gesicht.

»He, Pete. Dich hat man ja seit McKinleys Beerdigung hier nicht mehr gesehen. Wie geht's, wie steht's?«

»Nicht schlecht, nicht gut«, sagte Pete Anglich heiser. »War auf Sauftour.«

Trimmer Waltz verbreiterte sein Lächeln, wandte es dem Mädchen zu. Sie blickte rasch zu ihm auf, sah wieder weg, fingerte am Tischtuch.

Waltz' Stimme war sanft, gurrend. »Kennst du die kleine Dame hier schon von früher – oder hast du sie dir grad erst rausgepickt?«

Pete Anglich zuckte die Achseln, machte ein gelangweiltes Gesicht. »Wollte bloß jemand, der ein Glas mit mir trinkt, Trimmer. Hab ihr einen Zettel geschickt. Okay?«

»Aber sicher. Absolut.« Waltz griff nach einem der Gläser, schnüffelte daran. Er schüttelte traurig den Kopf. »Schade, daß wir nichts Besseres bieten können. Aber bei fünfzig Cent pro Glas ist einfach nicht mehr drin. Wie wär's mit einem Schluck aus einer richtigen Flasche, hinten in meiner Höhle?«

»Gilt das für uns beide?« fragte Pete Anglich freundlich.

»Aber gewiß doch. Sagen wir, in fünf Minuten. Ich muß zuerst noch ein bißchen die Runde drehen hier.«

Er kniff dem Mädchen in die Wange, ging weiter, mit einem lockeren Wiegen in den gepolsterten Schultern.

Das Mädchen sagte langsam, belegt, ganz hoffnungslos: »Pete heißen Sie also. Sie scheinen jung sterben zu wollen, Pete. Ich heiße Token Ware. Verrückter Name, nicht?«

»Mir gefällt er«, sagte Pete Anglich sanft.

Das Mädchen starrte auf einen Punkt unter der weißen Narbe an Pete Anglichs Kehle. Ihre Augen füllten sich langsam mit Tränen.

Trimmer Waltz schob sich zwischen den Tischen durch, sprach hier und da mit einem Gast. Er gelangte bis zur gegenüberliegenden Wand, ging daran entlang bis zum Orchesterpodium, blieb dort stehen und ließ seinen Blick durch den ganzen Raum schweifen, bis er Pete Anglich traf. Er winkte mit dem Kopf und trat durch einen dicken Doppelvorhang hinaus.

Pete Anglich schob seinen Stuhl zurück und stand auf. »Gehn wir«, sagte er.

Token Ware drückte mit zittrigen Fingern ihre Zigarette in einem gläsernen Aschenbecher aus, trank ihr Glas leer, stand auf. Sie gingen zwischen den Tischen durch, am Rand der Tanzfläche entlang, hinüber nach der Seite des Orchesterpodiums.

Der Doppelvorhang führte auf einen matt erleuchteten Flur mit Türen zu beiden Seiten. Ein schäbiger roter Teppich bedeckte den Boden. Die Wände zeigten Schäden, die Türen Risse.

»Die am Ende links«, flüsterte Token Ware.

Sie blieben davor stehen. Pete Anglich klopfte. Trimmer Waltz' Stimme rief: »Herein.« Pete Anglich stand einen Moment lang da und sah die Tür an, dann wandte er den Kopf und betrachtete das Mädchen, und seine Augen waren hart und schmal. Er gab ihr einen Wink und schob die Tür auf. Sie gingen hinein.

Es war nicht sehr hell im Zimmer. Eine kleine längliche Leselampe auf dem Schreibtisch warf ihren Schein auf poliertes Holz, aber weniger auf den schäbigen Teppich und die langen schweren roten Vorhänge vor der Außenwand. Die Luft war stickig, und ein dicker, süßlicher Alkoholgeruch hing darin.

Trimmer Waltz saß hinter dem Schreibtisch, die Hände an einem Tablett, auf dem eine geschliffene Kristallkaraffe mit ein paar goldgeäderten Gläsern, ein Eiskübel und ein Soda-Siphon standen.

Er lächelte, rieb sich die eine Seite seiner großen Nase.

»Macht's euch bequem, Leute. Scotch für sechs-neunzig die Flasche. Einkaufspreis – Großhandel.«

Pete Anglich schloß die Tür, betrachtete mit langsam

wandernden Blicken das Zimmer, die bodenlangen Fenstervorhänge, die nicht eingeschaltete Deckenbeleuchtung. Er öffnete mit einer langsamen, beiläufigen Bewegung den obersten Knopf seiner Jacke.

»Heiß hier«, sagte er sanft. »Gibt's vielleicht Fenster hinter den Vorhängen?«

Das Mädchen ließ sich in einem runden Sessel am Schreibtisch nieder, Waltz gegenüber. Er lächelte sie sehr freundlich an.

»Gute Idee«, sagte Waltz. »Mach mal eins auf, ja?«

Pete Anglich trat am Schreibtisch vorbei, auf die Vorhänge zu. Als er an Waltz vorüber war, wanderte seine Hand unter seine Jacke und berührte den Kolben seiner Pistole. Er bewegte sich langsam auf die roten Vorhänge zu. Die Spitzen breiter Schuhe mit eckigen Kappen, schwarz, schauten darunter hervor, ganz wenig nur, kaum sichtbar im Schatten zwischen den Vorhängen und der Wand.

Pete Anglich erreichte die Vorhänge, streckte die linke Hand aus und riß sie auseinander.

Die Schuhe am Boden vor der Wand waren leer. Waltz lachte trocken hinter Pete Anglich auf. Dann sagte eine belegte, kalte Stimme: »So, und nun die Pfoten hoch, mein Junge.«

Das Mädchen gab einen erstickten Laut von sich, einen unterdrückten Schrei. Pete Anglich ließ die Hände sinken und wandte sich langsam um. Der Neger war von riesiger Statur, wie ein Gorilla und trug einen sackigen Karo-Anzug, der ihn noch riesiger machte. Er war lautlos, auf schuhlosen Füßen, aus einer Schranktür getreten, und seine rechte Hand bedeckte fast die große schwarze Pistole, die er darin hielt.

Trimmer Waltz hatte ebenfalls eine Waffe in der Hand, eine Savage. Die beiden Männer starrten Pete Anglich ruhig an. Pete Anglich hob die Hände in die Luft, die Augen leer, den kleinen Mund zusammengekniffen.

Der Neger in dem Karo-Anzug kam mit langen, lockeren Schritten auf ihn zu, preßte ihm die Pistole gegen die Brust, griff ihm dann unter die Jacke. Seine Hand kam mit Pete Anglichs Pistole wieder heraus. Er ließ sie hinter sich auf den Boden fallen. Er drehte ganz beiläufig seine eigene Waffe um und schlug Pete Anglich mit der flachen Seite gegen den Kiefer.

Pete Anglich taumelte, und der Salzgeschmack von Blut kam ihm unter die Zunge. Er blinzelte, sagte mit schwerer Stimme: »Dich werde ich mir lange merken, Junge.«

Der Neger grinste. »So lange nun auch wieder nicht, Freund. So lange bestimmt nicht.«

Er schlug Pete Anglich ein zweitesmal mit der Pistole, dann stieß er diese plötzlich in eine Seitentasche, und seine beiden großen Hände schossen vor und umklammerten Pete Anglichs Kehle.

»Wenn einer zähe ist, quetsche ich ihn gern ein bißchen«, sagte er fast sanft.

Daumen, die sich so groß und hart anfühlten wie ein Türknauf, bohrten sich in die Arterien an Pete Anglichs Hals. Das Gesicht vor und über ihm wuchs ins Riesige, wurde ein riesiger Schatten mit einem breiten Grinsen in der Mitte. Es waberte im immer mehr nachlassenden Licht, eine unwirkliche, phantastische Fratze.

Pete Anglich schlug auf das Gesicht ein, mit kraftlosen Schlägen, wie auf einen Spielzeugballon. Seine Fäuste spürten überhaupt nichts, wenn sie das Gesicht trafen. Der große Mann drehte ihn herum und setzte ihm das Knie in den Rücken und bog ihn durch über dem Knie.

Eine Weile lang gab es keinen Laut mehr außer dem Donner des Bluts, das Pete Anglich den Kopf durchwühlte. Dann glaubte er, ganz in der Ferne, einen dünnen Mädchenschrei zu hören. Dann murmelte, noch weiter weg, die Stimme von Trimmer Waltz: »Nun mal langsam, Rufe. Langsam.«

Eine riesige Schwärze, von heißem Rot durchschossen, erfüllte Pete Anglichs Welt. Die Finsternis wurde still. Nichts regte sich jetzt mehr in ihr, nicht einmal Blut.

Der Neger ließ Pete Anglichs schlaffen Körper zu Boden sinken, trat zurück und rieb sich die Hände.

»Ja-ah, ich quetsche sie gern ein bißchen«, sagte er.

V

Der Neger im Karo-Anzug saß auf der Seite des Sofas und zupfte träge an einem fünfsaitigen Banjo herum. Sein großes Gesicht war feierlich und friedvoll, ein wenig traurig. Er zupfte ganz langsam an den Banjosaiten, mit seinen bloßen Fingern, den Kopf auf die Seite geneigt, eine verkrumpelte Zigarettenkippe kaum noch sichtbar im Mundwinkel.

Aus der Tiefe seiner Kehle kamen schwach dröhnende Laute. Er sang.

Eine billige elektrische Uhr auf dem Kaminsims zeigte 11.35. Es war ein kleines Wohnzimmer mit hellem, aufgedonnertem Polstermobiliar, einer roten Stehlampe mit französischen Puppen am Fuß, einem grellen Teppich mit Rautenmustern darin, zwei Fenstern mit Vorhängen und einem Spiegel dazwischen.

Eine Tür im Hintergrund stand angelehnt. Eine Tür daneben, die auf einen Flur führte, war verschlossen.

Pete Anglich lag auf dem Rücken am Boden, den Mund offen und die Arme von sich gestreckt. Sein Atem war ein keuchendes Schnarchen. Seine Augen waren geschlossen, und sein Gesicht wirkte im rötlichen Glühschein der Lampe dunkel und fiebrig.

Der Neger legte das Banjo aus den riesigen Händen, stand auf und gähnte und reckte sich. Er ging durch das Zimmer und sah auf einen Kalender über dem Kamin.

»Ist doch kein August mehr«, sagte er angewidert.

Er riß ein Blatt von dem Kalender, knüllte es zu einem Ball zusammen und warf ihn nach Pete Anglichs Gesicht. Er traf den bewußtlosen Mann an der Backe. Pete Anglich rührte sich nicht. Der Neger spuckte die Zigarettenkippe auf seine Handfläche, streckte die Hand flach aus und schnippte mit dem Fingernagel dagegen, schickte sie segelnd in dieselbe Richtung wie den Papierball.

Er bummelte ein paar Schritte und beugte sich nieder, befingerte eine Beule an Pete Anglichs Schläfe. Er drückte auf die Beule, grinste sanft. Pete Anglich rührte sich nicht.

Der Neger richtete sich auf und trat dem bewußtlosen Mann in die Rippen, nachdenklich, mehrmals immer wieder, nicht sehr fest. Pete Anglich regte sich ein wenig, gab ein Gurgeln von sich und rollte den Kopf auf die eine Seite. Der Neger zog eine zufriedene Miene, ließ von ihm ab, ging zurück zum Sofa. Er trug sein Banjo zur Flurtür hinüber und lehnte es gegen die Wand. Auf einem kleinen Tisch lag auf einer Zeitung eine Pistole. Er ging durch eine halboffene innere Tür und kam mit einer Pintflasche Gin zurück. Er rieb die Flasche sorgfältig mit einem Taschentuch ab, stellte sie auf den Kaminsims.

»Wird langsam Zeit jetzt, mein Freund«, sinnierte er laut. »Wenn du aufwachst, fühlst du dich vielleicht nicht besonders gut. Vielleicht brauchst du einen kleinen Schluck dann ... He, da kommt mir ein besserer Gedanke!«

Er griff wieder nach der Flasche, ließ sich auf ein breites Knie nieder, goß Gin über Pete Anglichs Mund und Kinn, ließ Gin über sein Hemd blubbern. Er stellte die Flasche auf den Boden, nachdem er sie erneut abgewischt hatte, und warf den Glasstopfen unter das Sofa.

»Da kannst du sie dir schön greifen, weißer Mann«, sagte er sanft. »Fingerabdrücke schaden nie.«

Er holte die Zeitung mit der Pistole darauf, ließ die Waffe auf den Teppich gleiten und bewegte sie mit dem

Fuß, bis sie nur wenig außer Reichweite von Pete Anglichs ausgestreckter Hand lag.

Er musterte das Arrangement sorgfältig von der Tür aus, nickte, griff nach seinem Banjo. Er öffnete die Tür, lugte hinaus, warf dann noch einen Blick zurück.

»Mach's gut, mein Freund«, sagte er sanft. »Wird Zeit, daß ich abschwirre. Du hast zwar nicht mehr viel Zukunft vor dir, aber was noch kommt, das kommt dafür plötzlich.«

Er schloß die Tür, ging den Flur entlang zur Treppe und die Treppe hinunter. Radios summten schwach hinter verschlossenen Türen. Die Eingangshalle des Apartmenthauses war leer. Der Neger im Karo-Anzug schlüpfte in eine Telephonzelle in der dunklen Ecke der Halle, warf seinen Nickel ein und wählte.

Eine schwere Stimme sagte: »Polizeipräsidium.«

Der Neger brachte die Lippen dicht an die Muschel und einen winselnden Ton in seine Stimme.

»Ist da die Polizei? Hörn Sie, in den Calliope Apartments, 24b East 48., Apartment 4-B, hat's eine Schießerei gegeben. Haben Sie's aufgeschrieben? . . .«

Er hängte rasch ein, kichernd, lief die Vordertreppe des Apartmenthauses hinunter und sprang in einen kleinen schmutzigen Sedan. Er trat ihn an und fuhr in Richtung Central Avenue. Er war noch einen Block von der Central Avenue entfernt, als das rote Auge eines Streifenwagens von der Central in die Straße einbog.

Der Neger im Sedan lachte glucksend in sich hinein und fuhr weiter. Er sang tief in der Kehle vor sich hin, als der Streifenwagen an ihm vorbeischwirrte.

In dem Augenblick, als das Türschloß zuschnappte, öffnete Pete Anglich halb die Augen. Er wandte langsam den Kopf, und ein Grinsen des Schmerzes trat auf sein Gesicht und blieb darauf, aber er wandte weiter den Kopf, bis er sehen konnte, daß das eine Ende des Zimmers leer war und die

Mitte. Er zog den Kopf weit genug zurück am Boden, um auch den Rest des Zimmers übersehen zu können.

Er wälzte sich auf die Pistole zu und ergriff sie. Es war seine eigene Pistole. Er setzte sich auf und ließ mechanisch das Magazin aufschnappen. Das Grinsen auf seinem Gesicht gefror. Eine Patrone in der Waffe war abgefeuert worden. Der Lauf roch nach Pulver.

Er kam auf die Füße und kroch auf die halboffene innere Tür zu, den Kopf gesenkt. Als er die Tür erreichte, beugte er den Kopf noch tiefer und schob die Tür ganz langsam weit auf. Nichts geschah. Er blickte in ein Schlafzimmer mit Doppelbett, das sauber gemacht und mit einer goldgemusterten rosa Damastdecke bezogen war.

Jemand lag auf dem Bett. Eine Frau. Sie rührte sich nicht. Das harte, gespannte Grinsen kehrte auf Pete Anglichs Gesicht zurück. Er richtete sich auf und ging leise auf den Fußballen von der Seite an das Bett heran. Eine Tür dahinter stand offen, in ein Badezimmer, aber es war kein Laut daraus zu hören. Pete Anglich blickte auf das farbige Mädchen nieder, das auf dem Bett lag.

Er hielt den Atem an und ließ ihn langsam aus. Das Mädchen war tot. Ihre Augen standen halb offen und hatten einen teilnahmslosen Ausdruck, ihre Hände lagen schlaff nach den Seiten. Ihre Beine waren ein wenig verdreht, und nackte Haut zeigte sich über dem einen der durchsichtigen Strümpfe, unter dem kurzen Rock. Am Boden lag ein grüner Hut. Ihre Schuhe hatten viereinhalbzöllige hohe Absätze. Ein Duft von Mitternachtsnarzisse hing im Raum. Er entsann sich des Mädchens vor dem Surprise Hotel.

Sie war tot, lange genug schon tot, daß das Blut über dem pulverversengten Loch unter ihrer linken Brust hatte gerinnen können.

Pete Anglich ging ins Wohnzimmer zurück, grapschte sich die Whiskyflasche und leerte sie, ohne auch nur einmal abzusetzen oder sich zu verschlucken. Er blieb einen Moment lang stehen, atmete schwer, dachte nach. Die Pistole hing schlaff in seiner linken Hand. Sein kleiner, fest zusammengepreßter Mund war kaum zu sehen.

Er fuhr mit den Fingern um das Glas der Ginflasche, stieß sie leer auf das Sofa, schob seine Pistole in das Unterarmhalfter, ging zur Tür und trat ruhig auf den Flur hinaus.

Der Flur war lang und nur trüb beleuchtet, und die Luft darin war ein gähnendes Frösteln. Eine einzige Wandleuchte hing gelblich trüb über der Treppe. Eine Gazetür führte auf einen Balkon über der Eingangsveranda des Gebäudes. Ein grauer Fleck kalten Mondlichts lag auf einer Ecke der Tür.

Pete Anglich ging leise die Treppe hinunter in die Halle, legte die Hand auf den Klinkenknauf der Glastür.

Ein roter Lichtstrahl traf von außen die Tür. Ein hartes rotes Glühen sickerte durch das Glas und die dünnen Gardinen, die es maskierten.

Pete Anglich ließ sich auf den Boden gleiten, unter den Rand der Scheibe, und kroch an der Wand entlang auf die Seite. Seine Augen strichen blitzschnell durch den Raum, hielten auf der dunklen Telephonzelle.

»Menschenfalle«, sagte er leise und schlüpfte hinüber zu der Zelle, in sie hinein. Er kauerte sich zusammen und schloß die Tür bis auf einen winzigen Spalt.

Schritte erdröhnten draußen auf der Eingangsveranda, und die Tür quietschte auf. Die Schritte hämmerten in die Halle, hielten an.

Eine schwere Stimme sagte: »Alles still, was? War vielleicht bloß falscher Alarm.«

Eine andere Stimme sagte: »Vier-B. Können ja auf jeden Fall mal nachschauen.«

Die Schritte dröhnten den unteren Flur entlang. Sie dröhnten die Treppe hinauf. Sie dröhnten auf dem oberen Flur.

Pete Anglich schob die Tür der Telephonzelle auf, glitt hinüber zur Eingangstür, duckte sich und schielte in das rote Glühen hinaus.

Der Streifenwagen am Bordsteinrand war eine dunkle unförmige Masse. Die Scheinwerfer warfen ihr Licht über den von Rissen durchzogenen Gehsteig. Im Inneren konnte er nichts erkennen. Er seufzte, öffnete die Tür und ging rasch, aber nicht zu rasch, die Holzstufen der Veranda hinunter.

Der Streifenwagen war leer, und beide Vordertüren standen offen. Schattenhafte Gestalten kamen vorsichtig von der anderen Straßenseite näher. Pete Anglich marschierte mit festem Schritt auf den Streifenwagen zu und stieg ein. Er schloß leise die Türen, trat auf den Starter, legte den Gang ein.

Er fuhr an der sich sammelnden Menge der Nachbarn vorbei. An der ersten Ecke bog er ab und schaltete den roten Scheinwerfer aus. Dann fuhr er in schnellem Zickzack durch verschiedene Seitenstraßen, weg von der Central, um nach einer Weile wieder auf sie zuzuhalten.

Als er Licht und Lärm des Verkehrs wieder vor sich sah, fuhr er an den Rand der staubigen, von Bäumen gesäumten Straße, ließ den Streifenwagen dort stehen.

Er ging zu Fuß auf die Central zu.

VI

Trimmer Waltz legte den Hörer mit der linken Hand auf die Gabel zurück. Er legte den rechten Zeigefinger längs an die Oberlippe, schob die Lippe aus dem Weg und rieb sich mit dem Finger langsam Zähne und Zahnfleisch. Seine seichten, farblosen Augen blickten über den Schreibtisch weg den großen Neger im Karo-Anzug an.

»Das ist ja reizend«, sagte er mit toter Stimme. »Ganz

reizend. Ist entwischt, bevor die Polizei da war. Das hast du großartig gemacht, Rufe.«

Der Neger nahm einen Zigarrenstummel aus dem Mund und zerdrückte ihn zwischen einem riesigen flachen Daumen und einem riesigen flachen Zeigefinger.

»Zum Teufel, er war doch total weggetreten«, knurrte er. »Die Polypen sind an mir vorbei, noch bevor ich an der Central war. Verdammt, er *kann* gar nicht entwischt sein.«

»Er hat eben am Telephon mit mir gesprochen«, sagte Waltz leblos. Er zog die oberste Schublade seines Schreibtisches auf und legte eine schwere Savage vor sich hin.

Der Neger sah die Savage an. Seine Augen wurden dumpf und lichtlos, wie Obsidian. Seine Lippen stülpten sich vor und preßten sich gegeneinander. »Das Mädel hat mich mit drei, vier andern Kerlen betrogen«, grollte er. »Die Kugel hatte sie reichlich verdient. Okay. Das ist gelaufen. Jetzt gehe ich erstmal und kaufe mir diesen Schlauberger.«

Er wollte aufstehen. Waltz berührte den Kolben seiner Pistole kaum mit zwei Fingern. Er schüttelte den Kopf, und der Neger setzte sich wieder hin. Waltz sprach.

»Er ist entwischt, Rufe. Und du hast die Bullen gerufen, daß sie eine tote Frau fanden. Wenn sie ihn nicht direkt mit der Waffe in der Tasche schnappen – und die Chance steht eins zu tausend – dann gibt es keine Möglichkeit mehr, ihm die Sache anzuhängen. Damit bist du dran. Du wohnst dort.«

Der Neger grinste, die dumpfen Augen unentwegt auf der Savage.

Er sagte: »Könnte sein, daß ich kalte Füße kriege. Und meine Füße sind groß genug, um jede Menge kalt zu werden. Ich glaube, ich verdrücke mich am besten, was?«

Waltz seufzte. Er sagte nachdenklich: »Ja-ah, ich meine auch, du verschwindest ein Weilchen aus der Stadt. Von Glendale aus. Den Nachtzug nach Frisco kannst du grad noch schaffen.«

Der Neger machte ein mürrisches Gesicht. »Nix Frisco, Boss. Da hab ich mal ein Frauenzimmer zwischen den Daumen gehabt. Ist draufgegangen dabei. Nee, nix Frisco, Boss.«

»Du hast was im Hinterkopf, Rufe«, sagte Waltz gemächlich. Er rieb sich die Seite seiner geäderten Nase mit einem Finger, strich sich dann mit der Handfläche glättend über sein graues Haar. »Ich seh's deinen großen braunen Augen an. Laß das mal sein. Ich werde schon für dich sorgen. Nimm den Wagen in der Seitenstraße. Wir überlegen uns alles unterwegs nach Glendale.«

Der Neger blinzelte und wischte sich Zigarrenasche vom Kinn mit seiner riesigen Hand.

»Und deine große glänzende Kanone läßt du besser hier«, fügte Waltz hinzu. »Sie braucht eine Ruhepause.«

Rufe griff nach hinten und zog langsam seine Pistole aus der Hüfttasche. Er schob sie mit einem Finger über das polierte Holz des Schreibtisches. Im Hintergrund seiner Augen lag ein schwaches, schläfriges Lächeln.

»Okay, Boss«, sagte er, fast träumerisch.

Er ging zur Tür hinüber, öffnete sie und ging hinaus. Waltz stand auf und trat an einen Wandschrank, setzte einen dunklen Filzhut auf, zog einen leichten Mantel über, ein Paar dunkle Handschuhe. Er ließ die Savage in die linke Tasche gleiten, Rufes Waffe in die rechte. Er ging aus dem Zimmer und den Flur hinunter, auf das Geräusch der Tanz-Band zu.

Am Ende teilte er den Vorhang grad weit genug, um hindurchspähen zu können. Das Orchester spielte einen Walzer. Das Lokal war gut besucht, aber es war ein stilles Publikum für die Central Avenue. Waltz seufzte, beobachtete die Tanzpaare noch einen Moment, ließ den Vorhang dann wieder zusammenfallen.

Er ging zurück über den Flur, an seinem Büro vorbei und zu einer Tür am Ende, die auf eine Treppe führte. Eine weitere Tür am Fuß der Treppe führte auf eine dunkle Gasse hinter dem Gebäude hinaus.

Waltz schloß die Tür behutsam, blieb in der Dunkelheit an der Mauer stehen. Das Geräusch eines leerlaufenden Motors drang zu ihm herüber, das leichte Klappern einer ausgeschlagenen Nockenwelle. Die Gasse war eine Sackgasse, die in rechten Winkeln um das Haus herum zur Straße vor führte. Ein Lichtwiderschein von der Central Avenue fleckte eine Backsteinmauer am Ende der Quergasse, hinter dem wartenden Wagen, einem kleinen Sedan, der selbst in der Dunkelheit ramponiert und dreckig aussah.

Waltz griff mit der rechten Hand in die Manteltasche, zog Rufes Pistole heraus und hielt sie in den Falten seines Mantels nach unten. Er ging lautlos zu dem Sedan hinüber und um ihn herum zur rechten Tür, machte sie auf, um einzusteigen.

Zwei riesige Hände kamen aus dem Wagen und packten ihn an der Kehle. Harte Hände, Hände voll enormer Kraft. Waltz gab ein schwaches Gurgeln von sich, bevor sein Kopf sich nach hinten bog und seine fast blinden Augen in den Himmel hinaufstarrten.

Dann bewegte sich seine rechte Hand, bewegte sich wie eine Hand, die gar nichts zu tun hatte mit seinem steifen, sich aufbäumenden Körper, seinem gequälten Hals, seinen vorquellenden blinden Augen. Sie bewegte sich vorsichtig vorwärts, behutsam fast, bis die Mündung der Pistole, die sie hielt, gegen etwas Weiches drückte. Sie erforschte dies weiche Etwas sorgfältig, ganz ohne Hast, schien sich genau vergewissern zu wollen, was es war.

Trimmer Waltz sah nichts, er fühlte kaum etwas. Er atmete auch nicht. Aber seine Hand gehorchte seinem Hirn wie einer unabhängigen Kraft, die außer Reichweite von Rufes schrecklichen Händen lag. Sein Finger drückte auf den Abzug.

Die Hände wurden schlaff an seiner Kehle, sanken weg.

Er taumelte zurück, wäre fast der Länge nach auf die Gasse geschlagen, prallte mit der Schulter gegen die Mauer. Er richtete sich langsam auf, holte tief Luft in seine gequälten Lungen. Er begann zu zittern.

Er bemerkte kaum, daß der Körper des großen Gorillas aus dem Wagen fiel und zu seinen Füßen auf den Beton schlug. Er lag zu seinen Füßen da, lahm, riesig, aber nicht mehr bedrohlich. Nicht mehr wichtig.

Waltz ließ die Pistole auf den hingestreckten Körper fallen. Er rieb sich ein Weilchen behutsam die Kehle. Sein Atem war tief, qualvoll, laut. Er tastete das Innere seines Mundes mit der Zunge ab, schmeckte Blut. Seine Augen blickten erschöpft in den indigoblauen Schlitz des Nachthimmels über der Gasse hinauf.

Nach einer Weile sagte er heiser: »Das hatte ich mir gedacht, Rufe ... Siehst du, genau das hatte ich mir gedacht.«

Er lachte, schauderte, richtete sich den Mantelkragen, ging um den hingestreckten Körper herum zum Wagen und griff hinein, um den Motor abzustellen. Dann ging er langsam zurück durch die Gasse, zur Hintertür des Juggernaut Club.

Ein Mann trat aus den Schatten hinter dem Wagen. Waltz' linke Hand fuhr nach der Manteltasche. Glänzendes Metall blinkte ihm entgegen. Er ließ die Hand schlaff an der Seite niedersinken.

Pete Anglich sagte: »Dacht' ich's mir doch, daß der Anruf dich herauslocken würde, Trimmer. Dachte mir, du würdest hier langkommen. Läuft alles wunderschön.«

Nach einer Weile sagte Waltz mit belegter Stimme: »Er hat mich gewürgt. Es war Notwehr.«

»Sicher. Jetzt tut uns beiden der Hals weh. Meiner ist ganz schön mitgenommen.«

»Was willst du von mir, Pete?«

»Du hast versucht, mir den Mord an einem Mädchen anzuhängen.«

Waltz lachte plötzlich auf, fast wie verrückt. Er sagte ruhig: »Wenn man mir in die Quere kommt, werde ich unangenehm, Pete. Das solltest du wissen. Laß lieber die Finger von der kleinen Token Ware.«

Pete Anglich bewegte leicht die Pistole, so daß das Licht auf dem Lauf schimmerte. Er trat dicht an Waltz heran, schob ihm die Waffe auf den Magen.

»Rufe ist tot«, sagte er sanft. »Das paßt sehr gut. Wo ist das Mädchen?«

»Was geht dich das an?«

»Spiel nicht das Dummchen. Ich weiß Bescheid. Du hast versucht, John Vidaury auszunehmen. Ich habe mich vor Token gestellt. Jetzt will ich den Rest der Geschichte wissen.«

Waltz stand sehr still, die Pistole auf dem Leib. Seine Finger zuckten in den Handschuhen.

»Okay«, sagte er dumpf. »Wieviel – wenn du die Lippe zuknöpfst – und auch zugeknöpft läßt?«

»Ein paar Hunderter. Rufe hat mir die Taschen geleert.«

»Und was krieg ich dafür?« fragte Waltz langsam.

»Kein dreckiges Bißchen. Ich will das Mädchen auch.«

Waltz sagte sehr liebenswürdig: »Fünf Hunderter. Aber das Mädchen nicht. Fünf Hunderter sind ein dicker Brocken für einen, der an der Central Avenue macht. Sei klug und nimm an – und vergiß den Rest.«

Die Pistole entfernte sich von seinem Magen. Pete Anglich umkreiste ihn mit einer geschickten Bewegung, klopfte ihm die Taschen ab, nahm die Savage an sich, machte eine knappe Geste mit der linken Hand, in der er sie hielt.

»Gemacht«, sagte er widerwillig. »Was ist schon ein Mädchen unter Freunden. Rück die Scheine raus.«

»Dazu müssen wir rauf in mein Büro«, sagte Waltz.

Pete Anglich lachte kurz auf. »Mach keine Zicken, Trimmer. Geh vor.«

Sie gingen über den Flur nach oben. Die Tanz-Band hinter dem fernen Vorhang trauerte eine Duke-Ellington-Klage, eine verlorene Eintönigkeit aus ersticktem Blech, bitteren Violinen, sanft klickenden Gurden. Waltz schloß die Bürotür auf, knipste das Licht an, ging zu seinem Schreibtisch hinüber und setzte sich. Er schob den Hut in den Nacken, lächelte, öffnete mit einem Schlüssel eine Schublade.

Pete Anglich beobachtete ihn, griff hinter sich, um den Schlüssel in der Tür umzudrehen, ging an der Wand entlang zum Schrank und sah hinein, trat hinter Waltz an die Vorhänge, die die Fenster maskierten. Er hatte seine Pistole immer noch in der Hand.

Er kam ans Ende des Schreibtischs zurück. Waltz schob ein loses Bündel Banknoten von sich.

Pete Anglich ignorierte das Geld, beugte sich über das Ende des Schreibtischs nieder.

»Behalt das und gib mir das Mädchen, Trimmer.«

Waltz schüttelte den Kopf, lächelte weiter.

»Die Sache mit Vidaury hat einen Riesen gebracht, Trimmer – oder sollte jedenfalls einen bringen. Die Noon Street ist doch fast eine Seitenstraße von dir. Hast du das nötig, Frauen derart Angst einzujagen, daß sie die Drecksarbeit für dich machen? Ich glaube, du wolltest bloß was gegen das Mädchen in die Hand kriegen, daß sie Onkel zu dir sagen mußte.«

Waltz verengte ein wenig die Augen, wies auf die Geldscheine.

Pete Anglich sagte langsam: »Ein schäbiges, einsames, verängstigtes Kind. Wohnt vermutlich in einem billigen möblierten Zimmer. Keine Freunde, sonst würde sie nicht in deiner Kaschemme arbeiten. Kein Hahn würde nach ihr krähen, wenn ich nicht aufpaßte. Du willst sie doch nicht etwa in einen Puff stecken, Trimmer?«

»Nimm dein Geld und hau ab«, sagte Waltz dünn. »Du weißt, was mit Ratten passiert in dieser Gegend.«

»Klar, sie betreiben einen Nachtklub«, sagte Pete Anglich freundlich.

Er legte seine Pistole hin, streckte die Hand nach dem Geld aus. Seine Faust ballte sich, fuhr wie beiläufig hoch. Sein Ellbogen ging mit dem Schlag, die Faust drehte sich halb, landete fast elegant auf Waltz' Kieferwinkel.

Waltz wurde zu einem schlaffen Sack Kleider. Der Mund fiel ihm auseinander. Der Hut glitt ihm vom Hinterkopf. Pete Anglich starrte ihn an, grummelte: »Schön weiter bringt mich das.«

Das Zimmer war sehr still. Die Tanz-Band klang schwach herauf, wie ein leise gedrehtes Radio. Pete Anglich trat hinter Waltz und griff ihm unter die Jacke in die Brusttasche. Er zog eine Brieftasche heraus, schüttelte den Inhalt auf den Tisch, Geld, einen Führerschein, einen polizeilichen Waffenschein, verschiedene Versicherungskarten.

Er stopfte das Zeug zurück, starrte mürrisch auf den Tisch, rieb sich mit einem Daumennagel den Kiefer. Vor ihm lag ein Notizblock aus braungelbem, glänzendem Leder. Eingerillte Schriftzüge zeigten sich auf dem obersten leeren Blatt. Er hielt es seitlich gegen das Licht, nahm dann einen Bleistift und schraffierte das Blatt mit losen Strichen. Die Schrift hob sich undeutlich ab. Als das Blatt fast ganz mit Blei geschwärzt war, las Pete Anglich: ›4623 Noon Street. Frag nach Reno.‹

Er riß das Blatt ab, steckte es gefaltet in eine Tasche, griff nach seiner Pistole und ging zur Tür. Er zog den Schlüssel heraus, schloß das Zimmer von außen ab, ging zur Treppe zurück und hinunter auf die Gasse.

Der Körper des Negers lag immer noch, wie er gefallen war, zwischen dem kleinen Sedan und der dunklen Mauer. Die Gasse war leer. Pete Anglich bückte sich, durchsuchte die Taschen des Toten, zog eine Rolle Geld heraus. Er zählte das Geld im trüben Licht eines Streichholzes, nahm sich siebenundachtzig Dollar davon und wollte den Rest zurückstecken. Ein Fetzen Papier flatterte auf das Pflaster. Es war die abgerissene Hälfte eines Zettels.

Pete Anglich kauerte sich neben den Wagen, riß ein weiteres Streichholz an, betrachtete ein Halbblatt von einem Notizblock, auf dem, an der Rißstelle beginnend, geschrieben stand: ›– – –t. Frag nach Reno.‹

Er schlug die Zähne zusammen und ließ das Streichholz fallen. »Schon besser«, sagte er sanft.

Er stieg in den Wagen, startete und fuhr aus der Gasse.

VII

Die Nummer stand auf dem Oberlichtfenster einer Eingangstür, schwach von innen beleuchtet, von dem einzigen Licht, das sich in dem Haus zeigte. Es war ein großes Fachwerkhaus, einen Block von der Stelle entfernt, wo das Geldpäckchen aus dem Wagen geflogen war. Die Fenster vorn waren dicht verhangen. Geräusch drang hinter ihnen hervor, Stimmengewirr und Gelächter, der schrille, winselnde Gesang eines farbigen Mädchens. Am Bordstein parkten Wagen, auf beiden Seiten der Straße.

Ein dünner hochgewachsener Neger in dunklem Anzug und mit einem goldenen Kneifer auf der Nase öffnete die Tür. Hinter ihm befand sich eine weitere Tür, geschlossen. Er stand in einer dunklen Nische zwischen den beiden Türen.

Pete Anglich sagte: »Reno?«

Der hochgewachsene Neger nickte, sagte nichts.

»Ich bin wegen dem Mädchen gekommen, das Rufe hiergelassen hat, das weiße Mädchen.«

Der hochgewachsene Neger stand einen Moment lang völlig reglos und blickte über Pete Anglichs Kopf weg. Als er sprach, war seine Stimme ein träges Rascheln, das irgendwoher zu kommen schien.

»Folgen Sie mir, und machen Sie die Tür zu.«

Pete Anglich trat ins Haus, schloß die Außentür hinter sich. Der hochgewachsene Neger öffnete die innere Tür. Sie war dick, schwer. Als er sie öffnete, sprang ihnen Lärm und Licht entgegen. Ein purpurnes Licht. Er trat durch die innere Tür, in einen Gang.

Das purpurne Licht kam durch einen breiten Bogen aus einem langen Wohnzimmer. Es hatte schwere Velours-Vorhänge, Sofas und tiefe Sessel, eine gläserne Bar in der Ecke und einen Neger in weißer Jacke hinter der Bar. Vier Pärchen lungerten in dem Zimmer herum und tranken; schlanke, glatthaarige Negerburschen und Mädchen mit nackten Armen, reinseidenen Strümpfen, ausgezupften Augenbrauen. Das sanfte, purpurne Licht machte die Szene ganz unwirklich.

Reno starrte vage an Pete Anglichs Schulter vorbei, senkte die Augen mit den schweren Lidern, sagte müde: »Was hatten Sie doch gleich gesagt?«

Die Neger jenseits des Bogens waren still, starrten. Der Barmann beugte sich vor und steckte die Hände unter die Bar.

Pete Anglich schob langsam die Hand in die Tasche, holte ein zusammengeknülltes Stück Papier heraus.

»Hilft das vielleicht weiter?«

Reno nahm das Papier, studierte es. Er griff träge in seine Weste und holte ein zweites Stück von derselben Farbe heraus. Er paßte die Stücke aneinander. Sein Kopf ging zurück, und er blickte gegen die Decke.

»Wer schickt Sie?«

»Trimmer.«

»Gefällt mir nicht«, sagte der hochgewachsene Neger. »Er hat meinen Namen hingeschrieben. Das gefällt mir nicht. Ist gar nicht klug. Davon abgesehen aber ist wohl alles okay.«

Er drehte sich um und begann eine lange, gerade Treppe

hinaufzusteigen. Pete Anglich folgte ihm. Einer der jugendlichen Neger im Wohnzimmer kicherte laut.

Reno blieb plötzlich stehen, wandte sich um und ging die Stufen wieder hinunter, trat durch den Bogen. Er ging auf den Kicherer zu.

»Hier geht's um rein geschäftliche Dinge«, sagte er erschöpft. »Sonst kommen keine Weißen hier rein. Verstanden?«

Der Junge, der gelacht hatte, sagte: »Okay, Reno«, und hob ein großes beschlagenes Glas.

Reno kam die Treppe wieder herauf, redete dabei vor sich hin. Der obere Flur hatte viele verschlossene Türen. Flammenfarbene Wandlampen gaben ein schwaches rosa Licht. Am Ende des Flurs zog Reno einen Schlüssel heraus und öffnete die Tür.

Er trat beiseite. »Holen Sie sie raus«, sagte er knapp. »Ich will hier mit weißer Ware nichts zu tun haben.«

Pete Anglich trat an ihm vorbei in ein Schlafzimmer. Eine orangene Stehlampe glomm hinten in der Ecke, neben einem mit Falbeln besetzten protzigen Bett. Das Fenster war geschlossen, die Luft schwer und stickig.

Auf dem Bett lag Token Ware auf der Seite, das Gesicht zur Wand, und schluchzte still vor sich hin.

Pete Anglich trat an die Bettseite, berührte sie leicht. Sie wirbelte herum, krümmte sich zusammen. Ihr Kopf zuckte zurück vor ihm, ihre Augen weiteten sich, ihr Mund ging halb auf, als wollte sie schreien.

»Hallo«, sagte er ruhig, sehr freundlich und sanft. »Ich habe schon überall nach Ihnen gesucht.«

Das Mädchen starrte ihn an. Ganz langsam schwand alle Furcht aus ihrem Gesicht.

Der Photograph der *News* hielt das Blitzgerät mit der linken Hand in die Höhe und beugte sich über seine Kamera. »Jetzt das Lächeln, Mister Vidaury«, sagte er. »Das traurige – das, wo den kleinen Mädchen die Luft wegbleibt.«

Vidaury drehte sich im Sessel und zeigte sein Profil. Er bedachte das Mädchen in dem roten Hut mit einem Lächeln, dann wandte er sein Gesicht der Kamera wieder zu, das Lächeln immer noch darauf.

Die Birne blitzte, und der Verschluß machte ›klick‹.

»Nicht schlecht, Mister Vidaury. Aber ich hab's schon besser von Ihnen gesehen.«

»Ich habe eine aufregende Zeit hinter mir«, sagte Vidaury freundlich.

»Das kann man wohl sagen. Säure ins Gesicht, das ist kein Spaß«, sagte der Photograph.

Das Mädchen in dem roten Hut kicherte, hustete dann, hinter einem Stulpenhandschuh mit roter Stickerei auf dem Rücken.

Der Photograph packte seine Utensilien zusammen. Er war ein älterer Mann in glänzendem blauen Serge-Anzug, mit traurigen Augen. Er schüttelte seinen grauen Kopf und richtete sich den Hut.

»Nein, Säure aufs Ponem ist kein Spaß«, sagte er. »Na ja, ich hoffe, unsere Jungs können Sie morgen früh besuchen, Mister Vidaury.«

»Wird mir angenehm sein«, sagte Vidaury müde. »Richten Sie ihnen nur aus, sie möchten von der Halle aus anrufen, bevor sie raufkommen. Und trinken Sie doch noch was, ehe Sie gehen.«

»Ich bin ein Verrückter«, sagte der Photograph. »Ich trinke nicht.«

Er hängte sich die Kameratasche über die Schulter und stapfte schwerfällig durchs Zimmer. Ein kleiner Japaner in weißer Jacke erschien aus dem Nichts und ließ ihn hinaus, ging dann wieder weg.

»Säure aufs Ponem«, sagte das Mädchen in dem roten Hut. »Hahaha! Das zieht einem die Socken aus – wenn ein anständiges Mädchen mal so sagen darf. Kann ich was zu trinken haben?«

»Niemand hindert dich«, knurrte Vidaury.

»Das hat auch noch keiner geschafft, Schätzchen.«

Sie ging geschmeidig zu einem Tisch hinüber, auf dem ein quadratisches chinesisches Tablett stand. Sie mixte sich einen steifen Schluck. Vidaury sagte halb abwesend: »Das dürfte bis morgen alles sein. Das *Bulletin*, die *Press-Tribune*, die drei Rundfunkanstalten, die *News*. Nicht schlecht.«

»Ich würde sagen – einfach perfekt«, sagte das Mädchen in dem roten Hut.

Vidaury sah sie stirnrunzelnd an. »Aber noch keiner verhaftet«, sagte er leise, »außer einem unschuldigen Passanten. *Du* weißt doch nicht zufällig etwas von dieser Erpressung, Irma, oder?«

Ihr Lächeln war lässig, aber kalt. »*Ich* sollte dich für einen lumpigen Tausender drankriegen? Benimm dich mal wie vierzig, Johnny. Wenn ich einen Treffer lande, dann geht er ins Schwarze, und zwar immer.«

Vidaury stand auf und ging durchs Zimmer zu einem geschnitzten Holzschränkchen, schloß eine kleine Schublade auf und nahm eine große Kristallkugel heraus. Er ging zurück zu seinem Sessel, setzte sich wieder und beugte sich vor, die Kugel zwischen den flachen Händen, und starrte hinein, mit fast leerem Blick.

Das Mädchen in dem roten Hut beobachtete ihn über den Rand ihres Glases weg. Ihre Augen weiteten sich, wurden selber ein wenig gläsern.

»Verdammt, jetzt kriegt er schon wieder seinen metaphysischen Anfall«, murrte sie. Dann stellte sie mit scharfem Schlag ihr Glas auf das Tablett, schwebte an seine Seite und beugte sich zu ihm nieder. Ihre Stimme war ein Gurren, aber mit einem schneidend scharfen Unterton. »Schon mal was von senilem Verfall gehört, Johnny? Passiert meist besonders verruchten Männern, wenn sie in die Vierziger kommen. Die kriegen dann plötzlich eine närrische Freude an Blumen und Spielzeug, schneiden Papierpüppchen aus und spielen mit Glaskugeln ... Hör auf damit, um Himmels willen, Johnny! So auf den Hund gekommen bist du doch noch nicht!«

Vidaury starrte wie gebannt in die Kristallkugel. Er atmete langsam, tief.

Das Mädchen in dem roten Hut beugte sich noch näher zu ihm nieder. »Laß uns spazierenfahren, Johnny«, gurrte sie. »Ich liebe die Nachtluft. Sie erinnert mich immer dran, daß ich Mandeln habe.«

»Ich will nicht spazierenfahren«, sagte Vidaury dumpf. »Ich – ich spüre etwas Bedrohliches.«

Das Mädchen bog sich plötzlich vor und schlug ihm die Kugel aus den Händen. Die Kugel fiel mit einem dumpfen Prall auf den Boden, rollte träge ein Stück im tiefen Teppichflor.

Vidaury sprang auf die Füße, mit verzerrtem Gesicht.

»Ich will spazierenfahren, Hübscher«, sagte das Mädchen kühl. »Die Nacht ist schön, und du hast einen schönen Wagen. Deshalb will ich spazierenfahren.«

Vidaury starrte sie an, Haß in den Augen. Ganz langsam lächelte er. Der Haß verschwand. Er streckte die Hand aus und berührte ihre Lippen mit zwei Fingern.

»Natürlich werden wir spazierenfahren, Baby«, sagte er sanft.

Er hob die Kugel auf, schloß sie wieder in das Schränkchen, ging durch eine innere Tür hinaus. Das Mädchen in dem roten Hut öffnete eine Handtasche und berührte ihre Lippen mit Rouge, stülpte sie gegeneinander, schnitt sich selber eine Grimasse im Spiegel ihrer Puderdose, suchte sich einen Mantel, rauhe Wolle, beige, mit Rot abgesetzt, und schlüpfte mit einer wiegenden Schulterbewegung hinein, warf sich das Ende des schalähnlichen Kragens auf den Rücken.

Vidaury kam wieder herein mit Hut und Mantel, einen langen Fransenschal um den Hals.

Sie gingen durch das Zimmer zur Tür.

»Laß uns mal durch den Hinterausgang gehen«, sagte er an der Tür. »Falls noch mehr Neuigkeitsjäger hier rumlungern sollten.«

»Aber Johnny!« sagte das Mädchen in dem roten Hut und zog spöttische Brauen in die Höhe. »Die Leute haben mich reinkommen sehen, haben mich hier gesehen. Du willst doch bestimmt nicht, daß sie denken, deine Freundin bleibt die ganze Nacht über da!«

»Verdammt«, sagte Vidaury heftig und zerrte die Tür auf.

Das Telephon schrillte hinter ihm im Zimmer. Vidaury fluchte abermals, nahm die Hand von der Tür und blieb wartend stehen, während der kleine Japaner in der weißen Jacke hereinkam und an den Apparat ging.

Der Boy legte den Hörer hin, lächelte bittend und gestikulierte mit den Händen.

»Sie selber nehmen, bitte? Ich nicht verstehen.«

Vidaury ging zurück und hob den Hörer. Er sagte: »Ja? Hier ist John Vidaury.« Er lauschte.

Langsam spannten sich seine Finger um den Hörer. Sein ganzes Gesicht spannte sich, wurde weiß. Er sagte langsam, mit belegter Stimme: »Bleiben Sie einen Moment am Apparat.«

Er legte den Hörer auf die Seite, legte die Hand auf den Tisch und stützte sich darauf. Das Mädchen in dem roten Hut trat hinter ihm näher.

»Schlechte Nachrichten, Hübscher? Du siehst aus wie ein getünchtes Ei.«

Vidaury wandte langsam den Kopf und starrte sie an. »Raus mit dir, verschwinde«, sagte er tonlos.

Sie lachte. Er richtete sich auf, tat einen einzigen langen Schritt und schlug ihr über den Mund, hart.

»Ich habe gesagt, du sollst verschwinden«, wiederholte er mit völlig toter Stimme.

Sie hörte auf zu lachen und berührte ihre Lippen mit zwei Fingern in ihrem Stulpenhandschuh. Ihre Augen waren rund, aber unerschrocken.

»Mann, Johnny! Das haut mich glatt von den Socken«, sagte sie verwundert. »Du bist ja richtig umwerfend. Natürlich gehe ich, klar.«

Sie wandte sich rasch ab, warf den Kopf leicht zurück, ging wieder durchs Zimmer zur Tür, winkte kurz mit der Hand und ging hinaus.

Vidaury sah nicht zu ihr hinüber, als sie winkte. Er hob den Hörer auf, sobald sich die Tür hinter ihr geschlossen hatte, und sagte grimmig hinein: »Kommen Sie rüber, Waltz – und zwar ein bißchen plötzlich!«

Er ließ den Hörer auf die Gabel fallen, stand einen Moment lang mit leeren Augen da. Er ging wieder durch die innere Tür hinaus, erschien einen Augenblick später ohne Hut und Mantel. Er hielt eine dicke, kurze Automatik in der Hand. Er ließ sie mit der Mündung nach unten in die innere Brusttasche seiner Smoking-Jacke gleiten, hob nochmals langsam den Hörer ab, sagte kalt und fest hinein: »Wenn ein Mister Anglich mich sprechen möchte, schicken Sie ihn herauf. Anglich.« Er buchstabierte den Namen, legte den Hörer behutsam wieder auf und setzte sich daneben in den Sessel.

Er verschränkte die Arme und wartete.

IX

Der japanische Boy in der weißen Jacke öffnete die Tür, wackelte mit dem Kopf, lächelte, zischte höflich: »Ah, kommen rein, bitte. Gleich so, wie sind, bitte.«

Pete Anglich klopfte Token Ware beruhigend auf die Schulter, schob sie durch die Tür in den langen, leuchtenden Raum. Sie sah schäbig aus und verloren vor dem Hintergrund der hübschen Einrichtung. Ihre Augen waren vom Weinen gerötet, ihr Mund war verschmiert.

Die Tür schloß sich hinter ihnen, und der kleine Japaner stahl sich hinweg.

Sie gingen über den dicken, geräuschlosen Teppich, vorüber an still vor sich hin schummernden Lampen, in die Wand eingelassenen Bücherregalen, Figuren aus Alabaster und Elfenbein und Porzellan und Jade, einem riesigen, blaugläsern gerahmten Spiegel, der von einem Fries aus Photos mit liebevoll handschriftlichen Widmungen umgeben war, an niedrigen Tischen mit bequemen Sesseln, an hohen Tischen mit Blumen, an noch mehr Büchern, noch mehr Sesseln, noch mehr Teppichen – und an Vidaury, der reserviert dasaß, ein Glas in der Hand, und sie kalt anstarrte.

Er bewegte lässig die Hand, musterte das Mädchen von oben bis unten.

»Ah, ja, der Mann, mit dem die Polizei hier war. Natürlich. Kann ich irgendwas für Sie tun? Wie ich hörte, hat man Sie irrtümlich in Verdacht gehabt.«

Pete Anglich drehte einen Sessel ein wenig, schob Token Ware hinein. Sie setzte sich langsam, steif, leckte sich die Lippen und starrte Vidaury mit gefrorener Faszination an.

Ein Anflug von höflichem Ekel kräuselte Vidaurys Lippen. Seine Augen waren wachsam.

Pete Anglich setzte sich. Er zog einen Streifen Kaugummi aus der Tasche, wickelte ihn aus, schob ihn zwischen die Zähne. Er sah erschöpft aus, zerschlagen, müde. Auf der

Seite seines Gesichts und an seinem Hals waren dunkle Flecke zu sehen. Er brauchte immer noch dringend eine Rasur.

Er sagte langsam: »Dies hier ist Miss Ware. Das Mädchen, das Ihr Geld in Empfang nehmen sollte.«

Vidaury versteifte sich. Eine Hand, die eine Zigarette hielt, begann ruhelos auf die Armlehne seines Sessels zu klopfen. Er starrte das Mädchen an, sagte aber nichts. Sie schenkte ihm ein halbes Lächeln, wurde dann rot.

Pete Anglich sagte: »Ich bin in der Noon Street so ziemlich zu Hause. Ich kenne das ganze Gesocks da, weiß, was für Leute da hingehören und was für Leute nicht. Heute abend sah ich in einem Büfettwagen an der Noon Street dieses kleine Mädchen. Sie wirkte ängstlich und sah mehrmals auf die Uhr. Sie gehörte nicht dorthin. Als sie ging, folgte ich ihr.«

Vidaury nickte leicht. Ein grauer Batzen Asche fiel vom Ende seiner Zigarette. Er sah vage darauf nieder, nickte abermals.

»Sie ging die Noon Street hinauf«, sagte Pete Anglich. »Ein übles Pflaster für ein weißes Mädchen. Ich fand sie in einem Torweg versteckt. Dann glitt ein großer Duesenberg um die Ecke und blendete die Scheinwerfer ab, und Ihr Geld wurde auf den Gehsteig geworfen. Sie hatte Angst. Sie bat mich, es für sie zu holen. Ich holte es.«

Vidaury sagte geschmeidig, ohne das Mädchen anzusehen: »Sie wirkt eigentlich gar nicht wie eine Gaunerin. Haben Sie der Polizei Mitteilung gemacht davon? Ich nehme an, nicht, sonst wären Sie ja wohl nicht hier.«

Pete Anglich schüttelte den Kopf, mahlte auf dem Kaugummi herum zwischen seinen Kiefern. »Mitteilung? Der Polizei? Das wäre ja noch schöner. Der Fall ist leichte Kasse für uns. Wir wollen unsern Anteil.«

Vidaury wollte heftig auffahren, dann war er sehr still. Seine Hand hörte auf, die Sessellehne zu beklopfen. Sein

Gesicht wurde kalt und weiß und grimmig. Dann griff er in seine Smoking-Jacke und zog gelassen die kurze Automatik heraus, hielt sie auf den Knien. Er beugte sich ein wenig vor und lächelte.

»Erpresser«, sagte er ernst, »sind immer recht interessant. Wie hoch sollte Ihr Anteil denn sein – und was haben Sie zu verkaufen?«

Pete Anglich betrachtete nachdenklich die Pistole. Seine Kiefer bewegten sich leicht, malmten auf dem Kaugummi. Seine Augen waren ganz sorglos.

»Schweigen«, sagte er ernst. »Einfach bloß Schweigen.«

Vidaury machte eine jähe scharfe Geste mit der Waffe. »Reden Sie«, sagte er. »Und reden Sie schnell. Schweigen gefällt mir nicht.«

Pete Anglich nickte, sagte: »Die Drohungen mit der Säure waren bloß Phantasie. Sie haben gar keine bekommen. Und der Erpressungsversuch war Schmu. Ein Publicity-Trick. Das ist alles.« Er lehnte sich in seinem Sessel zurück.

Vidaury sah durch das Zimmer, an Pete Anglichs Schulter vorbei. Er setzte zu einem Lächeln an, dann wurde sein Gesicht hölzern.

Trimmer Waltz war ins Zimmer geglitten, durch eine offene Seitentür. Er hatte seine große Savage in der Hand. Er kam langsam über den Teppich, ohne jeden Laut. Pete Anglich und das Mädchen sahen ihn nicht.

Pete Anglich sagte: »Das Ganze war eine abgekartete Sache. Alles fingiert. Reine Vermutung von mir? Sicher, aber schauen Sie mal einen Augenblick genauer hin, überlegen Sie, wie sanft alles zuerst gespielt wurde – und wie rabiat dann alles wurde, als ich auftauchte. Das Mädchen arbeitet für Trimmer Waltz im Juggernaut. Sie ist fix und fertig und leicht einzuschüchtern. Also setzt Waltz sie ein für das Spielchen. Wieso? Weil man ihr höchstwahrscheinlich draufkommen würde. Alles schön arrangiert. Wenn sie plaudert, kann Waltz bloß lachen und darauf hinweisen, daß er sowas ja wohl kaum in seiner eigenen Hintergasse abziehen würde, daß der Einsatz doch recht dürftig wäre und daß sein Laden ganz gut liefe. Er weist einfach darauf hin, daß da doch ein ziemlich dämliches Mädel kassieren gegangen ist, und fragt, ob man ihn, der ja nicht auf den Kopf gefallen wäre, wirklich für so blöd hielte. Tut man natürlich nicht. Die Bullen glauben ihm wenigstens so halb und halb, und dann kommen Sie und machen eine große Geste und verzichten darauf, Anzeige gegen das Mädchen zu erstatten. Das machen Sie sowieso, auch wenn sie nicht plaudert, denn Ihre Publicity kriegen Sie in jedem Fall. Und die brauchen Sie dringend, weil Sie auf dem absteigenden Ast sind, und das Ganze kostet Sie nichts weiter als das, was Sie Waltz zahlen – oder jedenfalls bilden Sie sich das ein. Ist das verrückt? Ist das zu weit hergeholt für einen Schleimscheißer aus Hollywood? Dann erklären Sie mir mal, wieso die Bundespolizei nicht eingeschaltet worden ist. Weil die nämlich alles um und um gebuddelt hätte, bis die Maus in der Falle gewesen wäre, und dann wären Sie dran gewesen, wegen Irreführung der Justiz. Das war der Grund. Die hiesige Polizei ist nicht so pingelig. Bei der ist man solche schlechten Witze unserer Filmschaffenden schon so gewohnt, daß man bloß noch gähnt und sich auf die andere Seite dreht und weiterschläft.«

Waltz hatte das Zimmer jetzt halb durchquert. Vidaury sah nicht zu ihm hinüber. Er sah das Mädchen an, mit einem schwachen Lächeln.

»Jetzt schauen Sie aber mal, wie rabiat alles lief, nachdem ich mich eingemischt hatte«, sagte Pete Anglich. »Ich ging in den Juggernaut und sprach mit dem Mädchen. Waltz holte uns in sein Büro, und da hätte mich ein großer Affe, der für ihn arbeitet, ums Haar erwürgt. Als ich wieder zu mir kam, lag ich in einem Apartment, und außer mir lag noch ein totes Mädchen da, und sie war erschossen worden, und in meiner Pistole fehlte eine Kugel. Die Pistole lag neben mir am Boden, und ich stank nach Gin, und ein Streifenwagen kam pünktlich um die Ecke gebraust. Und Miss Ware hier war in einem Bordell an der Noon Street eingesperrt worden. Weshalb auf einmal all die harten Sachen? Weil Waltz sich ein prächtiges Erpressungsgeschäft mit Ihnen hatte einfallen lassen und Sie hätte bluten lassen, bis Sie so weiß gewesen wären wie ein Engelsfittich. Solange Sie nur einen Dollar gehabt hätten, wäre die Hälfte an ihn gegangen. Und Sie hätten gezahlt, und zwar gerne, Vidaury. Sie hätten Publicity gehabt, und Sie hätten Protektion gehabt, aber was hätten Sie nicht alles dafür gezahlt!«

Waltz war jetzt dicht heran, fast zu dicht. Vidaury stand plötzlich auf. Die kurze Pistole richtete sich gegen Pete Anglichs Brust. Vidaurys Stimme war dünn, die Stimme eines alten Mannes. Er sagte träumerisch: »Nehmen Sie ihn mit, Waltz. Ich hab nicht mehr die Nerven für solche Sachen.«

Pete Anglich drehte sich nicht einmal um. Sein Gesicht wurde das Gesicht eines hölzernen Indianers.

Waltz setzte Pete Anglich die Pistole auf den Rücken. Er stand mit halbem Lächeln da, die Pistole auf Pete Anglichs Rücken, und blickte darüber hinweg Vidaury an.

»Dumm von dir, Pete«, sagte er trocken. »Du hättest eigentlich genug haben sollen für heute abend. Du hättest einen hohen Bogen machen sollen um die Gegend hier – aber ich hatte mir gleich gedacht, daß du so eine Gelegenheit nicht vorüberlassen würdest.«

Vidaury bewegte sich ein wenig auf die Seite, spreizte die Beine, flachte die Füße auf den Boden. Eine sonderbare grünliche Färbung war in sein hübsches Gesicht getreten, ein krankes Glitzern in seine tiefliegenden Augen.

Token Ware starrte Waltz an. Ihre Augen glitzerten vor Panik, die Lider zogen sich über den Augäpfeln zurück, und um die Iris zeigte sich bleiches Weiß.

Waltz sagte: »Hier kann ich nichts machen, Vidaury. Ich

möchte auch lieber nicht allein mit ihm gehen. Holen Sie sich Hut und Mantel.«

Vidaury nickte ganz leicht. Sein Kopf bewegte sich kaum dabei. Seine Augen waren immer noch krank.

»Was ist mit dem Mädchen?« fragte er flüsternd.

Waltz grinste, schüttelte den Kopf, bohrte Pete Anglich hart die Pistole in den Rücken.

Vidaury bewegte sich noch ein wenig mehr auf die Seite, spreizte erneut die Füße. Die dicke Pistole lag sehr ruhig in seiner Hand, aber sie war auf niemanden und nichts im besonderen gerichtet.

Er schloß die Augen, hielt sie einen kurzen Moment geschlossen, öffnete sie dann weit. Er sagte langsam, mit Bedacht: »Es sah am Anfang alles okay aus, als es geplant wurde. Solche Sachen, so skrupellos und gewagt, sind schon oft gemacht worden in Hollywood. Ich hatte nur nicht damit gerechnet, daß Menschen dabei zu Schaden kommen würden, gar zu Tode. Ich bin – ich bin einfach nicht verkommen genug, um da weiter mitzumachen, Waltz. Jetzt nicht mehr. Es ist das beste, Sie stecken Ihre Pistole ein und gehen.«

Waltz schüttelte den Kopf, lächelte, ein eigenartig gespanntes Lächeln. Er trat von Pete Anglich zurück und richtete die Savage ein wenig nach der Seite.

»Die Karten sind verteilt«, sagte er kalt. »Jetzt werden Sie auch mitspielen. Los, kommen Sie.«

Vidaury seufzte, sackte ein wenig zusammen. Plötzlich war er ein einsamer, verlorener Mann, nicht länger mehr jung.

»Nein«, sagte er leise. »Ich bin fertig. Es war die letzte Anstrengung eines nie besonders guten Rufs. Aber die Vorstellung ist meine. Zwar bloß eine Schmierenkomödie, aber doch immer noch meine. Stecken Sie die Waffe ein, Waltz. Und verschwinden Sie.«

Waltz' Gesicht wurde kalt und hart und ausdruckslos.

Seine Augen wurden die ausdruckslosen Augen eines Killers. Er bewegte die Savage noch ein wenig weiter.

»Holen – Sie – Ihren – Hut, Vidaury«, sagte er sehr deutlich.

»Tut mir leid«, sagte Vidaury und feuerte.

Waltz' Waffe flammte im selben Augenblick auf, so daß die beiden Detonationen verschmolzen. Vidaury taumelte nach links und drehte sich halb, dann richtete sich sein Körper wieder auf.

Er hielt die Augen fest auf Waltz gerichtet. »Anfängerglück«, sagte er und wartete.

Pete Anglich hatte jetzt seinen Colt heraus, aber er brauchte ihn nicht mehr. Waltz fiel langsam auf die Seite. Seine Wange und die Seite seiner großgeäderten Nase drückten sich in den Teppichflor. Er bewegte den linken Arm ein wenig, versuchte ihn irgendwie über den Rücken zu bringen. Er gurgelte, war dann still.

Pete Anglich stieß die Savage mit dem Fuß beiseite, von Waltz' hingestrecktem Körper weg.

Vidaury fragte mit schleppender Stimme: »Ist er tot?«

Pete Anglich grunzte, gab keine Antwort. Er blickte zu dem Mädchen hinüber. Sie stand mit dem Rücken zum Telephontischchen da, den Handrücken vor dem Mund, in der konventionellen Haltung des höchsten Entsetzens. So konventionell, daß es albern aussah.

Pete Anglich sah Vidaury an. Er sagte säuerlich: »Anfängerglück – ja-ah. Aber mal angenommen, Sie hätten ihn verfehlt? Er bluffte nur. Wollte Sie bloß ein bißchen tiefer hineinziehen, damit Sie den Mund hielten. Tatsächlich brauchte er mich nämlich als Alibi in einem Mordfall.«

Vidaury sagte: »Es tut mir leid ... es tut mir sehr leid.« Er setzte sich plötzlich hin, lehnte den Kopf zurück und schloß die Augen.

»Mein Gott, was für ein wunderbarer Mann!« sagte Token Ware ehrfurchtsvoll. »Und so tapfer!«

Vidaury legte die linke Hand an die Schulter, preßte sie hart dagegen. Blut sickerte langsam zwischen seinen Fingern hervor. Token Ware stieß einen erstickten Schrei aus.

Pete Anglich sah durchs Zimmer. Der kleine Japaner in der weißen Jacke war am anderen Ende aufgetaucht, stand schweigend da, eine kleine, von aller Fassung verlassene Gestalt an der Wand. Pete Anglich sah wieder Vidaury an. Sehr langsam, fast widerwillig, sagte er: »Miss Ware hat Angehörige in Frisco. Sie können sie nach Hause schicken, mit einem kleinen Geschenk. Das wäre nur natürlich – und eine glatte Sache. Den Rest machen wir folgendermaßen. Sie hat mich auf Waltz' Spur gebracht. Dadurch bin ich in die Sache reingekommen. Ich sagte ihm, Sie wüßten über ihn Bescheid, und er kam her, um Ihnen den Mund zu stopfen. Die übliche Rabaukentour. Die Bullen werden sich halb totlachen, aber sie werden in ihre Manschetten lachen. Schließlich springt für sie ebenfalls Publicity dabei raus. Daß die ganze Geschichte bloß Schmu war, bleibt unter uns. Einverstanden?«

Vidaury öffnete die Augen, sagte schwach: »Sie sind – Sie sind sehr anständig. Ich werde es nicht vergessen.« Sein Kopf hing schief, schlaff.

»Er ist ohnmächtig geworden!« schrie das Mädchen.

»So ist es«, sagte Pete Anglich. »Geben Sie ihm einen schönen dicken Kuß, dann kommt er gleich wieder zu sich... Und Sie haben was, woran Sie Ihr Leben lang denken können.«

Er biß die Zähne zusammen, ging zum Telephon und hob den Hörer.

*Der Bleistift**

I

Er war ein leicht dicklicher Mann mit einem unehrlichen Lächeln, das ihm die Mundwinkel einen halben Zoll auseinanderzog und die dicken Lippen unter den öden Augen spannte. Für einen zum Fett neigenden Mann hatte er einen langsamen Gang. Die meisten fetten Menschen sind flink und leicht auf den Füßen. Er trug einen grauen Fischgrätenanzug und einen handgemalten Schlips, auf dem ein Teil eines tauchenden Mädchens sichtbar war. Sein Hemd war sauber, was mich tröstete, und seine braunen Mokassin-Schuhe, die zu seinem Anzug genauso schlecht paßten wie der Schlips, glänzten frischgeputzt.

Er glitt seitlich an mir vorbei, als ich ihm die Tür zwischen dem Wartezimmer und meiner Denkerklause aufhielt. Drinnen angekommen warf er einen raschen Blick in die Runde. Ich hätte ihn als mittleren Rabauken eingestuft, zweite Garnitur, wenn man mich gefragt hätte. Das traf den Nagel diesmal sogar auf den Kopf. Wenn er eine Pistole bei sich trug, dann höchstens in der Hose. Seine Jacke saß zu eng, als daß sie die Bauschung eines Halfters unter dem Arm hätte verbergen können.

* Dies ist, nach zwanzig Jahren Geschichten um Marlowe, die erste Short Story über ihn, und sie wurde speziell für England geschrieben. Ich habe mich immer hartnäckig geweigert, Short Stories zu schreiben, weil ich meine, daß mein eigentliches Element Romane sind, habe mich aber dann doch zu dieser hier überreden lassen, weil Leute, die ich sehr schätze, sie offensichtlich von mir wünschten, und weil ich auch immer schon etwas über die Technik der Syndikats-Morde schreiben wollte.
1959 Raymond Chandler

Er setzte sich vorsichtig, und ich hockte mich ihm gegenüber hin, und dann sahen wir einander an. In seinem Gesicht lag eine fuchsartige Spannung. Er schwitzte ein bißchen. Der Ausdruck auf seinem Gesicht sollte interessiert sein, doch nicht allzu vertraulich. Ich griff nach einer Pfeife und nach dem ledernen Humidor, in dem ich meinen Pearce-Tabak aufbewahrte. Ich schob ihm Zigaretten hinüber.

»Ich rauche nicht.« Er hatte eine rostige Stimme. Sie gefiel mir nicht besser als seine Kleidung oder sein Gesicht. Während ich die Pfeife stopfte, griff er in seine Jacke, stöberte in einer Tasche herum, brachte einen Geldschein ans Licht, betrachtete ihn kurz und warf ihn vor mir auf den Tisch. Es war ein hübscher Schein und sauber und neu. Eintausend Dollar.

»Schon mal jemandem das Leben gerettet?«

»Hin und wieder, vielleicht.«

»Retten Sie meins.«

»Was ist los?«

»Ich habe gehört, Sie sind ehrlich zu Ihren Kunden, Marlowe.«

»Deswegen bleibe ich auch arm.«

»Ich habe noch zwei Freunde. Werden Sie der dritte, und Sie sind aus allen Schulden raus. Sie kriegen fünf Riesen, wenn Sie mir aus der Bredouille helfen.«

»Aus welcher?«

»Sie sind ja verdammt gesprächig heute morgen. Keinen Schimmer, wer ich bin?«

»Nö.«

»Wohl noch nie im Osten gewesen, was?«

»Durchaus schon – bloß nicht in Ihren Kreisen.«

»Was für Kreise sollten das denn sein?«

Ich bekam's satt. »Also entweder hören Sie jetzt auf, den Geheimniskrämer zu spielen, oder Sie klemmen sich Ihren Riesen da wieder und verflüchtigen sich.«

»Ich bin Ikky Rosenstein. Und ich werde mich in der Tat

verflüchtigen, und zwar gründlich, wenn Ihnen nicht was dagegen einfällt. Raten Sie mal.«

»Ich habe schon genug geraten. Jetzt reden Sie, und zwar ein bißchen plötzlich. Ich hab nicht den ganzen Tag Zeit, um Ihnen zuzusehen, wie Sie's mir mit der Pipette eintröpfeln.«

»Ich bin aus der Organisation ausgetreten. Die Leute an der Spitze haben dafür kein Verständnis. Für sie stellt sich das so dar, als hätte man entweder Informationen, von denen man sich einbildet, daß man Geschäfte damit machen könnte, oder man wollte sich selbständig machen, oder man hätte den Mumm verloren. Was mich betrifft, ich habe den Mumm verloren. Mir steht's bis hier.« Er berührte seinen Adamsapfel mit dem Zeigefinger einer ausgestreckten Hand. »Ich hab schlimme Sachen gemacht. Leute eingeschüchtert und geschädigt. Aber ich hab nie einen umgebracht. Das ist nichts für die Organisation. Damit ist man ein Abweichler. Also haben sie den Bleistift genommen und einen Strich gemacht. Quer durch meinen Namen. Man hat's mir gesteckt. Die Leute, die das erledigen sollen, sind schon unterwegs. Ich hab einen schlimmen Fehler gemacht. Ich hab versucht, mich in Vegas einzuigeln. Hatte mir gedacht, daß sie nie auf den Gedanken kommen würden, man könnte sich ihre eigene Hochburg zum Versteck wählen. Sind mir aber draufgekommen. Was ich da gemacht hatte, hatten auch andere vor mir schon gemacht, bloß wußte ich das nicht. Als ich die Maschine nach L. A. nahm, muß jemand mit drin gewesen sein. Sie wissen, wo ich wohne.«

»Ziehn Sie um.«

»Nützt jetzt nichts mehr. Ich werde beschattet.«

Ich wußte, er hatte recht. »Warum hat man Sie denn nicht längst schon erledigt?«

»Die machen das anders. Immer nur mit Spezialisten. Wissen Sie nicht, wie das läuft?«

»Mehr oder weniger schon. Ein Bursche mit einer hübschen Eisenwarenhandlung in Buffalo. Ein Bursche mit einem kleinen Milchladen in K. C. Immer eine solide Fassade. Sie melden sich in New York oder irgendwo weit weg. Wenn sie das Flugzeug nach Westen besteigen, oder wo sie sonst hin müssen, haben sie Pistolen in den Aktentaschen. Sie sind stille Leute und gut gekleidet, und sie sitzen nicht nebeneinander. Könnten Rechtsanwälte sein oder Steuerfahnder – alles, was gute Manieren hat und nicht auffällt. Alle möglichen Leute tragen Aktentaschen. Sogar Frauen.«

»Stimmt verdammt genau. Und wenn sie landen, werden sie auf meine Spur gesetzt, aber nicht gleich vom Flugplatz aus. Da haben sie ihre genauen Methoden. Wenn ich zur Polizei gehe, erfährt's todsicher jemand. Die Mafia sitzt mit ein paar Leuten direkt im Stadtrat, soviel ich weiß. Ist alles schon vorgekommen. Die Bullen werden mir vierundzwanzig Stunden geben, die Stadt zu verlassen. Zwecklos. Mexiko? Schlimmer als hier. Kanada? Besser, aber noch lange nicht gut. Auch da haben sie ihre Verbindungen.«

»Australien?«

»Kriege keinen Paß. Ich bin vor fünfundzwanzig Jahren eingewandert – illegal. Man kann mich nicht ausweisen, es sei denn, man weist mir ein Verbrechen nach. Daß sowas nicht passiert, dafür wird die Organisation schon sorgen. Angenommen, ich würde eingebuchtet. Dann bin ich in vierundzwanzig Stunden auf Kaution wieder draußen. Und draußen wartet ein Wagen meiner reizenden Freunde, um mich nach Hause zu bringen – bloß daß ich da nie mehr ankomme.«

Ich hatte meine Pfeife angezündet und gut in Gang gebracht. Ich blickte stirnrunzelnd auf den Tausenderschein nieder. Ich konnte ihn wirklich gut gebrauchen. Mein Konto bewegte sich auf einer Höhe, daß es den Gehsteig küssen konnte, ohne sich zu bücken.

»Hören wir mal auf, uns anzualbern«, sagte ich. »Angenommen – bloß angenommen –, mir fiele was ein, wie Sie hier rauskommen können. Was würden Sie dann als nächstes machen?«

»Ich kenne eine Stadt – wenn ich da hinkommen könnte, ohne daß sich mir einer anhängt, wär's gut. Ich würde meinen Wagen hierlassen und einen Mietwagen nehmen. Den würde ich kurz vor der County-Grenze wieder abliefern und mir einen gebrauchten kaufen. Auf halber Strecke würde ich den wieder gegen einen neuen eintauschen, letztes Modell, einen Ladenhüter. Ist jetzt grad die günstigste Jahreszeit dafür. Guter Rabatt, weil die neuen Modelle bald rauskommen. Nicht um Geld zu sparen – nur um weniger aufzufallen. Die Stadt, wo ich hin will, ist ganz proper und keineswegs klein, aber noch ziemlich sauber.«

»So, so«, sagte ich. »Wichita, nach allem, was ich zuletzt gehört habe. Kann aber inzwischen anders geworden sein.«

Er sah mich mit finsterem Stirnrunzeln an. »Spielen Sie ruhig den Schlauberger, Marlowe, aber verdammt nochmal, treiben Sie's nicht zu weit!«

»Ich treibe's so weit, wie's mir paßt. Versuchen Sie bloß nicht, mir Vorschriften zu machen. Wenn ich diese Sache übernehme, gibt's keine Vorschriften. Ich übernehme sie für diesen Riesen hier und kriege den Rest, wenn's geklappt hat. Und versuchen Sie nicht, mich reinzulegen. Ich könnte sonst was durchsickern lassen. Wenn ich auf der Strecke bleibe dabei, setzen Sie eine rote Rose auf mein Grab. Ich mag keine Schnittblumen. Ich seh die Dinger gern wachsen. Aber ich riskier's jedenfalls mal, weil Sie ein so reizender Mensch sind. Wann kommt die Maschine an?«

»Irgendwann heute. Vermutlich so um halb sechs am Nachmittag. Von New York sind's neun Stunden.«

»Die Kerls könnten auch über San Diego kommen und umsteigen oder über San Francisco. Von Dago und Frisco fliegen massenhaft Maschinen ein. Ich brauche einen Helfer.«

»Gottverdammtnochmal, Marlowe – – –«

»Immer mit der Ruhe. Ich kenne ein Mädchen. Tochter

eines Polizeichefs, dem seine Ehrlichkeit den Hals gebrochen hat. Sie würde auch auf der Folter keinen Mucks von sich geben.«

»Sie haben kein Recht, sie in Gefahr zu bringen«, sagte Ikky wütend.

Ich war so baff, daß mir das Kinn bis halb zur Taille runterhing. Ich klappte es langsam wieder hoch und schluckte.

»Guter Gott, der Mann hat ein Herz.«

»Frauen sind nicht geschaffen für so harte Sachen«, sagte er unwillig.

Ich nahm den Tausender vom Tisch und schnippte dagegen. »Tut mir leid. Quittung ist nicht drin«, sagte ich. »Das Risiko, daß mein Name in Ihrer Tasche steckt, kann ich nicht eingehen. Und zu harten Sachen wird's gar nicht kommen, wenn ich Glück habe. Darin wären die Kerls mir sonst weit überlegen. Es gibt nur eine Möglichkeit, die Sache zu schaffen. Jetzt geben Sie mir mal Ihre Adresse und alles, was Ihnen sonst einfällt, Namen, Beschreibungen von sämtlichen Killern, die Sie je im Fleische erblickt haben.«

Er tat es. Er war ein ziemlich guter Beobachter. Der Haken war nur, daß die Organisation ebenfalls wußte, wen und was er alles gesehen hatte. Die Killer würden Fremde für ihn sein.

Er stand schweigend auf und streckte die Hand aus. Ich mußte sie ihm schütteln, aber was er da über Frauen gesagt hatte, machte es mir leichter. Seine Hand war feucht. Meine wär's auch gewesen an seiner Stelle. Er nickte und ging schweigend hinaus.

II

Es war eine stille Straße in Bay City, falls es überhaupt noch stille Straßen gibt in dieser Beatnik-Generation, wo man keine Mahlzeit mehr zu Ende bringen kann, ohne daß irgendein männlicher oder weiblicher Schnulzensänger einem was von einer Sorte Liebe vorrülpst, die so altmodisch ist wie eine Turnüre, oder irgendeine Hammondorgel dem Gast in die Suppe jazzt.

Das kleine einstöckige Haus war so sauber und adrett wie ein frisches Kinderlätzchen. Der Rasen davor war mit Liebe gemäht und sehr grün. Die glatte Asphaltzufahrt war frei von den Ölflecken abgestellter Wagen, und die Hecke, die sie säumte, sah aus, als käme jeden Tag der Friseur zu ihr.

Die weiße Tür hatte einen Klopfer mit einem Tigerkopf, ein Fensterchen, um unerwünschte Besucher zum Teufel zu schicken, und eine Vorrichtung, die es ermöglichte, von drinnen mit jemandem draußen zu reden, ohne auch nur das kleine Fenster öffnen zu müssen. Ich hätte eine Hypothek auf mein linkes Bein aufgenommen, wenn ich in so einem Haus hätte wohnen können. Ich glaube nicht, daß ich's je so weit bringe.

Die Klingel drinnen schellte, und nach einer Weile öffnete *sie* die Tür, in hellblauem Sporthemd und weißen Shorts, die kurz genug waren, um einen erfreulichen Anblick zu bieten. Sie hatte graublaue Augen, dunkelrotes Haar und schöngeformte Gesichtsknochen. In den graublauen Augen lag gewöhnlich eine Spur von Bitterkeit. Sie konnte nicht vergessen, daß das Leben ihres Vaters durch die Machenschaften eines Spielschiff-Gangsters zerstört worden war und daß auch ihre Mutter darüber gestorben war. Ein wenig unterdrücken konnte sie die Bitterkeit, wenn sie für die Illustrierten kitschige Love Stories schrieb, aber das war nicht ihr Leben. Sie hatte in Wirklichkeit gar kein Leben. Sie führte ein Dasein ohne viel Kummer und hatte genug Öl-Geld, um gesichert über die Runden zu kommen. Aber in schwierigen Situationen reagierte sie so kühl und einfallsreich wie ein guter Polizist. Sie hieß Anne Riordan.

Sie trat auf die Seite, und ich ging ziemlich dicht an ihr vorbei. Aber ich habe auch Vorschriften, die ich mir selber mache. Sie schloß die Tür und machte es sich auf einem Sofa bequem und ließ das übliche Zigarettenzeremoniell ablaufen, und endlich hatte ich einmal ein Mädchen vor mir, das Mumm genug besaß, sich die Zigarette selber anzuzünden.

Ich blieb stehen und sah mich um. Es hatte sich einiges verändert, aber nicht viel.

»Ich brauche deine Hilfe«, sagte ich.

»Sonst bekäme ich dich wohl auch überhaupt nicht mehr zu sehen.«

»Ich habe einen Klienten, der Gangster gewesen ist, Stunkmacher für die Organisation, das Syndikat, die große Bruderschaft – nenn's wie du willst. Du weißt verdammt gut, daß es sie gibt und daß sie so reich ist wie Rockefeller. Man kann sie nicht erledigen, weil es nicht genug Leute gibt, die das wollen, besonders unter den Rechtsanwälten, die für sie arbeiten und eine Million dabei verdienen im Jahr, und in den Anwaltskammern, denen der Schutz ihrer Mitglieder offensichtlich wichtiger ist als der ihres Vaterlandes.«

»Mein Gott, kandidierst du etwa irgendwo für ein öffentliches Amt? Ich hab dich noch nie so hochprozentig reden hören.«

Sie bewegte die Beine, nicht direkt provozierend – dazu war sie nicht der Typ –, aber doch so, daß es mir einigermaßen schwerfiel, nicht den Faden zu verlieren.

»Hör auf, mit deinen Beinen rumzufuchteln«, sagte ich. »Oder zieh dir wenigstens lange Hosen an.«

»Verdammt nochmal, Marlowe. Kannst du nicht mal an was anderes denken?«

»Ich will's versuchen. Ich hab nur den Gedanken gern, daß ich wenigstens *ein* hübsches und bezauberndes weibliches Wesen kenne, das keine plumpen runden Hacken hat.« Ich schluckte und fuhr fort. »Der Mann heißt Ikky Rosenstein. Er macht von außen nicht viel her und hat auch innerlich nichts, was mir gefiele – außer einem. Er wurde wütend, als ich sagte, ich brauchte ein Mädchen als Helferin. Er sagte, Frauen wären nicht geschaffen für so harte Sachen. Deswegen habe ich den Job übernommen. Einem echten Gangster bedeutet eine Frau nicht mehr als ein Sack Mehl. Er benutzt sie in der üblichen Weise, aber wenn's ihm ratsam erscheint, sich ihrer zu entledigen, tut er's, ohne auch nur einen zweiten Gedanken daran zu verschwenden.«

»Bis jetzt hast du mir bloß lauter feierlichen Quatsch erzählt. Vielleicht brauchst du eine Tasse Kaffee oder einen Drink.«

»Du bist lieb, aber morgens trinke ich nicht – mit wenigen Ausnahmen, von denen dies aber keine ist. Ikky hat den Strich gekriegt.«

»Und was heißt das nun wieder?«

»Man hat eine Liste. Man nimmt einen Bleistift und macht einen Strich durch einen Namen. Der Bursche, dem der Name gehört, ist dann so gut wie tot. Die Organisation hat ihre Gründe. Die macht das nicht aus Daffke. Aus Daffke macht die überhaupt nichts mehr. Das gehört einfach zur Buchhaltung.«

»Was in aller Welt kann ich dagegen machen? Ja ich möchte sogar mal fragen – was kannst *du* dagegen machen?«

»Einen Versuch. Und was du machen kannst, ist mir helfen, sie bei Ankunft auf dem Flughafen zu identifizieren und aufzupassen, wo sie hingehen – die Killer, denen der Job übertragen worden ist.«

»Ja, sicher, aber wie willst *du* dann was machen?«

»Ich hab dir schon gesagt, ich will's versuchen. Wenn sie eine Nachtmaschine genommen haben, sind sie bereits da. Wenn sie mit einer Morgenmaschine abgeflogen sind, können sie nicht vor fünf oder so hier sein. Massenhaft Zeit also, um alles vorzubereiten. Du weißt ja, wie die Leute etwa aussehen werden.«

»Aber klar. Ich treffe mich täglich mit Killern. Ich bitte sie auf einen Whisky sauer herein und serviere ihnen Kaviar auf heißem Toast.« Sie grinste. Während sie noch grinste, tat ich vier lange Schritte über den lohbraun gemusterten Teppich und zog sie hoch und gab ihr einen Kuß auf den Mund. Sie wehrte sich nicht, aber sie wurde auch nicht gerade zittrig am ganzen Leib. Ich ging zurück und setzte mich wieder hin.

»Sie werden aussehen wie jedermann, der ein stilles, gutgehendes Geschäft betreibt oder einen soliden Beruf ausübt. Sie werden unauffällig gekleidet sein und ausgesucht höflich – wenn sie das wollen. Sie werden Aktentaschen tragen mit Pistolen drin, die so oft den Besitzer gewechselt haben, daß man ihre Herkunft kaum noch ermitteln könnte. Wenn der Job erledigt ist, werden sie die Pistolen wegwerfen. Sie werden vermutlich Revolver verwenden, aber es können auch automatische Waffen sein. Schalldämpfer werden sie nicht benutzen, weil Schalldämpfer oft Ladehemmungen verursachen und das Gewicht ein exaktes Schießen erschwert. Sie werden im Flugzeug nicht nebeneinander sitzen, aber beim Verlassen vielleicht so tun, als wären sie alte Bekannte und hätten sich während des Flugs nur einfach nicht bemerkt. Dann schütteln sie sich vielleicht mit entsprechendem Lächeln die Hände und ziehn los und steigen in dasselbe Taxi. Ich denke, sie werden zuerst in einem Hotel absteigen. Aber ganz bald schon werden sie irgendwohin umziehen, von wo aus sie beobachten können, was Ikky so alles unternimmt, und sich mit seinen Lebensgewohnheiten vertraut machen. Sie werden nicht die mindeste Eile haben, solange Ikky bleibt, wo er ist. Macht er plötzlich Anstalten zu verschwinden, so zeigt ihnen das, daß er einen Tip bekommen hat. Er hat noch zwei Freunde – sagt er.«

»Werden sie ihn von dem Zimmer oder Apartment auf der anderen Straßenseite aus erschießen – mal angenommen, sie kriegen da eins?«

»Nein. Sie werden ihn aus drei Schritt Abstand erschießen. Sie werden auf einmal hinter ihm gehen und sagen: ›Hallo, Ikky.‹ Dann wird er entweder erstarren oder sich umdrehen. Sie werden ihn mit Blei vollpumpen, ihre Waffen fallen lassen und in den Wagen springen, der auf sie wartet. Dann werden sie sich an den Schrittmacher anhängen und vom Schauplatz verschwinden.«

»Wer wird den Schrittmacher fahren?«

»Irgendein gutsituierter und unbescholtener Bürger, der noch nie vor Gericht gestanden hat. Er wird seinen eigenen Wagen fahren. Er wird ihnen den Weg bahnen und, wenn's sein muß, ganz zufällig eine Karambolage herbeiführen, notfalls sogar mit einem Polizeiwagen. Das wird ihm dann ganz schrecklich leid tun, und er wird sich sein ganzes echtseidenes Hemd vollweinen. Und die Killer werden über alle Berge sein.«

»Gütiger Himmel«, sagte Anne. »Wie kannst du dein Leben nur ertragen! Wenn du die Sache auffliegen läßt, werden sie die Killer zu dir schicken.«

»Glaube ich nicht. Einen ehrlichen Burschen legen sie nicht um. Sie werden den Killern die Schuld geben. Du mußt bedenken, daß die Gangster an der Spitze Geschäftsleute sind. Sie wollen Geld machen, jede Menge Geld. Richtig rabiat werden sie nur, wenn sie zu der Ansicht kommen, sie müßten sich jemanden vom Halse schaffen, und darauf sind sie gar nicht scharf. Bei sowas besteht immer die Möglichkeit, daß es schiefläuft. Eine winzige Möglichkeit allerdings bloß. Bandenmorde dieser Art sind noch nie aufgeklärt worden, weder hier noch sonstwo, höchstens zwei- oder dreimal. Lepke Buchalter kam auf den elektrischen Stuhl. Erinnerst du dich an Anastasia? Ein großes Tier und jede Menge hart. Zu groß, zu hart. Bleistift.«

Sie schauderte ein bißchen. »Ich glaube, jetzt brauche ich selber was zu trinken.«

Ich grinste sie an. »Da bist du in der richtigen Stimmung, Schatz. Ich werde selber langsam schwach.«

Sie brachte uns zwei Scotch-Highballs. Als wir tranken, sagte ich: »Wenn du sie ausmachen kannst oder doch meinst, sie entdeckt zu haben, dann folgst du ihnen – wenn du's ohne Risiko tun kannst. Sonst nicht. Wenn's ein Hotel ist, wo sie hinfahren – und zehn zu eins wird's ein Hotel sein –, dann schreib dich selber ein und ruf mich so lange an, bis du mich erwischt hast.«

Sie kannte meine Büronummer, und ich war immer noch an der Yukka Avenue. Aber das wußte sie.

»Du bist doch wirklich ein ganz verfluchter Kerl«, sagte sie. »Frauen tun alles für dich, was du willst. Wie kommt das bloß, daß ich mit achtundzwanzig immer noch Jungfrau bin?«

»Ein paar von deiner Art muß es geben. Warum heiratest du denn nicht?«

»Wen denn? Irgendeinen zynischen Herzensbrecher, der nichts mehr hat als seine Technik? Ich kenne überhaupt keine richtig netten Männer – außer dir. Bloß weiße Zähne und ein kitschiges Lächeln können mich nicht mehr umschmeißen.«

Ich ging hinüber und zog sie auf die Füße. Ich küßte sie lange und hart. »Ich bin ehrlich«, flüsterte ich fast. »Das ist immerhin etwas. Aber ich bin schon zu verbraucht und verdorben für ein Mädchen wie dich. Ich hab an dich gedacht, ich hab dich gewollt, aber wenn ich in deine lieben klaren Augen sehe, dann weiß ich, daß ich die Finger von dir lassen muß.«

»Nimm mich«, sagte sie leise. »Ich hab auch meine Träume.«

»Ich könnte's nicht. Es ist nicht das erstemal, daß es mir passiert. Ich habe zu viele Frauen gehabt, um noch eine wie dich zu verdienen. Wir müssen einem Mann das Leben retten. Ich gehe jetzt.«

Sie stand auf und sah mir nach, mit ernstem Gesicht.

Die Frauen, die man kriegt, und die Frauen, die man nicht kriegt – sie leben in verschiedenen Welten. Ich verachte weder die eine noch die andere. Ich lebe selber in beiden.

III

Auf dem International Airport von Los Angeles kommt man an die Maschinen nicht heran, es sei denn, man fliegt selber mit einer ab. Man sieht sie landen, wenn man zufällig an der richtigen Stelle steht, aber um die Passagiere zu Gesicht zu bekommen, muß man hinter einer Barriere warten. Die Gebäudeanlage des Flughafens macht die Sache auch nicht gerade leichter. Sie hat eine Ausdehnung von hier bis zum nächsten Frühstück, und wenn man zu Fuß vom TWA-Ausgang zum amerikanischen will, kann man sich Schwielen laufen.

Ich schrieb mir die Ankunftszeiten von den Tafeln ab und stöberte herum wie ein Hund, dem entfallen ist, wo er seinen Knochen vergraben hat. Maschinen flogen ein, Maschinen hoben ab, Gepäckträger schleppten Koffer, Passagiere schwitzten und hetzten vorbei, Kinder wimmerten, und der Lautsprecher überdröhnte alle anderen Geräusche.

Ich kam ein paarmal an Anne vorüber. Sie nahm keine Notiz von mir.

Um 5 Uhr 45 mußten sie angekommen sein. Anne verschwand. Ich gab ihr eine halbe Stunde, bloß für den Fall, daß sie irgendeinen anderen Grund gehabt hatte, sich unsichtbar zu machen. Nein. Sie war echt nicht mehr da. Ich ging hinaus zu meinem Wagen und fuhr im dichten Verkehr ein paar lange Meilen nach Hollywood und zu meinem Büro. Ich trank einen Schluck und hockte mich hin. Um 6 Uhr 45 klingelte das Telephon.

»Also ich glaube, ich hab sie«, sagte sie. »Beverly-Western Hotel. Zimmer 410. Namen konnte ich nicht ergattern. Du weißt ja, die Leute in der Rezeption lassen heutzutage keine Meldescheine mehr rumliegen. Und groß Fragen stellen wollte ich nicht. Aber ich bin mit ihnen im Fahrstuhl nach oben gefahren und hab mir ihr Zimmer gemerkt. Bin einfach an ihnen vorbeigegangen, als der Page den Schlüssel in die Tür steckte, dann zu Fuß in den Zwischenstock und von da mit dem Fahrstuhl wieder nach unten, mit einem Haufen Weiber aus der Teestube. Ein Zimmer hab ich mir gar nicht extra genommen.«

»Wie sahen sie aus?«

»Sie kamen zusammen durch die Sperre, aber reden hab ich sie nicht gehört. Beide hatten Aktentaschen, beide trugen unauffällige Anzüge, nichts Protziges. Weiße Hemden, gestärkt, der eine einen blauen Schlips, der andere einen schwarzen mit grauen Streifen. Schwarze Schuhe. Zwei Geschäftsleute von der Ostküste. Könnten auch Verleger sein, Anwälte, Ärzte, Werbemanager irgendeiner Firma – nein, das letzte streich mal wieder; dafür machten sie nicht genug von sich her. Kein Mensch würde ihnen einen zweiten Blick gönnen.«

»Gönn ihnen einen. Die Gesichter.«

»Beide mittelbraunes Haar, der eine ein bißchen dunkler als der andere. Glatte Gesichter, ziemlich ausdruckslos. Einer hatte graue Augen; der mit dem helleren Haar hatte blaue. Die Augen waren interessant. Sehr schnell beweglich, sehr wachsam, alles registrierend, was in ihre Nähe kam. Daß man ihnen das anmerkte, könnte ein Fehler gewesen sein. Sie hätten sich ein bißchen in ihre unmittelbaren Pläne vertiefen oder sich für Kalifornien interessieren sollen. Statt dessen beschäftigten sie sich offenbar intensiv mit den Gesichtern. Ist ganz gut, daß ich sie ausgemacht habe und nicht du. Du siehst zwar nicht wie ein Bulle aus, aber du siehst auch nicht wie ein Mann aus, der kein Bulle ist. Du bist irgendwie gezeichnet.«

»Pfui. Ich bin ein verdammt gutaussehender Herzensbrecher.«

»Ihre Gesichtszüge waren absolut Fließband. Keiner von ihnen sah wie ein Italiener aus. Beide holten sich einen Flugkoffer ab. Der eine Koffer war grau und hatte zwei senkrechte rotweiße Streifen, etwa sechs oder sieben Zoll von den Kanten entfernt; der andere hatte ein blauweißes Tartanmuster. Ich wußte gar nicht, daß es so einen Tartan gibt.«

»Gibt es, aber den Namen dafür hab ich auch vergessen.«

»Ich dachte, du wüßtest alles.«

»Bloß fast alles. Fahr jetzt mal schön nach Hause.«

»Krieg ich was zu essen und vielleicht einen Kuß?«

»Später, und wenn du nicht auf der Hut bist, kriegst du womöglich mehr, als du möchtest.«

»Ein Mädchenschänder, was? Ich werde eine Pistole einstecken. Übernimmst du jetzt und folgst ihnen?«

»Wenn sie die richtigen sind, werden sie mir folgen. Ich hab mir schon ein Apartment genommen, auf der Straßenseite gegenüber von Ikky. Der Block an der Poynter und die beiden rechts und links davon bestehen praktisch nur aus miesen Apartmenthäusern, etwa sechsen pro Block. Ich gehe jede Wette ein, daß der Nuttenanteil sehr hoch ist.«

»Der ist heutzutage überall hoch.«

»Bis dann, Anne. Ich meld mich wieder.«

»Wenn du Hilfe brauchst.«

Sie legte auf. Ich legte auf. Sie bereitete mir ein bißchen Kopfzerbrechen. Sie war zu klug, um so hübsch zu sein. Vielleicht sind ja alle hübschen Frauen auch klug. Ich läutete bei Ikky an. Er war außer Hauses. Ich genehmigte mir einen Schluck aus der Büroflasche, rauchte eine halbe Stunde lang vor mich hin und rief dann wieder an. Diesmal bekam ich ihn an die Strippe.

Ich teilte ihm mit, wie die Dinge zur Zeit standen, und sagte, ich hoffe, daß Anne die richtigen Männer erwischt hätte. Ich erzählte ihm auch von dem Apartment, das ich genommen hatte.

»Kriege ich Spesen?« fragte ich.

»Fünf Riesen sollten das bißchen mit decken.«

»Wenn ich sie mir verdiene und sie auch kriege. Ich hab gehört, Sie hätten eine Viertelmillion«, sagte ich und riet nur so wild in die Gegend.

»Könnte schon sein, mein Freund; bloß wie komme ich dran? Die Leute an der Spitze wissen, wo sie ist. Sie wird eine ganze Weile auf Eis liegen müssen.«

Ich sagte, das ginge schon in Ordnung. Ich hätte selber eine ganze Weile auf Eis gelegen. Natürlich rechnete ich nicht damit, die vier Tausender zu bekommen, selbst wenn ich den Job glücklich über die Bühne brachte. Männer wie Ikky Rosenstein waren imstande, ihrer eigenen Mutter die Goldkronen aus dem Mund zu klauen. Ein bißchen Gutes schien ja irgendwo in ihm zu stecken – aber das entscheidende Wort dabei war eben das ›bißchen‹.

Ich brachte die nächste halbe Stunde über dem Versuch zu, mir einen Plan auszudenken. Mir wollte nichts einfallen, was auch nur einigermaßen erfolgversprechend aussah. Mittlerweile war es fast acht Uhr, und ich brauchte dringend etwas in den Magen. Ich konnte mir eigentlich nicht denken, daß die Kerls noch heute abend wieder umziehen würden. Erst morgen früh würden sie an Ikkys Wohnung vorbeifahren und die Gegend dort ein bißchen erkunden.

Ich stand grad im Begriff, das Büro zu verlassen, als der Summer an der Tür meines Wartezimmers ertönte. Ich öffnete die Verbindungstür. Ein kleiner Mann mit verkniffenem Gesicht stand mitten im Raum und wippte auf den Absätzen, die Hände hinter dem Rücken. Er lächelte mich an, aber besonders gut geriet ihm das nicht. Er kam auf mich zu.

»Sind Sie Marlowe?«

»Wer sonst? Was kann ich für Sie tun?«

Er war ganz nah jetzt. Er brachte blitzschnell die rechte Hand herum, mit der Pistole darin. Er stieß mir die Pistole in den Magen.

»Sie lassen die Finger von Ikky Rosenstein«, sagte er mit einer Stimme, die zu seinem Gesicht paßte, »oder Sie kriegen den Bauch voll Blei.«

IV

Er war ein Amateur. Wenn er vier Fuß Abstand gehalten hätte, wäre er gar nicht schlecht dran gewesen. Ich hob die Hand und nahm die Zigarette aus dem Mund und hielt sie ganz achtlos.

»Was hat Sie auf den Einfall gebracht, ich kenne einen Ikky Rosenstein?«

Er lachte auf, in leicht schrillem Ton, und drückte mir seine Pistole noch tiefer in den Magen.

»Das möchten Sie wohl gern wissen, was?« Der billige Hohn, der leere Triumph eines Machtgefühls, das sich einstellt, sobald eine kleine Hand eine große Waffe hält.

»Wäre nur fair, mir das zu erzählen.«

Als sein Mund aufging, um irgendeinen neuen Quatsch abzulassen, ließ ich die Zigarette fallen und schlug zu. Ich kann ziemlich fix sein, wenn ich muß. Es gibt zwar Jungens, die noch fixer sind, aber die bohren einem nicht die Pistole in den Magen. Ich bekam meinen Daumen hinter den Abzug und meine Hand über seine. Ich rammte ihm mein Knie in die Leistengegend. Er kippte wimmernd nach vorn. Ich drehte ihm den Arm nach rechts und hatte seine Waffe. Ich hakte einen Absatz hinter seinen Absatz, und er lag am Boden. Er lag da, blinzelnd vor Überraschung und Schmerz, die Knie ein wenig gegen den Magen angezogen. Ich griff nieder und grapschte mir seine linke Hand und riß ihn auf die Füße. Ich hatte sechs Zoll und vierzig Pfund mehr als er. Sie hätten mir einen größeren, besser trainierten Boten schicken sollen.

»Gehn wir mal in meine Denkerklause«, sagte ich. »Wir halten einen kleinen Schwatz, und Sie kriegen was zu trinken, damit Sie wieder zu Kräften kommen. Nächstesmal gehn Sie nicht so nah an einen Kandidaten heran, daß er Ihre Ballerhand erwischen kann. Ich seh nur rasch noch nach, ob Sie vielleicht noch mehr Eisenwaren bei sich haben.«

Er hatte nicht. Ich schob ihn durch die Tür und in einen Sessel. Sein Atem ging nicht mehr ganz so rasselnd. Er grapschte sich ein Taschentuch heraus und wischte sich das Gesicht.

»Nächstesmal«, sagte er zwischen den Zähnen. »Nächstesmal.«

»Seien Sie nicht zu optimistisch. Die Rolle steht Ihnen nicht.«

Ich goß ihm einen Scotch ein, in einen Pappbecher, stellte ihn vor ihn hin. Ich klappte seine 38er auseinander und ließ die Patronen in die Schreibtischschublade plumpsen. Ich klickte die Kammer wieder zu und legte die Waffe hin.

»Sie kriegen sie, wenn Sie gehen – falls Sie gehen.«

»Das ist eine dreckige Kampfmethode«, sagte er, immer noch keuchend.

»Sicher. Einen Mann einfach abzuknallen, ist viel sauberer. Also, wie sind Sie hergekommen?«

»Lecken Sie sich doch selbst.«

»Seien Sie kein Vollidiot. Ich habe Freunde. Nicht viele, aber ein paar denn doch. Ich kann Sie wegen bewaffneten Überfalls rankriegen, und was dann passiert, das wissen Sie ja wohl. Sie kämen auf Habeascorpus oder auf Kaution wieder frei, und das wäre das letzte, was man von Ihnen gehört hätte. Ihre Chefs sind allergisch gegen Versager. Also, wer hat Sie geschickt – und woher wußten Sie die Adresse?«

»Ikky ist beschattet worden«, sagte er mürrisch. »Er ist ein Dummkopf. Ich bin ihm mühelos bis hierher gefolgt. Wieso mußte er einen Privatdetektiv aufsuchen? Gewisse Leute wollen das wissen.«

»Weiter.«

»Ach scheren Sie sich doch zum Teufel.«

»Wenn ich's mir recht überlege, brauche ich Sie gar nicht wegen bewaffneten Überfalles ranzukriegen. Ich kann's gleich hier an Ort und Stelle aus Ihnen rausquetschen.«

Ich stand aus dem Sessel auf, und er streckte eine flache Hand aus.

»Wenn Sie mich fertigmachen, kriegen Sie von zwei richtig harten Burschen Besuch. Dasselbe passiert, wenn ich mich nicht zurückmelde. Sie haben überhaupt keine echten Trümpfe in der Hand. Es sieht bloß so aus«, sagte er.

»Und Sie haben überhaupt nichts zu erzählen. Wenn dieser Ikky mich besuchen gekommen ist, dann wissen Sie jedenfalls nicht, aus welchem Grund – und ob ich angenommen habe. Wenn er ein Gangster ist, dann ist er nicht mein Typ als Klient.«

»Er ist zu Ihnen gegangen, damit Sie versuchen, seine Haut zu retten.«

»Vor wem denn?«

»Ich bin keine Plaudertasche.«

»Machen Sie nur so weiter. Ihr Mundwerk scheint ganz gut zu funktionieren. Und richten Sie Ihren Leutchen aus, sobald ich mich vor einen Lumpen stellte, wäre ich erledigt.«

Man muß von Zeit zu Zeit ein bißchen flunkern in meinem Beruf. Ich flunkerte ein bißchen. »Was hat Ikky denn angestellt, daß er sich so unbeliebt gemacht hat? Oder können Sie mir auch das nicht sagen, ohne eine Plaudertasche zu werden?«

»Sie bilden sich wohl wunders was ein, was Sie wären«, höhnte er und rieb sich die Stelle, wo ich ihm das Knie hingepflanzt hatte. »In meiner Mannschaft wären Sie nicht mal in der Reserve.«

Ich lachte ihm ins Gesicht. Dann grapschte ich mir sein rechtes Handgelenk und drehte es ihm auf den Rücken. Er fing an zu zetern. Ich langte ihm mit der Linken in die Jacke und zog eine Brieftasche heraus. Dann ließ ich ihn los. Er griff nach seiner Pistole auf dem Schreibtisch, und ich hieb ihm den Oberarm mit einem harten Schlag in Stücke. Er sank in den Kundensessel zurück und grunzte.

»Sie kriegen Ihre Pistole«, erklärte ich ihm. »Wenn ich

sie Ihnen gebe. Jetzt seien Sie aber brav, sonst muß ich Ihnen spaßeshalber mal einen etwas derberen Puff geben.«

In der Brieftasche steckte ein Führerschein, ausgestellt auf den Namen Charles Hickon. Das nützte mir überhaupt nichts. Lumpen von diesem Typ haben immer banale Pseudonyme. Vermutlich wurde er Tiny gerufen oder Slim oder Marbles oder einfach bloß ›du da‹. Ich warf ihm die Brieftasche wieder zu. Sie fiel zu Boden. Er konnte sie nicht einmal auffangen.

»Teufel noch eins«, sagte ich, »die müssen Sparmaßnahmen eingeführt haben, daß sie sowas wie Sie nicht mehr bloß zum Kippensammeln schicken.«

»Lecken Sie sich doch selbst.«

»Na schön, Bursche. Hauen Sie ab, und gehn Sie wieder spielen. Hier ist Ihre Kanone.«

Er nahm sie, schob sie sich umständlich in den Hosenbund, stand auf, warf mir den dreckigsten Blick zu, den er auf Lager hatte, und schlenderte zur Tür, so nonchalant wie eine Nutte mit einer neuen Nerzstola. An der Tür drehte er sich um und versuchte, einen stahlharten Blick zustande zu bringen.

»Halten Sie die Ohren steif, Angeber, und reden Sie nicht zuviel Blech. Das kriegt leicht Beulen.«

Mit dieser blendenden Probe seiner Schlagfertigkeit öffnete er die Tür und entschwebte.

Nach einem Weilchen schloß ich meine andere Tür ab, schaltete den Summer aus, machte das Büro dunkel und ging. Niemand begegnete mir, der aussah, als wollte er mir das Leben nehmen. Ich fuhr zu mir nach Hause, packte einen Koffer, fuhr zu einer Tankstelle, wo man mich fest ins Herz geschlossen hatte, stellte meinen Wagen dort ab und mietete mir einen Chevrolet. Mit dem fuhr ich zur Poynter Street, verstaute meinen Koffer in dem schäbigen Apartment, das ich am frühen Nachmittag bezogen hatte, und ging zu Victor zum Abendessen. Es war neun Uhr, zu spät, um noch nach Bay City zu fahren und Anne zum Essen zu holen. Sie hatte sich bestimmt schon längst etwas selber gekocht.

Ich bestellte einen doppelten Gibson mit frischen Limonen und trank und hatte einen Kohldampf wie ein Schuljunge.

V

Auf dem Rückweg zur Poynter Street machte ich alle möglichen Manöver, bog immer wieder ab, fuhr im Kreis um die Blocks und hielt an, eine Pistole auf dem Sitz neben mir. Soweit ich's übersehen konnte, versuchte mir niemand zu folgen.

Ich hielt an einer Tankstelle am Sunset und tätigte zwei Anrufe von der Zelle aus. Ich erwischte Bernie Ohls grad noch, als er auf dem Sprung war, nach Hause zu gehen.

»Hier ist Marlowe, Bernie. Wir haben uns schon jahrelang nicht mehr gekabbelt. Ich fange an, mich einsam zu fühlen.«

»Dann heiraten Sie doch. Ich bin jetzt Chef der Ermittlungsstelle im Sheriffsamt. Habe interimistisch den Dienstgrad eines Captain, bis ich das Examen bestehe. Ich spreche kaum noch mit Privatdetektiven.«

»Machen Sie mal eine leutselige Ausnahme. Ich könnte Hilfe brauchen. Ich habe einen kitzligen Job vor mir, bei dem ich leicht ins Gras beißen kann.«

»Und da erwarten Sie von mir, daß ich dem natürlichen Gang der Dinge in den Weg trete?«

»Kommen Sie mal auf den Teppich, Bernie. Ganz so übel bin ich doch gar nicht gewesen. Ich versuche, einen ehemaligen Gangster vor seinen Henkern zu retten.«

»Je mehr von denen sich gegenseitig ummähen, desto wohler wird mir.«

»Tja. Wenn ich Sie anrufe, kommen Sie wie der Blitz

oder schicken Sie ein paar gute Jungs. Sie werden ja Zeit gehabt haben, ihnen was beizubringen.«

Wir tauschten noch ein paar milde Beleidigungen und legten auf. Ich wählte Ikky Rosensteins Nummer. Seine ziemlich unangenehme Stimme sagte: »Okay, reden Sie.«

»Marlowe. Halten Sie sich bereit, gegen Mitternacht auszuziehen. Wir haben Ihre beiden Freunde entdeckt, sie sind im Beverley-Western abgestiegen. Heute abend werden sie wohl kaum noch in Ihrer Straße auftauchen. Denken Sie dran, die beiden wissen nicht, daß Sie einen Tip gekriegt haben.«

»Klingt riskant.«

»Guter Gott, als Sonntagsschulausflug war's auch nicht gedacht. Sie sind unvorsichtig gewesen, Ikky. Man ist Ihnen gefolgt, als Sie zu mir ins Büro kamen. Das beschneidet die Zeit, die uns noch bleibt.«

Er war einen Moment lang still. Ich hörte ihn atmen. »Wer?« fragte er dann.

»Irgendein kleiner Ganeff, der mir eine Pistole in den Bauch gerammt hat, so daß ich mir die Mühe machen mußte, sie ihm wegzunehmen. Daß sie mir einen Anfänger von der Sorte geschickt haben, kann ich mir nur so erklären, daß ich im Fall des Falles nicht zuviel aus ihm rauskriegen sollte – wenn ich's nicht schon wußte.«

»Es wird noch ungemütlich für Sie werden, Freund.«

»Wann würde's das nicht? Ich werde gegen Mitternacht bei Ihnen vorbeikommen. Halten Sie sich bereit. Wo steht Ihr Wagen?«

»Draußen vorm Haus.«

»Stellen Sie ihn in einer Seitenstraße ab und schließen Sie auffällig und umständlich dran herum. Wo ist der Hintereingang von Ihrem Laden?«

»Auf der Rückseite. Wo soll er sonst wohl sein? Auf der Gasse.«

»Lassen Sie dort Ihren Koffer oder was Sie sonst an

Gepäck haben. Wir gehen zusammen raus und zu Ihrem Wagen. Dann fahren wir in die Gasse und holen das Zeug.«

»Wenn mir das aber jemand stiehlt?«

»Tja. Wenn Sie nun aber jemand umlegt? Was gefällt Ihnen denn besser?«

»Okay«, grunzte er. »Ich warte. Aber wir gehen ein großes Risiko ein.«

»Das tun Rennfahrer auch. Lassen sie's deswegen bleiben? Es gibt nur eine einzige Möglichkeit, und die heißt: So schnell wie möglich weg. Machen Sie gegen zehn das Licht aus und bringen Sie das Bett durcheinander. Es wäre auch gut, wenn Sie einen Teil Ihres Gepäcks zurückließen. Sähe dann nicht so geplant aus.«

Er grunzte ein zweites ›Okay‹, und ich legte auf. Die Telephonzelle war von außen gut beleuchtet. Das sind sie gewöhnlich, an Tankstellen. Ich sah mich ausführlich um, während ich in den Landkarten und Stadtplänen herumklaubte, die sie drinnen als Werbematerial ausgelegt hatten. Ich sah nichts, was mich hätte beunruhigen müssen. Ich nahm mir eine Karte von San Diego, nur so aus Jux eigentlich, und stieg in meinen Mietwagen.

An der Poynter parkte ich um die Ecke und ging in mein schäbiges Apartment im ersten Stock hinauf und setzte mich im Dunkeln ans Fenster, um zu beobachten. Ich sah nichts, was mich hätte beunruhigen müssen. Zwei mittelklassige Hürchen kamen aus Ikkys Apartmenthaus und wurden von einem nagelneuen Wagen aufgenommen. Ein Mann, der etwa Ikkys Größe und Figur hatte, ging ins Haus hinein. Verschiedene Leute kamen und gingen. Die Straße war ziemlich still. Seit es den Hollywood Freeway gibt, benutzt kein Mensch mehr die kleineren Straßen, es sei denn, er wohnt in der Gegend.

Es war eine schöne Herbstnacht – so schön jedenfalls, wie Herbstnächte noch werden können im ruinierten Klima von Los Angeles –, klar, aber nicht einmal frisch. Ich weiß nicht, was mit dem Wetter passiert ist in unserer übervölkerten Stadt, aber es ist nicht mehr das Wetter, das ich seinerzeit kennenlernte, als ich herkam.

Die Zeit bis Mitternacht wurde mir lang. Ich konnte niemanden entdecken, der irgendwo auf der Lauer lag, und keine zwei unauffällig gekleideten Männer wurden vor einem der sechs Apartmenthäuser sichtbar, die zur Auswahl standen. Ich war ziemlich sicher, daß sie's in meinem zuerst versuchen würden, wenn sie kamen, und wenn Anne die richtigen ausgemacht hatte, und wenn überhaupt jemand gekommen war, und wenn die Botschaft, die ich dem kleinen Ganeff mitgegeben hatte, mir bei seinen Chefs etwas genützt hatte, und wenn und wenn. Trotz der hundert Möglichkeiten, daß Anne sich geirrt haben konnte, hatte ich das sichere Gefühl, daß alles richtig gelaufen war. Die Killer hatten keinen Grund, besonders ängstlich oder vorsichtig zu sein, wenn sie nicht wußten, daß Ikky gewarnt worden war. Keinen Grund außer einem. Er war in mein Büro gegangen und auf dem Weg dorthin beschattet worden. Aber es ließ sich auch denken, daß die Organisation, mit all ihrem überheblichen Machtgefühl, einfach nur gelacht hatte bei dem Gedanken, er könnte einen Tip bekommen und bei mir Hilfe gesucht haben. Ich war so klein, daß sie mich wahrscheinlich kaum wahrnehmen konnten.

Um Mitternacht verließ ich das Apartment, schlenderte zwei Blocks weit, um zu beobachten, ob ich einen Schatten hatte, überquerte die Straße und ging in Ikkys Unterschlupf. Es gab keine verschlossene Tür und auch keinen Fahrstuhl. Ich stieg die Treppe hinauf zum zweiten Stock und sah mich nach seinem Apartment um. Ich klopfte leicht an die Tür. Er öffnete mit einer Pistole in der Hand. Vermutlich hatte er ein ängstliches Gesicht.

Neben der Tür standen zwei Koffer, ein weiterer stand hinten an der Wand. Ich ging hinüber und hob ihn auf. Er war schwer genug. Ich öffnete ihn. Er war unverschlossen.

»Sie brauchen sich keine Sorgen zu machen«, sagte er. »Es ist alles drin, was man für drei, vier Nächte brauchen würde, und nichts außer ein paar Kleidungsstücken, die ich mir praktisch in jedem Laden von der Stange holen kann.«

Ich griff nach einem der beiden anderen Koffer. »Deponieren wir die hier am Hinterausgang.«

»Wir können auch gleich selber zur Gasse raus.«

»Wir gehen durch den Vordereingang. Bloß für den Fall, daß wir beschattet werden – obwohl ich das nicht glaube –, benehmen wir uns wie zwei Burschen, die einen kleinen Spaziergang machen. Bloß eins noch. Behalten Sie die Hände in den Taschen und die Kanone in der rechten Hand. Wenn jemand Sie von hinten mit Ihrem Namen anruft, drehn Sie sich blitzschnell um und schießen. Denn das tut nur jemand, der Ihnen ans Leben will. Ich mach's genauso.«

»Ich habe Angst«, sagte er mit seiner rostigen Stimme.

»Ich ebenfalls, wenn Ihnen das was hilft. Aber wir müssen hindurch. Wenn Sie von irgendwem angehauen werden, sind's vermutlich zwei, und sie haben Pistolen in der Hand. Halten Sie sich nicht damit auf, erst noch groß Fragen zu stellen. In Worten würden Sie keine Antwort bekommen. Falls es sich bloß um meinen kleinen Freund handelt, werden wir ihn abkühlen und hinter die Tür packen. Alles kapiert?«

Er nickte, leckte sich die Lippen. Wir trugen die Koffer nach unten und stellten sie draußen vor die Hintertür. Wir blickten die Gasse entlang. Kein Mensch, und nur ein kleines Stück bis zur Seitenstraße. Wir gingen wieder hinein und durch die Halle nach vorn. Wir traten auf die Poynter Street hinaus, mit der ganzen Gelassenheit einer Hausfrau, die loszieht, um ihrem Mann zum Geburtstag einen Schlips zu kaufen.

Nirgends regte sich jemand. Die Straße war leer. Wir gingen um die Ecke zu Ikkys Mietwagen. Er schloß ihn auf.

Ich ging mit ihm zurück, um die Koffer zu holen. Noch immer regte sich nichts. Wir stellten die Koffer in den Wagen und starteten und fuhren zur nächsten Straße vor.

Eine Verkehrsampel außer Betrieb, ein Stoppschild oder zwei, die Zufahrt zum Freeway. Selbst jetzt um Mitternacht herrschte hier dichter Verkehr. Kalifornien ist randvoll von Leuten, die dauernd irgendwohin müssen und es schrecklich eilig damit haben. Wenn man nicht mindestens mit hundertzwanzig Sachen fährt, überholt einen jeder. Tut man's aber, muß man dauernd den Rückspiegel im Auge behalten, ob einem auch keine Verkehrskontrolle folgt. Es ist das reinste Rattenrennen.

Ikky fuhr ruhige hundert. Wir erreichten die Kreuzung mit der Route 66 und bogen auf diese ein. Bis dahin nichts. Ich fuhr noch bis Pomona mit ihm weiter.

»Das ist jetzt weit genug für mich«, sagte ich. »Ich nehme mir einen Bus zurück, wenn es einen gibt, oder gehe in ein Motel. Fahren Sie zu einer Tankstelle, daß ich mich nach einer Bushaltestelle erkundigen kann. Sie müßte eigentlich nah am Freeway liegen. Fahren wir erst mal in die Innenstadt rein.«

Das tat er, hielt in der Mitte eines Blocks. Er zog seine Brieftasche heraus und hielt mir vier Tausend-Dollar-Scheine hin.

»Ich hab eigentlich nicht das Gefühl, daß ich das alles verdient habe. Es war zu leicht.«

Er lachte, mit einer Art schiefer Belustigung auf seinem teigigen Gesicht. »Seien Sie kein Idiot. Ich hab's geschafft. Sie wußten ja gar nicht, auf was Sie sich da eingelassen hatten. Und was noch schwerer wiegt – für Sie fängt das Schlamassel erst an. Die Organisation hat Augen und Ohren überall. Vielleicht bin ich sicher, wenn ich mich verdammt in acht nehme. Vielleicht bin ich auch längst nicht so sicher, wie ich glaube. Sie jedenfalls haben getan, um was ich Sie bat. Nehmen Sie also auch das Geld. Ich hab's dicke.«

Ich nahm es und steckte es weg. Er fuhr zu einer Tankstelle mit Nachtdienst, und wir bekamen erklärt, wo die Bushaltestelle lag.

»Um 2 Uhr 25 fährt ein Überland-Greyhound«, sagte der Tankwart, nachdem er auf einem Fahrplan nachgesehen hatte. »Der wird Sie mitnehmen, wenn noch Platz ist.«

Ikky fuhr zu der Haltestelle. Wir schüttelten uns die Hand, und er jagte die Straße hinunter auf den Freeway zu. Ich sah auf die Armbanduhr, stellte fest, daß ein Schnapsladen in der Nähe noch offen hatte, und kaufte mir eine Pintflasche Scotch. Dann suchte ich mir eine Bar und bestellte einen Doppelten mit Wasser.

Für mich finge das Schlamassel erst an, hatte Ikky gesagt. Er hatte ja so recht.

Ich stieg am Busbahnhof Hollywood aus, grapschte mir ein Taxi und fuhr zu meinem Büro. Ich bat den Fahrer, ein paar Augenblicke zu warten. Um diese Nachtzeit tat er das gerne. Der farbige Nachtportier ließ mich ins Haus.

»Sie arbeiten ja noch sehr spät, Mr. Marlowe. Aber bei Ihnen ist das ja fast die Regel, nicht wahr?«

»Das bringt der Beruf so mit sich«, sagte ich. »Danke, Jasper.«

Oben in meinem Büro tastete ich auf dem Boden nach Post und fand nichts als ein längliches schmales Päckchen, Eilzustellung, Poststempel Glendale.

Es enthielt nichts als einen neuen, frischgespitzten Bleistift, das Todeszeichen der Gangster.

VI

Ich nahm das nicht allzu ernst. Wenn sie wirklich was mit einem vorhaben, dann schicken sie einem das nicht. Ich nahm es als eine scharfe Warnung, die Finger von der Sache zu lassen. Vielleicht hatten sie Anstalten getroffen, mich zusammenschlagen zu lassen. Von ihrem Standpunkt aus mußte das eine ganz gute Züchtigung sein. ›Wenn wir den Bleistift nehmen und jemanden ausstreichen, dann ist jeder, der ihm zu helfen versucht, reif für eine Abreibung.‹ Das konnte der Inhalt der Botschaft sein.

Ich überlegte, ob ich nach Hause gehen sollte, zur Yukka Avenue. Zu einsam. Ich überlegte, ob ich zu Anne gehen sollte, nach Bay City. Noch schlimmer. Wenn sie dahinterkamen, daß Anne mit beteiligt war, würden richtige Lumpen sich keinen Augenblick bedenken, sie zu vergewaltigen und dann noch durchzuprügeln.

Blieb mir nur die Bude an der Poynter Street. Wahrscheinlich der sicherste Unterschlupf im Moment. Ich ging wieder nach unten, zu dem wartenden Taxi, und ließ mich in die Nähe des sogenannten Apartmenthauses fahren. Die letzten drei Blocks ging ich zu Fuß. Ich ging nach oben, zog mich aus und hatte einen schlechten Schlaf. Nichts belästigte mich außer einer gebrochenen Sprungfeder. Die belästigte meinen Rücken. Ich lag bis 3 Uhr 30 und beschäftigte meine sämtlichen, sonst gar nicht unimposanten Gehirnzellen damit, die Situation zu überdenken. Ich schlief mit einer Pistole unter dem Kopfkissen ein, was ein schlechter Aufbewahrungsort ist, wenn man ein Kissen hat, so dick und so weich wie die Filzunterlage einer Schreibmaschine. Die Pistole störte mich, also überführte ich sie in meine rechte Hand. Langjährige Erfahrung hatte mich gelehrt, daß sie selbst im Schlaf dort am besten aufgehoben war.

Ich wachte bei strahlendem Sonnenschein auf. Ich fühlte mich wie ein Stück vergammeltes Fleisch. Ich quälte mich ins Badezimmer und nahm eine kalte Dusche und rieb mich mit einem Handtuch ab, so fadenscheinig, daß man es, wenn man es seitlich hielt, gar nicht mehr sehen konnte. Wirklich ein großartiges Apartment. Es fehlte eigentlich nur noch eine Chippendale-Einrichtung, dann hätte es sich in jedem Slum-Viertel sehen lassen können.

Zu essen war nichts da, und wenn ich wegging, konnte der nichts verpassende Marlowe vielleicht doch etwas verpassen. Ich hatte noch die Pintflasche Whisky. Ich betrachtete sie und roch daran, aber zum Frühstück, auf leeren Magen, konnte ich sie nicht gebrauchen, selbst wenn es mir gelungen wäre, meinen Magen, der irgendwo unter der Decke hing, wieder auf den Teppich zu bringen. Ich sah in den Schränken nach, bloß für den Fall, daß ein früherer Bewohner bei hastigem Auszug vielleicht eine Brotkruste dagelassen hatte. Nichts. Sie hätte mir auch sowieso wohl kaum geschmeckt, selbst mit einem Schuß Whisky obendrauf. Also setzte ich mich ans Fenster. Als ich da eine Stunde gehockt hatte, war ich soweit, notfalls einen Pagen anzuknabbern.

Ich zog mich an und ging um die Ecke zu meinem Mietwagen und fuhr zu einer Fressalienbude. Die Kellnerin war ebenfalls düsterer Laune. Sie wischte mit einem Lappen vor mir die Theke und fegte mir die Krümel des letzten Kunden in den Schoß.

»Hören Sie mal, Herzchen«, sagte ich, »seien Sie nicht so spendabel. Heben Sie sich die Krümel für einen verregneten Tag auf. Ich will nichts weiter als zwei Eier – drei Minuten, nicht mehr –, eine Scheibe von Ihrem berühmten Betontoast, ein großes Glas Tomatensaft mit einem Schuß Lea und Perrins, ein strahlend glückliches Lächeln, und schenken Sie ja niemandem sonst Kaffee ein. Ich brauche wahrscheinlich alles, was da ist, für mich.«

»Ich hab einen Schnupfen«, sagte sie. »Drangsalieren Sie mich nicht. Ich könnte Ihnen sonst eins in die Fresse geben.«

»Kommen Sie, vertragen wir uns. Ich hab auch eine schlimme Nacht hinter mir.«

Sie schenkte mir ein halbes Lächeln und zwängte sich seitlich durch die Schwingtür. Das brachte ihre Kurven, die recht namhaft waren, ja geradezu ausladend, deutlicher zur Geltung. Aber ich bekam die Eier so, wie ich sie mochte. Der

Toast war mit geschmolzener Butter bepinselt, die ihre Blütezeit schon hinter sich hatte.

»Lea und Perrins gibt's nicht«, sagte sie und setzte mir den Tomatensaft hin. »Wie wär's mit ein bißchen Tabasco? Das Arsen ist uns leider auch ausgegangen.«

Ich nahm zwei Tropfen Tabasco, schlang die Eier herunter, trank zwei Tassen Kaffee und wollte den Toast als Trinkgeld liegen lassen, wurde dann aber weich und legte statt dessen einen Vierteldollar hin. Das heiterte sie nun wirklich auf. Es war ein Lokal, wo man einen Dime gab oder gar nichts. Meistens gar nichts.

An der Poynter hatte sich nichts verändert. Ich trat wieder an mein Fenster und setzte mich. Gegen 8 Uhr 30 kam der Mann, den ich in das Apartmenthaus gegenüber hatte gehen sehen – der Mann, der die gleiche Größe und Figur wie Ikky hatte –, mit einer kleinen Aktentasche wieder heraus und wandte sich nach Osten. Zwei Männer stiegen aus einem dunkelblauen Sedan. Sie waren von gleicher Größe und sehr unauffällig gekleidet und hatten weiche, tief in die Stirn gezogene Hüte auf. Beide rissen einen Revolver heraus.

»He, Ikky!« rief der eine.

Der Mann drehte sich um. »Mach's gut, Ikky«, sagte der andere Mann. Schüsse krachten zwischen den Häusern. Der Mann sackte zusammen und blieb reglos liegen. Die beiden Männer stürzten auf ihren Wagen zu und rasten nach Westen davon. Einen halben Block weiter sah ich einen Caddy ausbiegen und sich vor sie setzen.

In Nullkommanichts waren sie alle verschwunden.

Es war hübsche rasche saubere Arbeit gewesen. Nur an einem hatte es gefehlt: sie hatten sich nicht genug Zeit für die Vorbereitung genommen.

Sie hatten den falschen Mann erschossen.

VII

Ich war fast so schnell draußen wie die beiden Killer. Um den toten Mann hatte sich eine kleine Gruppe gebildet. Ich brauchte ihn nicht erst zu betrachten, um zu wissen, daß er tot war – die Jungs waren Profis. Wo er drüben lag, auf dem Gehsteig, konnte ich ihn von meiner Seite aus nicht erkennen; Leute waren im Weg. Aber ich wußte auch so, wie er aussah, und in der Ferne hörte ich bereits Sirenen. Es hätte durchaus die Routine-Streife vom Sunset sein können, aber sie war es nicht. Also hatte jemand telephoniert. Es war zu früh noch, als daß die Bullen bloß zum Lunch unterwegs sein konnten.

Ich schlenderte mit meinem Koffer zur Ecke vor und schmiß ihn in den Mietwagen und machte, daß ich wegkam. Die Gegend war nicht mehr nach meinem Geschmack. Ich konnte mir die Fragen schon ausmalen.

›Nun sagen Sie mal, was hatten Sie denn da zu suchen, Marlowe? Sie sind doch nicht plötzlich wohnungslos geworden, oder?‹

›Ich war von einem ehemaligen Gangster engagiert, der Ärger mit der Organisation hatte. Sie hatte Killer auf ihn angesetzt.‹

›Nun erzählen Sie uns bloß nicht, er wollte anständig werden!‹

›Weiß ich nicht. Aber sein Geld kam mir ganz gelegen.‹

›Viel getan haben Sie aber nicht grad, um es sich zu verdienen, oder?‹

›Ich hab ihn gestern nacht weggebracht. Wo er jetzt ist, weiß ich nicht. Ich will's auch gar nicht wissen.‹

›Sie haben ihn weggebracht?‹

›Wie ich sagte.‹

›Ja-ah – nur daß er jetzt mit mehrfachen Schußwunden in der Leichenhalle liegt. Denken Sie sich mal was Besseres aus. Oder es landet noch jemand in der Leichenhalle.‹

Und so weiter. Polizeidialog. Wie aus einem alten Schuhkarton. Was die Kerls sagen, ist albern, und was sie fragen, ist albern. Sie bohren nur immer weiter in einem herum, bis man derart erledigt ist, daß man auf irgendeiner Kleinigkeit ausrutscht. Dann lächeln sie glücklich und reiben sich die Hände und sagen: ›Sehn Sie, da haben Sie jetzt nicht aufgepaßt, stimmt's? Fangen wir noch mal von vorne an.‹

Je weniger ich davon abbekam, desto besser. Ich parkte auf meinem gewohnten Plätzchen und ging ins Büro hinauf. Es war randvoll von nichts als muffiger Luft. Jedesmal, wenn ich das öde Lokal betrat, überkam mich neue Müdigkeit. Warum zum Teufel hatte ich mir bloß nicht vor zehn Jahren einen Job bei einer Behörde besorgt? Oder besser noch vor fünfzehn Jahren. Ich hatte Grips genug, um im Fernkurs eine juristische Prüfung zu schaffen. Das Land wimmelt von Anwälten, die ohne Lehrbuch keine noch so simple Klageschrift zustande brächten.

So setzte ich mich denn in meinen Bürosessel und sah scheel und mißgünstig an mir entlang. Nach einer Weile fiel mir der Bleistift ein. Ich traf bestimmte Vorkehrungen mit einer 45er, einem Kaliber, das ich nie mit mir rumschleppe – zuviel Gewicht. Ich wählte das Sheriffsamt und fragte nach Bernie Ohls. Ich bekam ihn an die Strippe. Seine Stimme klang sauer.

»Marlowe. Ich stecke in der Klemme – echt in der Klemme.«

»Wieso erzählen Sie mir das?« knurrte er. »Daran müssen Sie sich doch allmählich gewöhnt haben.«

»An diese Art Klemme kann man sich nicht gewöhnen. Ich würde ganz gern mal rüberkommen und ein bißchen erzählen.«

»Haben Sie immer noch dasselbe Büro?«

»Dasselbige.«

»Muß sowieso in die Gegend. Ich komme mal einen Sprung rauf.«

Er legte auf. Ich öffnete zwei Fenster. Die sanfte Brise wehte den Geruch von Kaffee und abgestandenem Fett aus Joes Wirtschaft nebenan herüber. Ich haßte diesen Geruch, ich haßte mich selbst, ich haßte überhaupt alles.

Ohls hielt sich gar nicht erst mit meinem eleganten Wartezimmer auf. Er pochte an die Mitteltür, und ich ließ ihn ein. Er steuerte finster auf den Klientensessel zu.

»Okay. Schießen Sie los.«

»Schon mal von einem Typ namens Ikky Rosenstein gehört?«

»Warum sollte ich? Steht er in der Kartei?«

»Ein ehemaliger Gangster, der sich bei der Bande unbeliebt gemacht hatte. Sie nahmen einen Bleistift und strichen seinen Namen durch und schickten per Flugzeug die üblichen zwei harten Burschen. Er bekam einen Tip und engagierte mich, ihm wegzuhelfen.«

»Hübsche saubere Arbeit.«

»Lassen Sie das jetzt mal, Bernie.« Ich zündete mir eine Zigarette an und blies ihm Rauch ins Gesicht. Zur Vergeltung begann er an einer Zigarette zu kauen. Er steckte sich nie eine an, aber er zerfetzte sie dafür buchstäblich, bis nichts mehr übrig war.

»Schauen Sie«, fuhr ich fort. »Mal angenommen, der Mann will ehrlich werden. Oder meinetwegen auch nicht. Jedenfalls hat er ein Recht auf sein Leben, solange er niemanden getötet hat. Und das hätte er nicht, sagt er.«

»Und Sie glauben dem Lumpen das aufs Wort, was? Wann fangen Sie an, in der Sonntagsschule zu unterrichten?«

»Ich habe ihm weder geglaubt noch nicht geglaubt. Ich hab nur einfach angenommen. Es gab keinen Grund, das nicht zu tun. Eine Bekannte von mir und ich haben dann gestern die ankommenden Maschinen beobachtet. Sie konnte die beiden Jungs ausmachen und ist ihnen zu einem Hotel gefolgt. Sie war sicher, die Richtigen erwischt zu haben. Sie sahen ganz danach aus, bis runter zu den schwarzen Schuhen. Sie verließen getrennt das Flugzeug und taten dann wie alte Bekannte, die sich während des Flugs nur nicht bemerkt hatten. Dieses Mädchen – – –«

»Hat sie auch einen Namen?«

»Nur für Sie.«

»Einverstanden – wenn sie nichts angestellt hat.«

»Sie heißt Anne Riordan. Wohnt in Bay City. Ihr Vater war mal Polizeichef dort. Und nun sagen Sie nicht, daß er deswegen schon ein Lump gewesen wäre, weil er das nämlich nicht war.«

»Hm, hm. Lassen Sie mal den Rest hören. Und machen Sie ein bißchen Tempo.«

»Ich nahm mir ein Apartment gegenüber Ikky. Die Killer waren noch in ihrem Hotel. Um Mitternacht holte ich Ikky raus und fuhr mit ihm bis Pomona. Er ist dann in seinem Mietwagen weitergefahren, und ich bin per Greyhound zurück. Ich ging in das Apartment an der Poynter Street, direkt gegenüber von seiner Klitsche.«

»Warum – wenn er doch schon weg war?«

Ich zog die mittlere Schreibtischschublade auf und nahm den schönen spitzen Bleistift heraus. Ich schrieb meinen Namen auf ein Stück Papier und strich ihn dann mit dem Bleistift durch.

»Weil jemand mir das hier geschickt hat. Ich glaube zwar nicht, daß sie mich direkt umlegen wollen, aber wahrscheinlich haben sie den Plan, mir eine gehörige Abreibung zu verpassen und mir damit einen Wink zu geben, keine Faxen mehr zu machen.«

»Die haben also gewußt, daß Sie mit drinstecken?«

»Ikky wurde auf seinem Weg zu mir von einem kleinen Ganeff beschattet, der dann später vorbeikam und mir eine Kanone auf den Magen setzte. Ich hab ihn ein bißchen gebeutelt, mußte ihn aber gehen lassen. Nachdem das passiert war, hielt ich die Poynter Street für sicherer. Ich wohne ein bißchen einsam.«

»Langsam komme ich mit«, sagte Bernie Ohls. »Ich höre auch manchmal die Meldungen. Haben sie also den Falschen abgeknallt.«

»Dieselbe Größe, dieselbe Figur, dieselbe allgemeine Erscheinung. Ich hab's mit angesehen. Ob es die beiden Burschen aus dem Beverly-Western waren, könnte ich allerdings nicht sagen. Ich hab sie selber nie gesehen. Es waren einfach zwei Männer in dunklen Anzügen und mit tief in die Stirn gezogenen Hüten. Sie sprangen in einen blauen Pontiac-Sedan, etwa zwei Jahre alt, und brausten ab, mit einem großen Caddy als Schrittmacher vor sich.«

Bernie stand auf und starrte mich eine ganze Weile an. »Ich glaube nicht, daß man sich jetzt noch mit Ihnen befassen wird«, sagte er. »Sie haben den Falschen erwischt. Die Bande wird sich ein Weilchen sehr still verhalten. Wissen Sie was? Unsere Stadt hier wird allmählich fast so lausig wie New York, Brooklyn und Chicago. Am Ende wird sie noch richtig korrupt.«

»Dazu ist sie allerdings auf dem besten Wege.«

»Sie haben mir nichts erzählt, was mir einen Grund zum Eingreifen gäbe, Phil. Ich werde mal mit den Jungs von der städtischen Mordkommission reden. Daß Sie mit Ärger rechnen müssen, glaube ich nicht. Aber Sie haben die Schießerei mit angesehen. Da wird man von Ihnen Einzelheiten hören wollen.«

»Ich könnte niemanden identifizieren, Bernie. Ich kannte auch den Mann nicht, der erschossen worden ist. Wieso wußten *Sie* denn, daß es der Falsche war?«

»Haben Sie mir doch selber gesagt, Sie Idiot.«

»Ich dachte, die Jungs von der Städtischen hätten ihn vielleicht identifiziert.«

»Wenn sie das hätten, würden sie's mir kaum verraten. Außerdem sind sie noch nicht mal dazu gekommen, frühstücken zu gehen. Der Mann ist für sie bis jetzt bloß ein Toter in der Leichenhalle, bis der Erkennungsdienst mit irgendwas überkommt. Aber sie werden mit Ihnen reden wollen, Phil. Sie sind richtig verliebt in ihre Tonbandgeräte.«

Er ging hinaus, und die Tür witschte hinter ihm zu. Ich saß da und überlegte, ob ich nicht total bescheuert gewesen war, ihm das alles zu erzählen. Oder mich überhaupt mit Ikkys Sorgen zu befassen. Fünftausend grüne Scheinchen sagten nein. Aber selbst die konnten sich irren.

Jemand donnerte an meine Tür. Es war eine Uniform, die mir ein Telegramm hinhielt. Ich quittierte und riß es auf.

Es lautete: »Unterwegs nach Flagstaff. Mirador Motel. Bin wahrscheinlich entdeckt worden. Schnell kommen.«

Ich riß das Papier in kleine Stücke und verbrannte sie in meinem großen Aschenbecher.

VIII

Ich rief Anne Riordan an.

»Eine ganz komische Sache ist passiert«, sagte ich und erzählte ihr von der ganz komischen Sache.

»Das mit dem Bleistift gefällt mir nicht«, sagte sie. »Und daß der falsche Mann umgebracht worden ist, gefällt mir ebenfalls nicht. Vermutlich irgendein armer Buchhalter in einer miesen kleinen Firma – sonst hätte er wohl kaum in der Gegend da gewohnt. Du hättest von vornherein die Finger davon lassen sollen, Phil.«

»Ikky hatte ein Leben. Da, wo er hin will, wird er vielleicht anständig. Er kann den Namen wechseln. Geld muß er ja wohl haben, sonst hätte er mir nicht soviel gezahlt.«

»Ich sagte schon, mir gefällt das mit dem Bleistift nicht. Komm lieber ein Weilchen hier zu mir raus. Die Post kannst du dir ja nachschicken lassen – wenn du überhaupt Post kriegst. Du mußt ja jetzt auch nicht gleich wieder arbeiten. Und L. A. wimmelt nur so von Privatdetektiven.«

»Du verstehst gar nicht, worum es geht. Ich bin noch nicht durch mit dem Job. Die Plattfüße von der Mordkommission müssen wissen, wo ich stecke, und wenn die's wissen, dann wissen es auch sämtliche Gerichtssaal-Schmöcke. Die Bullen könnten sogar auf die Idee kommen, mich zum Verdächtigen zu machen. Keiner, der die Schießerei mit angesehen hat, wird eine Beschreibung abgeben, mit der man was anfangen kann. Unsere lieben Mit-Amerikaner sind zu gewitzigt, um als Zeugen in einem Bandenmord aufzutreten.«

»Na schön, kluger Mann. Aber mein Angebot bleibt bestehen.«

Im Außenzimmer ertönte der Summer. Ich sagte Anne, daß ich auflegen müßte. Ich öffnete die Verbindungstür, und ein gutgekleideter – ich möchte fast sagen, elegant gekleideter – mitteläItlicher Mann stand vor mir, sechs Schritt von der Tür entfernt. Er hatte ein angenehm unehrliches Lächeln auf dem Gesicht. Er trug einen weißen Stetson und eine jener schmalen Krawatten, die durch eine Schmuckschnalle laufen. Sein cremefarbener Flanellanzug war außerordentlich gut geschnitten.

Er zündete sich mit einem goldenen Feuerzeug eine Zigarette an und sah mich über die erste Rauchwolke hinweg an.

»Mr. Marlowe?«

Ich nickte.

»Ich bin Foster Grimes aus Las Vegas. Ich habe das Ranco Esperanza an der South Fifth. Wie ich hörte, hatten Sie ein bißchen mit einem Mann namens Ikky Rosenstein zu tun.«

»Wollen Sie nicht reinkommen?«

Er schlenderte an mir vorbei ins Büro. Sein Äußeres sagte mir nichts. Ein wohlhabender Mann, dem es Spaß machte oder geschäftlich opportun erschien, wenn man ihm den Westen ansah. In Palm Springs, in der Wintersaison, sieht man solche Leute zu Dutzenden. Sein Akzent sagte mir, daß er aus dem Osten stammte, aber nicht aus New England. New York oder Baltimore vielleicht. Long Island, die Berkshires – nein, zu weit von der Stadt.

Ich wies mit einem Handgelenksschlenker auf den Klientensessel und setzte mich selber in meinen betagten Drehquietscher. Ich wartete.

»Wo ist Ikky jetzt, falls Sie das wissen?«

»Ich weiß es nicht, Mr. Grimes.«

»Wieso haben Sie sich eigentlich mit ihm eingelassen?«

»Geldgier.«

»Ein verdammt guter Grund«, lächelte er. »Und wie weit ist die Sache gegangen?«

»Ich habe ihm geholfen, aus der Stadt zu kommen. Ich sage Ihnen das, obwohl ich keine Ahnung habe, wer zum Teufel Sie sind, weil ich's bereits auch einem alten Freund-Feind von mir erzählt habe, einem leitenden Mann im Sheriffsamt.«

»Was ist denn ein Freund-Feind?«

»Die Leute von der Polente sind nicht grad erpicht drauf, mich den ganzen Tag zu streicheln und zu küssen, aber ich kenne ihn nun schon seit Jahren, und wir sind so gut befreundet, wie ein Privatstern das mit einem Bullen sein kann.«

»Ich habe Ihnen schon gesagt, wer ich bin. Wir haben in Vegas eine einzigartige Situation. Praktisch gehört uns die ganze Stadt, mit Ausnahme eines lausigen Zeitungsredakteurs, der uns und unseren Freunden dauernd den Buckel runterrutscht. Wir lassen ihn aber am Leben, weil das viel besser für uns aussieht, als wenn wir ihn wegputzten. Sowas ist heute keine gute Geschäftspraxis mehr.«

»Wie bei Ikky Rosenstein.«

»Bei dem dreht sich's nicht um ein ordinäres Wegputzen. Bei dem dreht sich's um eine Hinrichtung. Ikky ist aus der Reihe getanzt.«

»Und deswegen mußten Ihre Revolverhelden den Falschen abknallen. Sie hätten sich ruhig ein bißchen umtun können vorher, um sich zu vergewissern.«

»Das hätten sie auch getan, wenn Sie Ihre Nase gelassen hätten, wo sie hingehört. Die beiden haben übereilt gehandelt. Wir schätzen das nicht. Wir wünschen kühle Tüchtigkeit.«

»Und wer ist dieses großkotzige ›wir‹, von dem Sie dauernd reden?«

»Nun werden Sie mal nicht kindisch, Marlowe.«

»Okay. Nehmen wir an, ich wüßte es.«

»Wir wünschen folgendes.« Er griff in die Tasche und zog einen losen Geldschein heraus. Er legte ihn vor sich auf den Schreibtisch. »Finden Sie Ikky, und richten Sie ihm aus, er soll zurückkommen und sich nach der Decke strecken, dann ist alles okay. Nachdem ein unschuldiger Passant umgekommen ist, wünschen wir keinen weiteren Ärger und keine zusätzliche Publizität. So einfach ist das. Sie kriegen jetzt diesen hier« – er nickte auf den Geldschein nieder. Es war ein Riese. Wahrscheinlich der kleinste Schein, den solche Leute bei sich hatten. »Und einen weiteren, wenn Sie Ikky finden und ihm die Botschaft übermitteln. Wenn er Sperenzchen macht – Vorhang runter.«

»Mal angenommen, ich sage, Sie sollen Ihren gottverdammten Riesen da nehmen und sich die Nase putzen damit?«

»Das wäre unklug.« Er schnellte einen Colt Woodsman heraus, mit einem kurzen Schalldämpfer auf dem Lauf. So ein Colt Woodsman verträgt den, ohne Ladehemmung zu bekommen. Der Mann war schnell auch, schnell und geschmeidig. Der liebenswürdige Ausdruck auf seinem Gesicht änderte sich dabei nicht.

»Ich habe Las Vegas nie verlassen«, sagte er ruhig. »Das kann ich beweisen. Sie hängen tot in Ihrem Bürosessel, und kein Mensch weiß irgendwas. Bloß wieder mal ein Privatdetektiv, der sich verkalkuliert hatte. Legen Sie die Hände auf den Tisch und denken Sie ein bißchen nach. Übrigens bin ich ein glänzender Schütze, selbst mit diesem verdammten Schalldämpfer.«

»Bloß um auf der gesellschaftlichen Skala noch ein bißchen tiefer zu sinken, Mr. Grimes, lege ich meine Hände auf keinen Tisch. Aber erklären Sie mir das hier mal.«

Ich flippte ihm den schöngespitzten Bleistift hinüber. Er grapschte ihn sich, nachdem er schnell die Pistole in die linke Hand genommen hatte – blitzschnell. Er hielt den Bleistift in die Höhe, so daß er ihn betrachten konnte, ohne die Augen von mir zu wenden.

Ich sagte: »Kam per Eilboten. Ohne weitere Botschaft, ohne Absender. Bloß der Bleistift. Meinen Sie, ich hätte noch nie was von dem Bleistift gehört, Mr. Grimes?«

Er runzelte die Stirn und warf den Bleistift hin. Noch ehe er seinen langen schlanken Colt wieder in die rechte Hand hatte nehmen können, hatte ich meine unter dem Schreibtisch, packte den Kolben der 45er und legte den Finger fest auf den Abzug.

»Schauen Sie unter den Tisch, Mr. Grimes. Sie werden dort eine 45er erblicken, in einem Halfter mit offener Spitze. Sie ist dort fest angebracht und zeigt direkt auf Ihren Bauch. Selbst wenn Sie mich mitten ins Herz träfen, würde meine Hand noch genügend zucken, um die 45er losgehen zu lassen. Und Ihr Bauch wäre in Fetzen, und Sie würden in hohem Bogen aus dem Stuhl da fliegen. Ein 45er Geschoß kann einen sechs Fuß weit zurückreißen. Selbst beim Film haben sie das endlich gelernt.«

»Sieht wie eine mexikanische Verteidigung aus«, sagte er ruhig. Er steckte seinen Colt wieder ein. Er grinste. »Hübsche glatte Arbeit, Marlowe. Wir könnten Sie gebrauchen. Aber bei Ihnen würde das zu lange dauern, und wir haben keine Zeit. Finden Sie Ikky, und seien Sie kein Dummkopf. Er wird schon auf die Vernunft hören. Er wird doch nicht wirklich für den Rest seines Lebens auf der Flucht sein wollen. Irgendwann würden wir ihn ja doch erwischen.«

»Sagen Sie mir mal noch etwas, Mr. Grimes. Wieso sind Sie auf mich gekommen? Mal abgesehen von Ikky – was habe ich denn angestellt, um mich bei Ihnen so unbeliebt zu machen?«

Ohne sich zu bewegen, dachte er einen Moment nach oder tat jedenfalls so. »Der Fall Larsen. Sie haben mitgeholfen, daß einer unserer Jungs in die Gaskammer kam. Sowas vergessen wir nicht. Wir hatten Sie eigentlich als Sündenbock für Ikky vorgesehen. Sie werden immer irgendwo der Sündenbock sein, wenn Sie das Spielchen nicht nach unseren Regeln spielen. Irgendwas wird Sie erwischen, wenn Sie am wenigsten damit rechnen.«

»Ein Mann in meinem Beruf ist immer der Sündenbock und der Dumme, Mr. Grimes. Nehmen Sie Ihren Riesen da und verschwinden Sie unauffällig. Vielleicht entschließe ich mich, nach Ihren Regeln zu spielen, aber ich muß erst noch darüber nachdenken. Was den Fall Larsen betrifft, so haben die Bullen die ganze Arbeit getan. Ich wußte nur zufällig, wo er war. Ich kann mir gar nicht vorstellen, daß Sie ihn so schrecklich vermissen.«

»Wir mögen keine Einmischung.« Er stand auf. Er steckte den Tausender beiläufig wieder in die Tasche. Während er das tat, ließ ich die 45er los und riß meine fünfzöllige 38er Smith & Wesson heraus.

Er streifte sie mit einem verächtlichen Blick. »Ich werde in Vegas sein, Marlowe. Tatsächlich habe ich Vegas nie verlassen. Sie können mich im Esperanza erreichen. Nein, Larsen persönlich interessiert uns einen Dreck. Bloß ein Revolvermann wie andere auch. Die kriegt man im Dutzend. Aber *nicht* egal ist es uns, wenn ein billiger Privatschnüffler einen von uns reinlegt.«

Er nickte und ging zur Bürotür hinaus.

Ich brütete ein bißchen vor mich hin. Ich wußte, daß Ikky

nicht in die Organisation zurückkehren würde. Er würde ihnen nicht genug trauen, selbst wenn er die Chance bekam. Aber es gab jetzt noch einen anderen Grund. Ich rief Anne Riordan wieder an.

»Ich fahre los, um nach Ikky zu sehen. Ich muß einfach. Wenn ich dich in spätestens drei Tagen nicht angerufen habe, setz dich mit Bernie Ohls in Verbindung. Ich fahre nach Flagstaff, Arizona. Ikky sagt ja, daß er dort ist.«

»Du bist hoffnungslos«, klagte sie. »Das ist doch eine Falle!«

»Ein Mr. Grimes aus Vegas hat mich besucht, mit einer Schalldämpferkanone. Ich habe ihn nach Punkten geschlagen, aber soviel Glück kann ich nicht immer haben. Wenn ich Ikky finde und Grimes einen Tip gebe, wird die Bande mich in Ruhe lassen.«

»Du willst einen Menschen zum Tode verurteilen?« Ihre Stimme war scharf und ungläubig.

»Nein. Er würde längst über alle Berge sein, wenn ich's meldete. Er muß mit dem Flugzeug nach Montreal, sich dort gefälschte Papiere kaufen – Montreal ist fast so verkommen, wie wir hier es sind – und dann mit dem Flugzeug nach Europa. Da ist er vielleicht einigermaßen sicher. Aber die Organisation hat einen langen Arm, und Ikky dürfte ein verdammt ödes Leben vor sich haben, wenn er am Leben bleibt. Aber er hat keine Wahl. Entweder verkriecht er sich – oder er kriegt den Bleistift.«

»Sehr schlau von dir, Schatz. Und was ist mit dem Bleistift, den *du* gekriegt hast?«

»Wenn's ihnen ernst gewesen wäre, hätten sie ihn nicht geschickt. Bloß ein bißchen Bangemacherei.«

»Und du hast natürlich gar keine Bange, du großer starker Mann.«

»Ich hab sogar richtig Angst. Aber ich lasse mich nicht von ihr lähmen. Mach's gut. Nimm dir keinen Liebhaber, bis ich zurückkomme.«

»Ach geh doch zum Teufel, Marlowe!«

Sie legte mir ins Gesicht hinein auf. Worauf ich mir selber ins Gesicht hinein auflegte.

Im richtigen Moment das Falsche zu sagen, ist eine meiner Spezialitäten.

Ich verdrückte mich aus der Stadt, bevor die Jungs von der Mordkommission Wind von mir bekamen. Sie würden eine ganze Weile brauchen, um die Spur zu mir zu finden. Und Bernie Ohls hätte einem städtischen Kollegen nicht einmal einen alten Papiersack geschenkt. Das Sheriffsamt und die Stadtpolizei vertragen sich etwa so gut wie zwei Kater an einem Gartenzaun.

IX

Ich kam gegen Abend in Phoenix an und stieg in einem Motel am Stadtrand ab. In Phoenix war es verdammt heiß. Das Motel hatte einen Speisesaal, und so speiste ich zu Abend. Ich ließ mir an der Kasse ein paar Vierteldollar und Dimes geben, schloß mich in eine Telephonzelle ein und fing an, das Mirador in Flagstaff anzurufen. Das war bisher der Gipfel meiner Albernheit. Ikky konnte sich unter jedem nur denkbaren Namen eingetragen haben, von Cohen bis Cordileone, von Watson bis Woichehovski. Ich rief trotzdem an und bekam nichts als ein Lächeln, soweit man ein Lächeln übers Telephon bekommen kann. Also fragte ich nach einem Zimmer für die folgende Nacht. Völlig aussichtslos, falls nicht jemand noch unerwartet auszöge, aber man würde mich für den Fall einer Abbestellung vormerken. Flagstaff lag zu nah am Grand Canyon. Ikky mußte vorbestellt haben. Das war etwas, was mir zu denken gab.

Ich kaufte mir einen Krimi und las ihn. Ich stellte meinen Wecker auf halb sieben. Der Krimi jagte mir eine solche Angst ein, daß ich zwei Pistolen unter mein Kissen schob.

Er handelte von einem Burschen, der sich mit dem Gangsterboss von Milwaukee anlegte und alle fünfzehn Minuten verprügelt wurde. Ich malte mir aus, wie sein Kopf und Gesicht aussehen mußte: bloß noch ein Stück Knochen, an dem ein Fetzen Haut hing. Aber im nächsten Kapitel war er wieder so fidel wie ein Wiesenstärling. Dann fragte ich mich, wieso ich diesen Abfall eigentlich las, wo ich doch die ›Brüder Karamasow‹ hätte auswendig lernen können. Da mir keine plausible Antwort einfiel, drehte ich das Licht aus und schlief ein. Um halb sieben rasierte ich mich und duschte und frühstückte und brach nach Flagstaff auf. Ich kam dort zur Lunchzeit an, und da saß Ikky im Restaurant und verzehrte eine Gebirgsforelle. Ich nahm ihm gegenüber Platz. Er schien überrascht, mich zu sehen.

Ich bestellte mir ebenfalls Gebirgsforelle und aß sie von außen nach innen, was die richtige Art ist. Wenn man sie entgrätet, verdirbt man sie ein bißchen.

»Was gibt's?« fragte er mich mit vollem Mund. Ein empfindsamer Esser.

»Schon die Zeitungen gelesen?«

»Bloß die Sportseite.«

»Gehn wir mal auf Ihr Zimmer und reden wir drüber. Es steht noch mehr drin.«

Wir zahlten und gingen dann zu einem hübschen Doppelzimmer. Die Motels werden allmählich so gut, daß eine Menge Hotels dagegen direkt billig aussehen. Wir setzten uns und zündeten uns Zigaretten an.

»Die beiden Killer sind zu früh aufgestanden und zur Poynter Street rübergefahren. Sie parkten vor Ihrem Apartmenthaus. Sie hatten keine ausreichend genauen Anweisungen bekommen. Sie erschossen einen Burschen, der Ihnen ein bißchen ähnlich sah.«

»Das ist ja ein toller Witz«, grinste er. »Aber die Bullen werden dahinterkommen, und dann kommt auch die Organisation dahinter. Für mich bleibt also alles beim alten.«

»Sie müssen denken, ich bin behämmert«, sagte ich. »Und das bin ich auch.«

»Ich denke vielmehr, daß Sie erstklassige Arbeit geleistet haben, Marlowe. Was soll denn daran behämmert sein?«

»Was für Arbeit habe ich denn geleistet?«

»Sie haben mir ganz schön elegant aus der Patsche geholfen.«

»War irgendwas dabei, was Sie nicht selber hätten machen können?«

»Bei einigem Glück – nein. Aber es ist immer schön, einen Helfer zu haben.«

»Sie meinen einen Trottel.«

Sein Gesicht entspannte sich. Und seine rostige Stimme knurrte. »Ich komme wohl nicht mehr ganz mit. Und geben Sie mir mal was von den fünf Riesen wieder, ja? Ich bin doch knapper bei Kasse, als ich dachte.«

»Die gebe ich Ihnen wieder, wenn Sie einen Kolibri in einem Salzstreuer finden.«

»Nicht solche Töne, mein Lieber«, seufzte er fast, und eine Pistole sprang ihm in die Hand. Ich brauchte meine nicht springen zu lassen. Ich hielt sie bereits in meiner Seitentasche gepackt.

»Daß ich ein solcher Dussel war, hätte mir eigentlich nicht passieren dürfen«, sagte ich. »Stecken Sie doch Ihren albernen Ballermann weg. Der zahlt nicht mehr aus als ein Spielautomat in Vegas.«

»Falsch. Die Spielautomaten werfen oft ganz schöne Gewinne aus. Sonst gäb's keine Kunden mehr.«

»Oft ist gut. Aber jetzt hören Sie mal, und hören Sie gut zu.«

Er grinste. Sein Zahnarzt hatte es schon lange aufgegeben, noch auf ihn zu warten.

»Die Situation hatte einen gewissen Anreiz für mich«, fuhr ich fort, so liebenswürdig wie Milo Vance in einem Van-Dyne-Roman und nur erheblich heller im Kopf. »Erstens war die Frage: Ließ es sich überhaupt schaffen? Zweitens: Wenn es sich schaffen ließ – wo landete dann ich? Aber je näher ich an die Sache ranging desto deutlicher sah ich die kleinen Sprünge und Risse im Bild. Warum waren Sie eigentlich zu mir gekommen? So naiv ist die Organisation doch nicht. Warum sollen sie mir einen so miesen kleinen Ganeff schicken wie diesen Charles Hickon oder wie er sich sonst an Donnerstagen nennt? Warum ließ ein alter Routinier wie Sie sich ausgerechnet bei einem so gefährlichen Treffen beschatten?«

»Sie hauen mich um, Marlowe. Sie sind so helle, daß ich Sie noch im Dunkeln finden könnte. Und Sie sind so blöd, daß Ihnen nicht mal eine rot-weiß-blaue Giraffe auffallen würde. Ich wette, Sie haben einfach in Ihrer öden Denkerklause gehockt und mit den fünf Riesen gespielt wie eine Katze mit einer Tüte Katzenminze. Ich wette, Sie haben die Scheinchen sogar abgeküßt.«

»Nicht nachdem Sie sie in den Pfoten gehabt hatten. Weitere Frage: Warum bekam ich den Bleistift zugeschickt? Eine große gefährliche Drohung. Das untermauerte nur den Rest. Aber wie ich Ihrem Revuehelden aus Vegas schon gesagt habe: Sowas schickt die Bande einem nicht, wenn sie's wirklich ernst meint: Übrigens hatte er ebenfalls eine Kanone. Einen Woodsman 22 mit Schalldämpfer. Ich mußte ihn veranlassen, sie wieder wegzustecken. Das verdarb ihm nicht einmal die Laune. Er fing an, mit Tausendern zu wedeln, um wiederum mich zu veranlassen, Sie ausfindig zu machen und ihm dann zu sagen, wo Sie stecken. Ein gutgekleideter, nett wirkender Strohmann für ein Pack dreckiger Ratten. Die Women's Christian Temperance Association und ein paar schmierige Politiker haben ihnen das Geld gegeben, mit dem sie groß werden konnten, und sie haben gelernt, wie man damit umgeht und mehr draus macht. Jetzt sind sie praktisch nicht mehr aufzuhalten. Aber sie sind immer noch ein Pack dreckiger Ratten. Und sie sind immer da, wo sie keinen Fehler machen können. Das ist unmenschlich. Jeder Mensch hat das Recht auf ein paar Fehler. Nur die Ratten nicht. Die müssen immer vollkommen sein. Sonst würden sie Leuten wie Ihnen aufsitzen.«

»Ich weiß zum Teufel überhaupt nicht mehr, wovon Sie reden. Ich weiß bloß, daß es mir allmählich langt.«

»Na schön, dann gestatten Sie, daß ich's Ihnen übersetze. Irgendein armes Würstchen aus dem Osten bekommt es mit den unteren Stabsteilen einer Bande zu tun. Sie wissen, was ein Stabsteil ist, Ikky?«

»Ich bin in der Army gewesen«, höhnte er.

»Er steigt auf in der Bande, aber er ist noch nicht ganz verkommen. Er ist noch nicht verkommen genug. Also versucht er wieder auszusteigen. Er geht hier in den Westen und sucht sich irgendeinen billigen Job und ändert seinen Namen und lebt still und ruhig in einem billigen Apartmenthaus. Aber die Bande hat jetzt an vielen Orten ihre Agenten. Einer davon läuft ihm zufällig über den Weg und erkennt ihn wieder. Das kann ein Rauschgifthändler sein, der Strohmann eines Buchmachers, ein Strichmädchen, sogar ein Bulle, der auf der Gehaltsliste steht. Also sagen die Bosse der Bande, oder nennen wir sie die Organisation, durch ihren Zigarrenrauch: ›Sowas kann Ikky mit uns nicht machen. Ist zwar nur eine kleine Sache, weil Ikky selber nur klein ist. Aber sie ärgert uns. Ist schlecht für die Disziplin. Nehmt mal zwei Jungs und laßt ihn durchstreichen.‹ Aber was für Jungs nehmen sie dazu? Zwei, über die sie sich ebenfalls ärgern. Sind schon zu lange dabei. Könnten einen Fehler machen oder kalte Füße kriegen. Vielleicht haben sie auch Spaß bekommen am Töten. Ist ebenfalls schlecht. Macht leichtsinnig. Am besten sind Leute, denen es weder so oder so was ausmacht. Und so werden denn die Jungs, die sie dazu nehmen, ebenfalls gleich mit abgeschrieben, ohne daß sie das ahnen natürlich. Aber nun wäre es doch ganz hübsch, wenn man gleich noch einen Burschen mit reinreiten könnte, über den man sich ebenfalls geärgert hat, weil er mal einen Ganeff namens Larsen zur Strecke gebracht hat. Einer dieser belanglosen kleinen Scherze, die der Organisation soviel Spaß machen. ›Seht mal, Jungs, wir haben sogar Zeit, mit einem Privatschnüffler ein bißchen Fusseln zu spielen. Jesus noch eins, wir können praktisch alles. Wir könnten sogar auf dem Daumen lutschen.‹ Und so schicken sie denn noch eine Niete ins Rennen.«

»Die Torri-Brüder sind keine Nieten. Das sind richtig harte Jungs. Sie haben's ja bewiesen – selbst wenn ihnen ein Fehler unterlaufen ist.«

»Nix Fehler, von wegen. Sie haben Ikky Rosenstein erwischt. Und Sie waren die ganze Zeit bloß ein Bauchredner. Jetzt sind Sie festgenommen, wegen Mordes. Sie sind sogar noch schlimmer dran. Die Organisation wird Sie per Habeascorpus aus dem Bau holen und einfach umpusten. Sie haben Ihren Zweck erfüllt und es nicht geschafft, mich zum Sündenbock zu machen.«

Sein Finger spannte sich um den Abzug. Ich schoß ihm die Pistole aus der Hand. Die Pistole in meiner Rocktasche war zwar klein, aber auf die Entfernung genau. Und ich hatte heut einen Tag, wo ich's selber sehr genau nahm.

Er gab ein schwaches Stöhnen von sich und saugte an seiner Hand. Ich ging hinüber und gab ihm einen harten Tritt vor die Brust. Nettigkeit gegenüber Killern gehört nicht zu meinem Repertoire. Er kippte nach hinten und zur Seite und taumelte vier oder fünf Schritte. Ich hob seine Pistole auf und hielt ihn damit in Schach, während ich alle Stellen – nicht bloß Taschen oder Halfter – abtastete, wo ein Mann eine zweite Waffe stecken haben konnte. Er war sauber – in dieser Hinsicht jedenfalls.

»Was wollen Sie mit mir machen?« winselte er. »Ich habe Sie bezahlt. Sie sind aus dem Schneider. Ich habe Sie verdammt gut bezahlt.«

»Wir haben beide unsere Probleme. Ihrs ist, am Leben zu

bleiben.« Ich zog ein Paar Handschellen aus der Tasche, rang ihm die Hände auf den Rücken und ließ die Handschellen zuschnappen. Seine eine Hand blutete. Ich verband sie ihm mit einem Ziertaschentuch. Dann ging ich zum Telephon.

Flagstaff war groß genug, um eine eigene Polizei zu haben. Vielleicht hatte sogar der Staatsanwalt hier ein Büro. Wir waren in Arizona, einem armen Staat, relativ. Konnte sein, daß hier sogar die Bullen ehrlich waren.

X

Ich mußte noch ein paar Tage in der Gegend bleiben, aber ich hatte nichts dagegen, solange ich Forellen bekam, die in acht- oder neuntausend Fuß Höhe gefangen worden waren. Ich rief Anne an und Bernie Ohls. Ich rief den Fernsprechauftragsdienst an. Der Oberstaatsanwalt von Arizona war ein junger Mann mit energischem Gesicht, und der Polizeichef hier war der größte Klotz von einem Kerl, den ich je gesehen hatte.

Ich fuhr rechtzeitig nach L. A. zurück und führte Anne ins Romanoff aus, zum Abendessen mit Champagner.

»Zweierlei kann ich noch nicht so recht verstehen«, sagte sie über ihrem dritten Glas Sprudel. »Warum haben sie dich mit hineingezogen – und warum haben sie den falschen Ikky Rosenstein aufgebaut? Sie hätten doch auch einfach die beiden Killer ihre Arbeit tun lassen können.«

»Das kann ich dir wirklich auch nicht sagen. Vielleicht fühlen sich die großen Bosse so sicher, daß sie Sinn für Humor entwickeln. Vielleicht auch war dieser Larsen, der in die Gaskammer kam, doch wichtiger, als es den Anschein hatte. Von den wirklich großen Gangstern sind nur drei oder vier auf den elektrischen Stuhl gekommen oder an den Strick oder in die Gaskammer. Und in den Lebenslänglich-

Staaten wie Michigan sitzt auch keiner auf ewig ein, soviel ich weiß. Wenn Larsen größer war, als wir alle dachten, könnte es sein, daß sie meinen Namen auf die Warteliste gesetzt hatten.«

»Aber warum haben sie dann so lange gewartet?« fragte sie mich. »Das hätten sie doch viel schneller haben können.«

»Sie können sich's leisten, zu warten. Wer kann ihnen denn schon was anhaben – Kefauver etwa? Er hat sein Bestes getan, aber merkst du vielleicht, daß sich irgendwas an der Spitze geändert hätte – mal von den Änderungen abgesehen, die sie selber vornehmen?«

»Costello?«

»Steuerhinterziehung – wie bei Capone. Capone hat vielleicht ein paar hundert Menschen umgebracht, und einige davon sogar selber, höchstpersönlich. Aber um ihn zu fassen, brauchte man die Jungs von der Steuerfahndung. Ein solcher Fehler dürfte der Organisation nicht häufig mehr unterlaufen.«

»Also eins mag ich an dir ganz besonders – von deinem ungeheuren persönlichen Charme einmal abgesehen: daß du dir immer, wenn du keine Antwort mehr weißt, sofort eine ausdenken kannst.«

»Das Geld liegt mir im Magen«, sagte ich. »Fünf Riesen aus denen ihrer dreckigen Kasse. Was soll ich bloß machen damit?«

»Du mußt doch nicht lebenslang ein Dummkopf bleiben. Du hast es dir redlich verdient und dein Leben dafür riskiert. Du kannst dir zum Beispiel Pfandbriefe kaufen. Dadurch wird's sauber. Und wenn du mich fragst, dann gehört das sogar mit zur Komödie.«

»Nenn *du* jetzt mal *mir* einen guten Grund, weshalb sie das Ganze inszeniert haben.«

»Du hast eben einen größeren Ruf, als dir klar ist. Und wie wäre es nun, wenn bloß der falsche Ikky der Regisseur gewesen wäre? Er macht doch ganz den Eindruck, als wäre er einer von diesen superschlauen Typen, die nichts einfach und direkt machen können.«

»Die Organisation wird ihn drankriegen, weil er auf eigene Faust gehandelt hat – wenn du recht hast.«

»Falls das nicht schon der Staatsanwalt besorgt. Und was dann aus ihm wird, ist mir so schnurzegal wie nur was. Noch ein bißchen Champagner, bitte.«

XI

Sie lieferten ›Ikky‹ aus, und er brach im Verhör zusammen und nannte die Namen der beiden Killer – nachdem ich sie bereits genannt hatte, die Torri-Brüder. Aber die waren unauffindbar. Kamen nie wieder nach Hause zurück. Und das Delikt der Verschwörung kann man einem einzelnen Mann nicht gut nachweisen. Das Gericht konnte ihn nicht einmal wegen Beihilfe nach der Tat drankriegen. Es ließ sich nicht beweisen, daß er von der Ermordung des echten Ikky überhaupt Kenntnis gehabt hatte.

So wäre denn nur die Möglichkeit geblieben, ihm irgendeine alberne Kleinigkeit anzuhängen, aber sie hatten einen besseren Einfall. Sie überließen ihn seinen Freunden. Sie ließen ihn frei.

Wo er jetzt ist? Meine Ahnung sagt mir – nirgends mehr.

Anne Riordan war froh, daß alles vorüber und ich in Sicherheit war. Sicherheit – das ist ein Wort, das man in meinem Beruf nicht gebraucht.

»Alles was Rang und Namen hat in der kriminalistischen Schreiberzunft, ist bei Diogenes versammelt.«
Süddeutscher Rundfunk

Bitte beachten Sie auch
die folgenden Seiten

Raymond Chandler im Diogenes Verlag

Die besten Detektivstories
Aus dem Amerikanischen von Hans Wollschläger. Diogenes Evergreens

Der große Schlaf
Roman. Aus dem Amerikanischen von Gunar Ortlepp. detebe 20132

Die kleine Schwester
Roman. Deutsch von Walter E. Richartz
detebe 20206

Das hohe Fenster
Roman. Deutsch von Urs Widmer
detebe 20208

Der lange Abschied
Roman. Deutsch von Hans Wollschläger
detebe 20207

Die simple Kunst des Mordes
Briefe, Essays, Notizen. Herausgegeben von Dorothy Gardiner und Kathrine Sorley Walker. Deutsch von Hans Wollschläger
detebe 20209

Die Tote im See
Roman. Deutsch von Hellmuth Karasek
detebe 20311

Lebwohl, mein Liebling
Roman. Deutsch von Wulf Teichmann
detebe 20312

Playback
Roman. Deutsch von Wulf Teichmann
detebe 20313

Mord im Regen
Frühe Stories. Vorwort von Philip Durham. Deutsch von Hans Wollschläger
detebe 20314

Erpresser schießen nicht
Gesammelte Detektivstories I. detebe 20751

Der König in Gelb
Gesammelte Detektivstories II. detebe 20752

Gefahr ist mein Geschäft
Gesammelte Detektivstories III. detebe 20753
Alle drei Bände deutsch von Hans Wollschläger

Englischer Sommer
Geschichten, Parodien, Sprüche, Essays. Mit einem Vorwort von Patricia Highsmith, Zeichnungen von Edward Gorey und einer Erinnerung an den Drehbuchautor Chandler von John Houseman. Deutsch von Hans Wollschläger, Wulf Teichmann u.a.
detebe 20754

Meistererzählungen
Deutsch von Hans Wollschläger
detebe 21619

Außerdem liegt vor:

Frank MacShane
Raymond Chandler
Eine Biographie
Mit vielen Fotos. Deutsch von Christa Hotz, Alfred Probst und Wulf Teichmann
detebe 20960

Für alle Chandler-Fans

Frank MacShane
Raymond Chandler
Eine Biographie

Aus dem Amerikanischen von Christa Hotz, Alfred Probst und Wulf Teichmann. detebe 20960

Der unglaubliche Lebenslauf des brillantesten aller amerikanischen Kriminalschriftsteller.
Chandler – public-school-Absolvent, Beamter im Marineministerium, Gelegenheitsjournalist, Luftwaffenpilot, Buchhalter, Direktor im Ölbusiness, Arbeitsloser – begann 1933, noch unter dem Einfluß Dashiell Hammetts, für das Kriminal-Magazin ›Black Mask‹ zu schreiben. Honorar: 1 cent pro Wort. Mit Fünfzig, 1938, veröffentlichte er seinen ersten Roman, *Der große Schlaf,* und schuf mit dem Privatdetektiv Philip Marlowe eine Kultfigur für Krimileser und Cineasten. Was folgte, waren Filmangebote, Hollywood und sehr viel Whisky.

»Man wünschte, Chandler wäre ein glücklicher Mensch gewesen. Was hier zum Vorschein kommt, ist ein gequälter Mann, geplagt von Unschlüssigkeit, ein einsamer Mensch. Dieses Buch sagt Ihnen alles, was Sie über Raymond Chandler wissen wollen, und vielleicht noch einiges, was Sie lieber nicht wissen möchten.« *Patricia Highsmith*

Patricia Highsmith im Diogenes Verlag

Suspense
oder Wie man einen Thriller schreibt
Aus dem Amerikanischen von Anne Uhde
Broschur

Carol
Roman einer ungewöhnlichen Liebe. Deutsch von Kyra Stromberg. Leinen

Der Stümper
Roman. Deutsch von Barbara Bortfeldt
detebe 20136

Zwei Fremde im Zug
Roman. Deutsch von Anne Uhde
detebe 20173

Der Geschichtenerzähler
Roman. Deutsch von Anne Uhde
detebe 20174

Der süße Wahn
Roman. Deutsch von Christian Spiel
detebe 20175

Die zwei Gesichter des Januars
Roman. Deutsch von Anne Uhde
detebe 20176

Der Schrei der Eule
Roman. Deutsch von Gisela Stege
detebe 20341

Tiefe Wasser
Roman. Deutsch von Eva Gärtner und Anne Uhde. detebe 20342

Die gläserne Zelle
Roman. Deutsch von Gisela Stege und Anne Uhde. detebe 20343

Das Zittern des Fälschers
Roman. Deutsch von Anne Uhde
detebe 20344

Lösegeld für einen Hund
Roman. Deutsch von Anne Uhde
detebe 20345

Der talentierte Mr. Ripley
Roman. Deutsch von Barbara Bortfeldt
detebe 20481

Ripley Under Ground
Roman. Deutsch von Anne Uhde
detebe 20482

Ripley's Game
Roman. Deutsch von Anne Uhde
detebe 20346

Der Schneckenforscher
Gesammelte Geschichten. Vorwort von Graham Greene. Deutsch von Anne Uhde
detebe 20347

Ein Spiel für die Lebenden
Roman. Deutsch von Anne Uhde
detebe 20348

Kleine Geschichten für Weiberfeinde
Deutsch von W. E. Richartz. Mit Zeichnungen von Roland Topor. detebe 20349

Kleine Mordgeschichten für Tierfreunde
Deutsch von Anne Uhde. detebe 20483

Venedig kann sehr kalt sein
Roman. Deutsch von Anne Uhde
detebe 20484

Ediths Tagebuch
Roman. Deutsch von Anne Uhde
detebe 20485

Der Junge, der Ripley folgte
Roman. Deutsch von Anne Uhde
detebe 20649

Leise, leise im Wind
Erzählungen. Deutsch von Anne Uhde
detebe 21012

Keiner von uns
Erzählungen. Deutsch von Anne Uhde
detebe 21179

Leute, die an die Tür klopfen
Roman. Deutsch von Anne Uhde
detebe 21349

Nixen auf dem Golfplatz
Erzählungen. Deutsch von Anne Uhde
detebe 21517

Elsie's Lebenslust
Roman. Deutsch von Otto Bayer
detebe 21660

Meistererzählungen
Ausgewählt von Patricia Highsmith. Deutsch von Anne Uhde, Walter E. Richartz und Wulf Teichmann. detebe 21723

Geschichten von natürlichen und unnatürlichen Katastrophen
Deutsch von Otto Bayer. detebe 21868

Als Ergänzungsband liegt vor:
Über Patricia Highsmith
Essays und Zeugnisse von Graham Greene bis Peter Handke. Mit Bibliographie, Filmographie und zahlreichen Fotos. Herausgegeben von Franz Cavigelli und Fritz Senn
detebe 20818

Dashiell Hammett im Diogenes Verlag

Der Malteser Falke
Roman. Aus dem Amerikanischen von Peter Naujack. detebe 20131

Rote Ernte
Roman. Deutsch von Gunar Ortlepp detebe 20292

Der Fluch des Hauses Dain
Roman. Deutsch von Wulf Teichmann detebe 20293

Der gläserne Schlüssel
Roman. Deutsch von Hans Wollschläger detebe 20294

Der dünne Mann
Roman. Deutsch von Tom Knoth detebe 20295

Fliegenpapier
Detektivstories I. Deutsch von Harry Rowohlt, Helmut Kossodo, Helmut Degner, Peter Naujack und Elizabeth Gilbert. Vorwort von Lillian Hellman. detebe 20911

Fracht für China
Detektivstories II. Deutsch von Elizabeth Gilbert, Antje Friedrichs und Walter E. Richartz. detebe 20912

Das große Umlegen
Detektivstories III. Deutsch von Walter E. Richartz, Hellmuth Karasek und Wulf Teichmann. detebe 20913

Das Haus in der Turk Street
Detektivstories IV. Deutsch von Wulf Teichmann. detebe 20914

Das Dingsbums Küken
Detektivstories V. Deutsch von Wulf Teichmann. Nachwort von Prof. Steven Marcus. detebe 20915

Meistererzählungen
Ausgewählt von William Matheson. Deutsch von Wulf Teichmann, Walter E. Richartz und Elizabeth Gilbert. detebe 21722

Außerdem liegt vor:

Diane Johnson
Dashiell Hammett
Eine Biographie. Aus dem Amerikanischen von Nikolaus Stingl. Mit zahlreichen Abbildungen. detebe 21618

Cornell Woolrich im Diogenes Verlag

Der schwarze Vorhang

Roman. Aus dem Amerikanischen
von Signe Rüttgers. detebe 21625
Neuübersetzung

Nach einem leichten Unfall im Vergnügungsviertel geht Frank Townsend nach Hause – um festzustellen, daß er seit Jahren nicht mehr dort gewesen war. An Gedächtnisschwund leidend, des Mordes angeklagt und Opfer mörderischer Verfolgungen, muß er die ›Strafe‹ überstehen, die die Zeit über ihn verhängt hat.

»Unmöglich, das Buch vor dem Ende aus der Hand zu legen.« *The New York Times*

Verfilmt von Jack Hively mit Burgess Meredith, Claire Trevor, Louise Platt und Sheldon Leonard in den Hauptrollen.

Der schwarze Engel

Roman. Aus dem Amerikanischen von
Harald Beck und Claus Melchior. detebe 21626
Neuübersetzung

Ihr Mann nennt sie Engel, und als er wegen Mordes an seiner Geliebten verhaftet wird, wird sie es tatsächlich: ein schwarzer Todesengel. Um die Unschuld ihres Gefährten zu beweisen, steigt sie in die schwarze Welt der Spielhöllen, der Drogen und Prostituierten und bringt allen, die mit ihr in Berührung kommen, Unglück und Verderben.

»Woolrich gewinnt mehr Entsetzen, mehr Spannung und zitterndes Nägelkauen aus den allergewöhnlichsten Ereignissen als fast alle seiner Kollegen und Zeitgenossen.« *Ellery Queen*

Verfilmt von Roy William Neill mit Peter Lorre, June Vincent und Dan Duryea in den Hauptrollen.

Der schwarze Pfad

Roman. Aus dem Amerikanischen von Daisy Remus. detebe 21627

Scotty und Eve konnten zwar vor Eves verbrecherischem Ehemann flüchten, nicht aber vor seiner Rache. In einer überfüllten Bar in Havanna wird die schöne Frau ermordet, und Scotty sitzt in einer mörderischen Falle, bleibt allein zurück in einem fremden Land, das nichts von ihm will als den Beweis, daß er die Frau, die er liebte, nicht umgebracht hat.

»Ein satanisches, scharfsinniges Plot.«
The New York Times

Verfilmt von Arthur Pripley mit Michèle Morgan und Robert Cummings in den Hauptrollen.

Das Fenster zum Hof

und vier weitere Kriminalstories
Aus dem Amerikanischen von Jürgen Bauer und Edith Nerke. Mit einem Nachwort von Wolfram Knorr. detebe 21718
Neuübersetzung

»Rein technisch betrachtet sind viele von Woolrichs Werken schrecklich; man vermißt in ihnen jeglichen Sinn. Und genau das ist es: wie im Leben. Dennoch finden einige seiner Geschichten, gewöhnlich infolge merkwürdiger Zufälle, ein glückliches Ende. Aber da er niemals einen Serien-Helden eingeführt hat, weiß der Leser auch nie im voraus, ob die Woolrich-Geschichte, vor der er gerade sitzt, hell oder dunkel, ob sie *allègre* oder *noire* ist – einer von vielen Gründen dafür, daß seine Geschichten so packend und spannungsgeladen sind. Wie die fünf in diesem Band vereinten.« *Francis M. Nevins jr.*

Die Titelgeschichte wurde verfilmt von Alfred Hitchcock mit Grace Kelly und James Stewart in den Hauptrollen.

Walzer in die Dunkelheit

Roman. Aus dem Amerikanischen von Jobst-Christian Rojahn. detebe 21719
Neuübersetzung

Die Geschichte beginnt – wie so viele von Woolrichs Geschichten – mit einem einsamen Mann. Louis Durand, 37 Jahre alt, wohlhabender Kaufmann, hat nur noch einen Gedanken: seiner Einsamkeit zu entfliehen. Die Frau, die er heiraten will, kennt er nur aus Briefen. Doch dann taucht sie persönlich auf, die namenlose *femme fatale*, die für Durand zum Schicksal wird…

»In Woolrichs Geschichten spielt die Liebe eine große Rolle, eine totale und ausschließliche Liebe, die, wenn sie zerstört ist, unersetzlich bleibt.« *François Truffaut*

Verfilmt von François Truffaut unter dem Titel *La Sirène du Mississippi;* in den Hauptrollen Jean-Paul Belmondo und Catherine Deneuve.

Die Nacht hat tausend Augen

Roman. Aus dem Amerikanischen von Irene Holicki. detebe 21720
Neuübersetzung

Er war ein merkwürdiger alter Mann, der am liebsten schwieg, denn was er sagte, traf mit erschreckender Gewißheit ein. Harlan Reid, Witwer und erfolgreicher Geschäftsmann, war ganz versessen auf seine Worte, und auch seine einzige Tochter Jean hörte auf seine Ratschläge. Bis eine letzte entsetzliche Prophezeihung alle zu Tode erschreckte: Reids unmittelbar bevorstehenden Tod im Rachen eines Löwen.

»Lassen Sie das Licht an, falls Sie beabsichtigen, dieses Buch im Bett zu Ende zu lesen!« *The New York Times*

Verfilmt von John Farrow, mit Edward G. Robinson, Gail Russell und Virginia Bruce in den Hauptrollen.

Im Dunkel der Nacht

Kriminalstories. Aus dem Amerikanischen von Signe Rüttgers. detebe 21759
Deutsche Erstausgabe

»Woolrich schreibt Psychotope, Etüden der Angst und der Einsamkeit, voll cooler Bildentwürfe und grandioser Stimmungsmalerei.« *Die Weltwoche, Zürich*

Titelgeschichte verfilmt mit Edward G. Robinson in der Hauptrolle.

Ich heiratete einen Toten

Roman. Aus dem Amerikanischen von Matthias Müller. detebe 21742
Neuübersetzung

»Ein verschollener Klassiker des amerikanischen Kriminalromans kommt im Diogenes Verlag in neuen deutschen Übersetzungen ans Licht: Cornell Woolrich, der ›dritte Mann‹ neben *Dashiell Hammett*[1] und *Raymond Chandler*[2].« *Der Spiegel, Hamburg*

Verfilmt mit Barbara Stanwyck in der Hauptrolle.

[1] *Dashiell Hammett,* sämtliche Werke in 10 Bänden. Vollständig und neu übersetzt von Hellmuth Karasek, Gunar Ortlepp, Walter E. Richartz, Harry Rowohlt, Wulf Teichmann, Hans Wollschläger u. a.

[2] *Raymond Chandler,* Werkausgabe in 13 Bänden. Vollständig und neu übersetzt von Hellmuth Karasek, Gunar Ortlepp, Walter E. Richartz, Wulf Teichmann, Urs Widmer und Hans Wollschläger.

Cornell Woolrich, zusammen mit Chandler und Hammett einer der größten der ›Schwarzen Ära‹, wurde 1903 in New York geboren, wohin er nach einem Aufenthalt in Hollywood, einer kurzen Ehe und ein paar homosexuellen Episoden wieder zurückkehrte, um fortan mit seiner Mutter in billigen Hotels zu wohnen. Sein erster Roman begründete den ›Roman Noir‹ und den ›Film Noir‹. 1948 erhielt er für eine Erzählung den Edgar-Allan-Poe-Preis. Viele seiner Romane und Erzählungen wurden von berühmten Regisseuren verfilmt, darunter Alfred Hitchcock, Sidney Pollack und François Truffaut. Trotz all dieser Erfolge starb er 1968 mittellos und einsam in einem heruntergekommenen New Yorker Hotel.

Das Gesamtwerk
von Georges Simenon
erscheint im
Diogenes Verlag

»Da lesen ihn Hausfrauen und die experimentellen Lyriker; es lesen ihn die Stenotypistinnen und die Mythenforscher, die Automechaniker und die Atomphysiker… ja, ich kenne Texteverfasser von höchster Esoterik, die, wenn sie einmal ein Buch lesen wollen, ein richtiges Buch, Simenon lesen und nichts als Simenon, jede Zeile von ihm…« *Alfred Andersch*

»Er ist der beste Krimi-Autor unserer Tage. Er hat etwas von Edgar Allan Poe.« *Dashiell Hammett*

»Simenon erinnert mich an Čechov.«
William Faulkner

»Ich lese jeden neuen Roman von Simenon.«
Walter Benjamin

Verlangen Sie unseren ausführlichen Katalog bei Ihrem Buchhändler.